登場人物紹介

宗田眞人（そうだ　まこと）

民間から海上保安庁に転身したヘリコプターパイロット。操縦技術の高さには定評があるが、恋人を事故で失ったことでトラウマを抱えている。それが原因で、救助の現場では危険を顧みず、仲間からは距離を置かれている。ある日、漂流中のタンカーを調査するが、後にそれが姿を消したことから、やがてテロ事件に巻き込まれる。

手嶋沙友里（てしま　さゆり）

石垣島を母港とする巡視船〈あさづき〉の通信士。語学に堪能で、中国海警局とも対等に渡り合う気の強さを持っている。漂流タンカーの調査をきっかけに、姉の恋人であった宗田と再会する。中国海警局の不審な動きから、タンカーが消えたことに関係しているのではないかと疑う。宗田に対して複雑な感情を抱きながらも、共にタンカーの謎を追う。

吉見拓斗（よしみ　たくと）

神戸海上保安部の警備救難部刑事課に所属する捜査官。自身のせいで張り込みに失敗した案件が、日本を揺るがすテロ事件の糸口になっていたことを知り、未然に防ぐために奔走する。かつてはシージャックやテロ対策に当たる特殊警備隊に所属しており、銃器の取り扱いや武器弾薬に関する知識は豊富。大阪・岸和田生まれで、人情と正義感に厚い。

カバーイラスト：ふすい
本文・カバーデザイン：大倉真一郎
協力：株式会社アップルシード・エージェンシー

ウミドリ　空の海上保安官

プロローグ

最後に空を見たときは、まだ雲の隙間からかろうじて夕焼けが見えていたが、いまはもう墨汁のような空に変わっていた。

あれからどれくらいの時間が経ったのか。顔面を打ち付けていた重い雨粒によって覚醒したが、失神との行き来を何度も繰り返していて、むしろ意識を失っている時間のほうが長くなっている気がした。

現実に戻ってくる度に、この状況が夢ではなかったことを認識し、絶望する。

男は長さ三〇フィートの中型ヨットの左舷側デッキで横たわっていた。意識があっても身体は動かない。そして天候は悪化の一途を辿っており、横波を乗り越える度に三〇度以上傾き、重油のような黒い海を垣間見せる。

宮崎のヨットハーバーを出たのは今朝のことで、時計回りで九州を一周するソロクルージングだった。

ヨットは大学時代にはじめた。卒業し就職すると多くの者がそうであるように海から離れたが、五〇歳を迎えた頃、そのときの仲間のひとりがヨットを購入したことをきっかけに思いが再燃した。

　ほどなくして自分もヨットを手に入れた。中古艇だが程度は良く、自分だけの隠れ家を手に入れたようで、週末を停泊したままのヨットで過ごすこともあった。

　そして定年という人生の区切りを目前にし、ヨットで日本を一周してみたいと思うようになった。

　それなりに経験はあるし、太平洋横断などと違って陸地から離れるわけではないので心配はしていなかった。

　準備もさほど大変ではない。必要なものがあれば思いつきで港に入り、スーパーやコンビニに行けばいいし、なんなら民宿やホテルに泊まってもいいのだ。

　八月のある日、船籍港である宮崎のヨットハーバーを出た。日本一周に出る前の予行演習の意味合いもあった。

　当座は穏やかな波と適度な風もあって快適に進んだが、鹿児島沖に到達した頃に風向きが変わった。低気圧の接近が予想よりも早かったようだった。

　予定を変更し、近くの港に入って低気圧をやり過ごそうと思った。

　地図を見ると、長崎鼻《ながさきばな》という岬の近くに港があった。午後三時には入港できるだろうから、今日は民宿でのんびりしようと思った。

　ドッグハウスと呼ばれる船室の屋根部分に乗り、入港に向けた準備をしていたとき、突風を受けてスイングしたメインマストのブームに身体を押された。その勢いは大したことはなく、普段なら、おっとっと、くらいで済んだだろう。しかし足首に絡まったロープが踏み留まることを許さず、バランスを崩して頭から転倒した。

サイドデッキまでの高さは一メートルほどだったが、点検のために出してあった鉄製のアンカーに後頭部を強打した。

立ち上がろうとしたものの目眩《めまい》を感じ、しばらくそのまま横になることにした。すぐに治るだろうと思っていたが、気がついたときには手足の感覚がなくなっていた。

いまは首から下が痺れていて、自由に動かせるのは眼球くらいだった。

怖くはあったが、陸地からそんなに離れていないはずだから、そのうち誰かが見つけてくれると期待した。

しかし日は暮れ、空は重苦しい鼠色。うねりは高く船体は左右に大きく揺れる。傾いたときに見えた波は三メートルくらいか。左舷側しか見えないが、少なくともその方向に陸地の灯《あか》りはなかった。

死ぬかもしれない。

いままで希望と互角にせめぎ合っていたその考えが、実感となって迫ってきた。

家族のことが頭をよぎる。特に娘とは、上京すると言われたときに猛反対して以来、しばらく話をしていなかった。元気だろうか。もっと前向きに応援してやればよかった。

……さようなら。

我慢していたその言葉が、ぽろりとこぼれた。じわじわ死んでいくのに言葉すら遺してやれない。

「好きなことをして死んだから、きっと幸せだろう」

自分の葬式で、そんなことを言う奴がいるかもしれない。

そんなわけない。まだ死にたくなんてない！

しかし現実は厳しかった。もし沖に流されているのだとしたら、発見されるまでに何日もかかるかもしれないし、それまで身体は耐えられないだろう。

無念にまみれながら、また空が見られたらいいな、と半《なか》ば諦めの境地の中で瞼《まぶた》を閉じた。

死ぬ前に人生の走馬灯を見ると言われるが、浮かんでくるのは他愛のない日常の光景だった。出航する前の晩、妻から長崎に寄るならカラスミを買ってきてほしいと頼まれていたことが何度も繰り返された。

まるで微弱な電流が全身を覆い、皮膚が麻痺しているかのように感覚がない。そして意識が浮遊していく——。

突如、瞼を光線が突き抜けて眼底を照らし、再び覚醒させた。

瞼に力を込めて押し広げる。

朝を迎えたわけではなかった。強烈なライトが空から照らしていて、吹きつける風が雨粒を加速させ、弾丸のように打ち下ろしてくる。

ヘリだ。

空中に浮かぶその機体に『海上保安庁』の文字が見えた。

空から自分の姿が見えるだろうか。俺はここにいる、気付いてくれ！

しかし、ヘリはしばらく旋回した後に離れていく。

待ってくれ！　まだ生きている！

叫びたくても、手を振りたくてもできなかった。

そのとき、波を乗り越えた船体が大きく傾《かし》いだ。身体がごろんとうつぶせになり、鈍くも強い電流が身体を駆け抜けた。そして吐いた。

自分の嘔吐物で溺死するような思いだった。

続けて横波が激突し、重く冷たい波が覆い被さった。

1

［パイロット］宗田眞人

宗田眞人《そうだまこと》は、薄くなった頭を撫でつけながら机に突っ伏した目黒基地長の頭から視線を外した。身長が一八〇センチを超える宗田からは、目黒の頭髪の後退状況がよく見えたが、どうせならもっといい景色を見ていたい。

窓からは鹿児島空港の滑走路の端っこが見え、夏の太陽を反射する芝生の緑が眩《まぶ》しかった。ちょうどボーイング737が滑り込んできたところで、出身地である東京からの便だろうか、とぼんやり思う。

「他にやりようはなかったのか」

いつの間にか上目で恨めしそうに宗田を睨んでいた目黒に視線を戻し、姿勢を正す。

「救える命がそこにあるなら、全力を尽くすべきだと思っています」

過去に何度か同じ問いをされたことがあるが、その度に同じ答えを返してきた。

「またそれか」

目黒も予想していたようで、ため息をつきながら頭を大きく左右に振った。

宗田は海上保安庁第十管区鹿児島航空基地所属のヘリパイロットで、目黒が苦言を並べているのは昨夜の救助活動についてだった。

＊＊＊

ヨットで出航した家族と連絡が取れないとの相談がもたらされたのは、当海域で天候が荒れはじめた昨日の夕方だった。ひとりで航海に出かけた夫から、『天気が悪いので予定を変更して長崎鼻近くの港に入る』という連絡を受けたものの、それを最後に音信不通になったという。

ヨットクラブのメンバーたちとも連絡を取り合ったが、どの港にも入港したとの情報はないということだった。

そこで宗田は機動救難士、二名を含む計七名のクルーを乗せて飛び立った。

一時間後の一九時七分。佐多岬《さたみさき》から種子島《たねがしま》方向に一五キロの海域で、高波に揉まれるヨットを発見した。

宗田はヘリを接近させた。

ライトで照らしてみるとデッキ上に男が横たわっているのが見えた。

「要救助者発見！」

左側に座るコパイ（副操縦士）の森下が声を張った。

「呼びかけろ」

機体下部にはスピーカーが備え付けられていて、かなりの音量を出すことができる。

宗田は要救助者を常に目視できる位置に機体を滑らせたが、呼びかけに反応する様子は見られなかった。

この場合に考えられるのは、心肺停止、意識の喪失、もしくは反応したくてもできない状況にあるということで、いずれにしろ迅速な対応が求められる。

もちろん、すでに死亡している可能性もあり、その際はリスクを避けて撤退することもあるが、しかし——。

＊　＊　＊

「上空からの観察で、事態は急を要すると判断しました」

「全身麻痺だったんだろう？　具体的な反応はなかったと報告にあるが？」

「横波を受けて身体が回転したときに、僅《わず》かですが咳き込むのが見えました」

「他のクルーは見ていないが？」

「自分が一番良く見える位置にいたことと、視力は良いほうでして。たとえば——８２５４」

「あ？」

「機体番号です」

指を差した先、二〇〇メートルほど離れた誘導路を通過する、エアラインの機体後部に表示されている数字を読み上げた。

目黒はしばらく振り返っていたが、読み取れなかったのか、細めたままの目を宗田に戻した。

「そんなことを言っているわけじゃない。だいたいお前は、救助は成功したのに、どうして詰められなければならないのか、って顔してるな。いいか、救助の現場で、ひとりでも多くの命を救おうと全力を尽くすのはいいが、それはあくまでもリスクを完璧に管理した上でなければならない」

あの暗く、荒れた海で救助を決断するだけの判断材料があったのかを目黒は問うている。

要救助者の生存が確認できたとしても、天候や燃料の残量などの問題でその場を去らなければならないこともある。まず我々が安全に基地に戻るのが大前提なのだ。さもなくば、明日救えるはずの命を救えなくなる。

だからこそ、感情に流されることがあってはならない。

昨日の場合、確かに他のクルーは要救助者の生命反応を目視していなかった。この場合、遺体を回収するために危険を冒すメリットはないと考えられて当然だ。

目黒は、結果が良ければ全て許されるわけではなく、宗田の機長としての判断が間違っていなかったかを明らかにしたいのだ。

そうでなければ、部下を安心して宗田に預けられない。

目黒は腕組みをする。

「お前は要救助者が生存していることを確認して、救助を選択したわけだな」

「はい。そこに救える命があることがわかり、全力を――」

「さっきから全力、全力って言っているが、それが意味することを本当に理解しているのか？」

耳あたりのいい話を振りかざすセールスマンを見るような、懐疑的な目だった。

「問題はやり方だよ。お前は機長だよ？　お前の判断は他のクルーの命も握っている」

救難活動では現場に判断が委《ゆだ》ねられている。航空機であれば機長が判断の全責任を負う。

目黒は親指を舐め、傍らの報告書を二ページめくった。

「お前は『救助には危険が伴う』と進言した救難士の意見を無視したとあるが？」

「無視ではありません。意見を尊重した上で、総合的に救助可能と判断しました。絶対に無理だと言われればもちろん考えましたが」

「『見殺しにしたいならそれでいい』と強い口調でお前から言われたともあるが？」

宗田は咳払いをする。

「言葉の綾《あや》です」

「まったく、お前って奴は……。じゃあ、言葉の綾と言うなら、どんな意味で言ったんだ？　説明してみろ」

目黒は呆れ顔になりながらも、無言で宗田の言葉を待った。

＊　＊　＊

日没まで、まだ数分残されているはずだったが、分厚い雲に覆われた現場海域は、水平線が見えず平衡感覚を保つことが難しいほどに暗かった。

機体右側にあるスライドドアを開けると、メインローターで切り刻まれた雨粒が、強烈なダウンウォッシュ（下降気流）で攪拌《かくはん》されて機内に流れ込んだ。

「波が高すぎる！　危険だ！」

下を覗き込んだ機動救難士が叫び、ホイストと呼ばれる吊り下げ装置の操作を担当するホイストマンも同意した。

波の高さは三メートル、さらに風も強い。中途半端に張られたセールのせいで、ヨットは波と風に煽《あお》られてでたらめな動きを見せていた。

救助現場では、すべての事象について動きを予測できなければ、それは救難活動に死角を生むことになり、両者の命が危険に晒《さら》される。

しかしデッキの左舷に男がうつぶせに転がり、咽《む》せるような動きを見せたとき、宗田の脳内でなにかの物質が弾けた。一刻も早く助け出さねばならないという前提条件が全てとなり、その死角を職務上のリスクとして包括した。

ヨットには多くのロープや高いマストがあるため救難士を直接、船の上に降ろすことはできない。通常は離れた海面上に降下させ、救難士はそこから泳いで船体に向かう。

しかしマストの先端の動きをみていると左右に五メートルほどの振幅を見せており、泳いで船に辿り着くのも、乗り込むのも危険を伴う。

救難士が言った「危険だ」というのはそのことだった。現場は暗く、リスクは格段に増す。

宗田は風下に回り込むと、高度を下げた。波がうねっているので、高度を一定にしていても海面との距離は三メートルの範囲で接近したり離れたりする。

地面と違って高度を維持するための基準がなく、暗闇から現れる、三つ分先の波を見ながら徐々にヨットに近づけた。

「機長、あ、あぶない！」

森下がコレクティブピッチレバー（推力調節レバー）を握って高度を上げようとする。

「触るな！」

森下からは、迫り来る波がヘリに激突するように見えるのだろう。

だが宗田は波のうねりのタイミングを見切っていた。そして、ただ単純にヨットに接近しているわけではなく、吹き下ろすダウンウォッシュをヨットに導いていた。つまり風向きの反対側から風を当ててヨットの振れを軽減させようとした。

「ここならどうですか」

宗田の言葉に救難士らは顔を見合わせて無言になった。宗田は黙って彼らの判断を待った。

＊＊＊

目黒が報告書をまた一ページめくる。

「ヨットに必要以上に接近したとある。救難士はそれがプレッシャーに感じたと言っている。『これだけ近づけば降りる気になるか』と言われているようだった、と」

宗田は首を左右に振る。

「誤解です。それはダウンウォッシュで安定させるためです。ヨットは帆が中途半端に張られており、船体が波の頂点に乗り上げたときなどに横風を受けるとバラストキールが露出するまで傾斜していました。そのままでは転覆の恐れもあったため、風下に回り、船体が一番安定する位置を探っていました」

ヨットの底部にはバラストキールと呼ばれる重りの入った板が、大樹が張る根のように海中に張り出している。風向きによって船体を大きく傾けて進む構造のヨットは、バラストキールの復元力で転覆を防いでいる。

しかし、波の頂点では、そのバラストキールが露出するほどに傾いていた。このままでは転覆するよりも前に、要救助者が海中に放り出される可能性もあった。

「それが、左舷後方一五メートル？」

目黒が訝《いぶか》しむように言った。

「はい」

「お前はヨットの風下にいたんだよな？　ならばダウンウォッシュは機体後方に流れる。つまりヨットには届かないんじゃないのか？」

「風のタイミングに合わせて機体を後退させ、前方にダウンウォッシュを送っていました」

「高度五メートルってなんだ」

「ですから、ベストの位置です」

「待て。どこを基準に五メートルなんだ？」

目黒の言わんとすることがわかって、宗田は目を逸らす。

「波の、一番下がったところです」

「当時の波高は三メートルと言ったな？　風も強かったし、ヘリを後退させてもいた。ということは、ちょっとの環境の変化で、波と接触する可能性もあったということじゃないのか？」

「波の揺動は常に監視していました」

「コパイは、波がほぼ真横に見えて、呑み込まれるようで怖かった、と」

「そこは見極めたつもりです」

宗田はそれまで肩幅に開いていた足を閉じ、気を付けの姿勢をとると、まっすぐ前を向いて声を張る。

「我々が全力を尽くせば救助は可能と判断し、実際にそうなりました。これはひとえに皆の使命感と日頃の訓練の賜物《たまもの》であり――」

目黒は、わかったわかった、と暴れ馬を押し留めるような仕草をする。

「結果論ではそうだ。確かに要救助者の救助には成功した。だけどな『全力を出せば』と言えば聞こえはいいが、誰かひとりでも無理をしてみろ。死人が出るのはこちら側だ。よくアスリートは〝限界〟を超えろ、なんて言うが、我々にしてみれば、限界は決して超えてはならない一線だ。だから、それを押し付けるような言動は慎むべきだ」

「彼らならやれると信じていました」

目黒は鼻をならす。

「反面、君は信じてもらえなくなっていることに気付いているか？」

実際に暗い海に降りて、危険と戦い、命に触れるのは救難士たちだ。その彼らにも家族がいる。その命を蔑《ないがし》ろにしたと思われても仕方がない。

目黒は茶で口を湿らせると、やや声を落とした。

「なあ、大丈夫なのか？」

その言葉が示す意味がなんであるか、すぐにわかった。

二カ月ほど前、飛行中に原因不明の発作を起こしたことがあった。

発作と言っても、ほんの数秒、息苦しさを感じた程度だ。意識ははっきりしていたし、操縦にも問題なかった。

それでもはじめてのことで、自分自身驚いたところもあったので、その後の操縦をコパイに任せた。

それに尾ひれがついて広まってしまった。

「念のため複数の医療機関で健診を受けましたが、いずれからも問題なしとの結果を受けております」

「ストレスか？　それとも疲労か？」

「原因は不明でしたが、それ以降、摂生しており、いまが人生で一番健康です」

最後は軽口調で言ってみたが、目黒は笑わない。そして上司と部下の関係ではなく、いち友人として訊く、というように、まずはゆっくりと頷《うなず》いてから口を開いた。

「自殺願望があるのか？」

そう切り返されて、ありません、と笑ってみせるまでに少し時間がかかったのは、自分でも意外だった。

普段は温厚な目黒の目が険しくなったのを見て、付け加える。

「もし死にたいならひとりで逝きますよ」

目黒は宗田の過去を知る数少ない人物だ。その目がさらに尖る。

しばらくの沈黙があり、ため息をついた。

「言葉が足りんのだよ、お前は。論理的に行動しているつもりでも、意図が伝わらなければ暴走しているように見える」

宗田は頭を下げる。

「困難な状況であればあるほど、お前は我を忘れるようなところがある。まるで幽霊でも追っているようだ……ってみんな噂しているぞ」

さらに頭を下げた。

「お前の腕の良さは誰もが理解している。だがチームで動く以上、しっかり言葉で意図を伝え、皆で考えを共有してから行動してくれ。信頼されていない以上、もしお前が以心伝心なんて言葉を使おうとしても意味ないからな」

最後にさらりとキツいことを言われた。

「肝に銘じます」

敬礼をし、翻ってドアノブに手を伸ばしたときに声をかけられた。

「あー、そうそう。その救助者だがな、後遺症は多少残るかもしれんが、日常生活には問題なく戻れるそうだ。娘さんが感謝してたってよ。親孝行ができる機会をくれたってな」

目黒はほんの少し笑ったが、すぐにハエを追い払うように手を振った。

時刻は午前一一時を回っていた。昨日の一件でいままで残っていたが、今日はこのまま非番だ。

自宅アパートがある霧島市内までは空港バスを使っている。あと一〇分で発車だ。すぐに準備すれば間に合うだろう。

ロッカー室の前に来たときに、中から声が聞こえてきた。

「所詮、外様《とざま》だからだよ」

すぐに自分のことだとわかる。

「いままで我が物顔で自由に飛んでたのかもしれんけどさ、そのときのクセが抜けていないいんじゃねぇの？」

海上保安庁のパイロットになるには、海上保安学校の航空課程に進むのが一般的だが、宗田は民間企業で飛行経験を積み、有資格者として採用されていた。

いわゆる同期と呼べる者はおらず、先輩や後輩といった軸から外れている感はあった。

「あれー、なんだっけ、テレビとか映画の空撮をしてたんだっけ？　でもそれもドローンにとって代わられて、仕事がなくなってうちに来たって話でしょ」

半分当たっていた。

宗田はかつてテレビ局と契約する航空会社に勤務しており、空撮や役員の送迎などをしていた。ドローンの台頭が著しいのは事実だが、宗田が民間を辞めたのはそれが原因ではなかった。

「いい歳こいて、暴走族気取りなのかね」

どのくらい盛り上がっているのかはわからないが、若いコパイがふたりでじゃれ合っているのだろう。

宗田は三五歳で、一〇歳以上若いコパイと飛ぶこともあるが、海保の在籍年数は宗田のほうが短いというケースは多々ある。

外部採用パイロットには先輩という意識が芽生えにくいかもしれないし、会社でも学校でも、共通の敵をつくれば、結束が手っ取り早く得られるとも言われるので、ふたりが宗田の話を出すのも理解できなくはない。

このままなにくわぬ顔でロッカールームに入ってもいいのだが、自分が波風を立てているという自覚はあった。

もっと上手くやらなければ。

宗田は頭を掻くと、長めのため息をついた。

コーヒーでも飲みながら、時間を潰そう。バスは次だな。

[通信士] 手嶋沙友里

「マジであいつ最悪よねー、里香《りか》がほんとかわいそう」

テーブルを挟んで座る峰岸舞《みねぎしまい》が、上半身を大きく乗りだして囁《ささや》いた。

手嶋沙友里《てしまさゆり》はハンバーグの最後のひとかけらを口に放り込んだところだったので、苦笑しながら頷いて、同意を示してみせる。それから茶を啜《すす》り、茶碗に残った白米を箸で集めた。

舞とは同期で同じアラサーとして親友と呼べる仲である。それでも食事の手を止めないのは決して邪険にしているわけではなく、いざ話がはじまるとあっという間に休憩時間を削られてしまうからだ。実際、すでに沙友里の休憩時間の残りは余裕がなかった。それでも激務に備えて残さず全てを胃袋に納めておきたい。

それに周りの目もある。舞は地声が大きいから、本人は囁いているつもりでも意外と遠くまで聞こえていることがある。

恋愛のゴタゴタは耳目を集めやすいし、それが同じ職場ならなおさらだ。

「続きは〝陸《おか》〟でしましょ」

沙友里は提案すると、急いでいることをアピールするために素早く立ち上がって食器を返却口に戻すと、舞に手を振って食堂を出る。

そして、脳を仕事モードに切り替えた。

規律がものをいう職場である以上、それは歩き方ひとつとってみても変わる。

頭をぶつけそうなくらい低い天井の廊下をテキパキと進み、傾斜が七〇度を超える急で無機質な鉄階段を駆け上がった。

会社でもクラブ活動でも、同じ時間を狭い世界で過ごしていると恋愛関係になることはある。

それ自体は一向に構わないのだが、もしこじれてしまうとややこしいことになる。

——特にここでは。

「手嶋、戻ります」

その部屋に足を踏み入れると、一面の窓を通して南海の水平線が見えた。

沙友里がいる世界、それは海の上だった。

第十一管区石垣海上保安部所属の巡視船〈あさづき〉は海保が所有する艦船のなかでも大型

に類するが、乗組員は六五名ほど。感情のもつれを呑み込んで、なかったことにできるほどの人数ではない。

里香と揉めたという対象の男は機関科に所属しており、まさにこの場にいる。ちらちらと沙友里を気にしているのは、舞と同じく里香の親友であることを知っているからだ。

別れ方によっては、全女性職員を敵に回すことだってあるから気をつけてね、の意味を込めて笑みを返してやった。

沙友里はブリッジを横断し、持ち場に戻る前に右舷の窓から外を見た。

一〇〇メートルほどの間隔を保って並走するのは、赤いラインの入った白い船体。中国海警局の警備艇だ。

ここは尖閣諸島《せんかくしょとう》から一二海里の、日本の領海をやや出たところ。接続水域と呼ばれる海域で、領有を主張する中国との鍔迫《つばぜ》り合いが続いている。

「1306か……」

その数字は船首に表示されている。すると沙友里と同じ通信員を務めるベテラン科員の鈴本《すずもと》が苦笑した。

「たぶん手嶋ちゃんのことを待ってるんじゃないかな」

「やめてくださいよー」

ため息をついて、もう一度海警船に目をやる。

はじめて海警とやり合ったときは怖かった。中国語をはじめ語学に堪能な沙友里だったが、海警との通信を任されたときのひとこと目は上ずってしまった。

それでも場数を踏んでくると慣れてきて、挑発的な行動をとられたときなどは、鈴本がなだめるほど言葉が乱暴になることもある。

沙友里は、実家のある神奈川県内の大学の文学部に進んだものの、特に将来やりたいことがあったわけではなかった。

入学の際に誘われるままにはじめた合気道と相性が良く、それなりに楽しい大学生活を送った。

ひとなみに就職活動をしたものの、どこか気乗りしない。父親はいざとなれば家業である居酒屋を手伝えばいい、と笑い、半ば本当にそうしようかなと思っていた沙友里が海上保安官の道に進んだのは、四歳上の姉・優香《ゆか》の影響だった。

優香は沙友里から見ても美人で、意中の人から優香宛のラブレターを預かるという漫画のようなことも実際に幾度もあった。

優香がテレビ局のレポーターとして情報番組などに出るようになってからは、さらに親戚友人から羨望の眼差しを受けていたが、沙友里にだけはよく愚痴をこぼしていた。

報道局を希望しているが、人事は中身で評価してくれないと。

国際政治などを学び、沙友里から見て完璧な容姿とキャリアを歩んでいた優香にも悩みがあるのが意外だった。

そんな優香が沙友里を羨ましいと言うことがあった。それが語学力だった。

数式はまったく暗記できないのに、どういうわけか、言語については乾いたスポンジが水を吸収するかのように習得することができた。

「〝さゆ〟のように英語ができたら、テレビ局じゃなくて国連で働けたかもしれないのに」

そんなことをよく言っていた。

そして就職をせずに家業の居酒屋を手伝おうかと相談したときに言われたのだった。

「その能力を活かせるところ、そして正当にそれを評価してくれるところに身を置きなさい」

続けて、居酒屋なんてもっての外。そんなのは才能を与えてくれた神への冒瀆《ぼうとく》だ、と父親が聞いたら嘆《なげ》くようなことを嘯《うそぶ》いた。

もちろん、自分たちを育ててくれた居酒屋稼業を悪く言うつもりはなく、ただ、自身がキャリアで悩んでいただけに、妹には能力を活かしてほしかったのだろう。

そして、公務員なら安心よ、と付け加えた。

とは言っても、油断しっぱなしの大学生活を送ってきた沙友里に国家公務員試験に受かる自信はなく、いまさら挑戦する意欲も湧かなかった。

ある日、母親に言われ、横浜にある手嶋家の墓参りに行った。その後に立ち寄った赤レンガ倉庫のカフェでくつろいでいて、ふと目に入ったものがあった。

海上保安資料館横浜館だった。

壁面には〝北朝鮮工作船展示〟と表示されており、デートスポットとして名高いこの赤レンガ倉庫の一角にあって、異様な雰囲気を感じた。

前から目にすることはあったものの、気にしたことはなかったが、無料だというので何気なく入ってみた。

そこには、二〇〇一年に東シナ海で北朝鮮の工作船との間に発生した『九州南西海域工作船事件』に関する資料展示がされていて、特に、銃撃戦の末に自沈し、のちに引き上げられた、錆《さび》だらけの工作船が無言の主張をしているように思えた。

そのときの様子がビデオで紹介されていたが、銃撃の痕《あと》が残るその船体を目の前にしていると、物語ではなく、まるでその場に居合わせたかのように実感された。

こんなの戦争じゃん。日本は平和じゃなかったの？

どこか別世界の話を聞かされたような気持ちで外に出ると、そこには夏の陽光を眩しく反射する白い巡視船の姿があった。

あとでわかることだが、これは世界最大級の巡視船である〈あきつしま〉で、その迫力に見入ってしまうとともに、どこか頼もしくもあった。

資料館横浜館の入口でもらったパンフレットに目をやった沙友里は、気付けば『海上保安官募集！』と書かれたＱＲコードをスマートフォンで読み取らせていた。

入庁後、海上保安庁 情報通信課に進んだ沙友里はこの最前線に投入された。英語に加え、中国語も堪能だったことが評価され、適材適所で配置されたのだと思っている。

沙友里の選択を、誇らしいと言ってくれた姉は、いまはもういない。海上保安官の道を選んで二年後、事故で亡くなった。

姉が残してくれたその言葉は、今でも沙友里の原動力になっている。

「向こうはソン・ビン中尉です?」

「いまは違うけど、賭けてもいい。手嶋ちゃんが出たら、向こうはビン中尉を出すよ」

やれやれ、と呟《つぶや》きながらヘッドセットをかけると、窓を通して睨みをきかせながらマイクを口元に寄せた。

「中国海警船体、こちらは日本国海上保安庁巡視船PLH35である。日本領海内における迎え入れない通航は認められない」

続いて同じ内容を中国語で言う。これを二回繰り返したところで応答があった。

『この海域は中国固有の領海であり、貴国の領海の解釈は一方的である』

鈴本がにやりと笑う。声がソン・ビン中尉だったからだ。

「尖閣諸島は日本の領土であり貴船の主張は認められない」

このあと応答がなくなる。海警の針路に変化はないか注意深く観察する。目的はなんなのかと問うたところで答えはないし、相手が反応してくれなくても、根気強く待つことしかできない。

警察官であれば、不法侵入を認めたら逮捕することだってできる。海保も漁船や不審船が領海内にいれば停船させて乗り込み、立検（立入検査）を行うことができるが、相手が中国海警局となるとそうはいかない。

そこにジレンマを感じる。

ただただ勝手な中国側に付き合わされているだけではないか。

ふらりとやってきて、ふらりと去っていくこともあれば、挑発的な針路変更を繰り返すこともある。

今日はずっと並走していて、こちらが海警を追っているのか、それとも海警がこちらを追っているのか、時々わからなくなる。

ただし、海警の行動には明確な目的がある。

この海域に中国公船が現れる日数は年々増加しており、とうとう一年のうち三三〇日を超えるようになってきた。ほぼ毎日、彼らはここにいることになり、まさに日常の風景と化している。

この日本の端っこで起きていることを、国民が知るとすればメディアを通してということになるが、あまりに〝日常〟すぎていちいち報道されなくなってきている。

日本は尖閣に領土問題はないとの認識だが、こうして中国が出張ってくると、海外のメディアからは、まるで日本と中国の間で領土紛争が存在するように見えてしまう。そして明確にどちらの領土なのか、第三国には判断できない印象を生み出す。

明確な線引きがある領土と異なり、海は実行力でその境界を曖昧なものにできる。それが中国の戦略だ。

その実、日本の海でありながら、ここで漁をする者はいない。まれに気鋭の政治家や漁師がごく限られた日数で操業するが、そのときは大変なことになる。複数の海警船が漁船を追い回すため、こちらは大小五隻ほどの巡視船でガードしなければならず、現場は殺気立つ。

逆に、中国は漁船団で大挙して押し寄せることすら過去にはあった。

いずれは実効支配されてしまうのではないかという危機感は、意外と国内には伝わっていない。

正直、この海警船を忌々《いまいま》しく思うが、会話することが多いとそれなりに人心《ひとごころ》がついてくることもある。はっきりと口には出さないが、こっちも大変なのだ、と受け取れるような言葉を聞くこともあるし、天候が悪ければ別れ際にお互いの安全を祈りあったりすることもある。

しかし、なにが、いつ、どんな事態に発展するのかはわからない。その気はなくても偶発的に事故でも起きれば国際問題になりかねない。一秒たりとも油断することはできないのだ。

ソン・ビン中尉は一番話す機会が多い。顔は見たことがないが、声の落ち着き具合からおそらく四〇代前半くらいだろうかと想像する。

何度かやりとりをしたあとのことだった。別れ際に中国語が上手いと言われた。それに対しては素直にありがとうと述べたが、そのときに勝手にソン・ビンと名乗った。こんなことは通常あり得ないが、中国語を褒められたあとで気が緩み、思わず自分も名乗りそうになったのを鈴本が止めてくれた。

それからというもの、海警1306が出現すると、鈴本は沙友里に対応させようとする。

おもしろがってというよりは、不測の事態が発生したとき、やはりコミュニケーションが最後の砦になるからだ。

沙友里は再度、窓越しに睨みつける。

警告後も針路変更の兆しが見えないことから再度警告を発しようとしたときに反応があった。

『ちょうどいま帰るところだったから、最後に話せてよかったよ』

他の者に聞かれていることを意識していないかのようだ。

「どうぞ、すぐにお引き取りください。できればもう来ないで」

『またまた冗談を。それじゃまた。航海の安全を祈ります』

また来るのかよ、と心の中で舌打ちをした。

その言葉通り、海警1306はゆっくりと針路を変えると、速度を上げて接続水域を離れていった。

いつ果てるとも知れない、この奇妙な闘いにため息をひとつついた。

資料館横浜館で抱いた感情がじわりと胸に蘇る。

治安を守る最前線にいることの違和感と言えばいいだろうか。

〈あさづき〉はしばらくその海域を周回したあと、母港である石垣保安部に針路を向けた。この一週間、陸地は見えていても上陸しない日々が続いていたからか、陸《おか》に上がることのほうが、現実感がなかった。

［捜査官］吉見拓斗

吉見《よしみ》拓斗《たくと》は地面に投げ出した脚の間にビールとチューハイのロング缶を置いた。積まれていた網にもたれかかって夜空を見上げる。

高知と愛媛の県境にある小さな漁港で、時刻は夜の九時を少し回ったところだった。まだ早い時間ではあるが、この場に光を発するものはない。

海風は柔らかく、さっきまであった雲は流れ去り、新月ということもあって星空がきれいだった。

文字通り猫一匹いない状況ではあったが、息を潜める者は一五名ほどいた。

吉見も酔っぱらいを演じているだけで、飲酒はしていない。

港内に目を光らせながら襟元に隠したマイクに囁いた。

「こちら吉見、位置に就きました」

ここからどれくらい長く酔っぱらいを演じればいいのかは予想がつかない。なんなら本当に酒を飲みたい気分だった。

吉見がここで張り込むのは今日で三日目だった。一日目はバックアップ要員として車両待機。二日目はうずたかく積まれたパレットの隙間だった。

吉見はいま、犯罪捜査の任にあたっているが、警察官ではない。海上保安庁警備救難部の所属である。陸で起こる事件は警察が担当するが、海に起因する犯罪は海上保安庁の管轄で、同様に捜査権がある。

そのため、密漁の捜査では海なし県である長野や栃木に乗り込み、暴力団を摘発することも過去にはあった。

吉見は母子家庭で育ち、大阪・岸和田の団地で、年中〝だんじり祭り〟な生き方をするような荒くれ者たちに囲まれて過ごした。

しかし、だんじり祭りは町内のほぼ全員がなにかしらの役割を持って関わるためか、連帯感が強く人情に厚い。

高校三年になり、卒業後の進路決定を迫られるようになったが、パートを掛け持ちして苦労する母親の姿を見て育った吉見に、大学進学やバイトをしながらなにかしらの夢を追うという選択肢はなかった。

ただ、岸和田一文字と呼ばれる防波堤へ釣り客を運ぶ、渡し船のアルバイトをしていたことがあって、ぼんやりと船に関する仕事がしたいと思うようになっていた。

そこで下の階に住むおっちゃんが紹介してくれたのが海上保安庁だった。

お前はバカがつくほど単純で、面倒臭いくらい正義感が強い。海保に入れば三食ついて寮も完備。船に乗れば陸地のしがらみともおさらばだし、公務員だから母ちゃんも安心するだろうよ、と。

そんなことを言われ、試験に申し込んだ。

入庁したときは一年中船に乗るんだろうなとおぼろげに思っていた。特に強い希望はなかったが、主計科で調理を担当したかった。

しかし海から離れた部署を回り、荒くても人情を重んじる〝だんじり精神〟を見透かされたのか、いつしかSSTと呼称される特殊警備隊に配属された。海保内での通称は『オオサカ』。テロ対策の訓練に明け暮れた。

いまは神戸に本拠を置く第五管区海上保安本部警備救難部に異動したが、海上保安庁職員と言いながらも陸上勤務で一五年もこの世界にいる。そしてどういうわけか、出張や出向で各地に飛ぶことはあっても、任地は関西内に留まっている。

今回は漁船を使った密輸に関する情報があり、その摘発に赴《おもむ》いていた。

SST時代の隊長だった松井から応援依頼があり、高知まで出張ってこうして張り込みをしている。

テロ対策が主眼のSSTがなぜ密輸犯を追っているのかはわからなかったが、ニード・トゥ・ノゥ——知るべき者だけが知る——の原則があるので深くは訊いていない。

むしろ敬愛する松井と仕事ができるだけで満足感があった。

このあたりは岩場が多く接岸できる場所は少ない。かといってある程度の規模の港になると防犯カメラが備えられている。

対してこの港は、いまは五隻ほどしか停泊していないが、かつてはカツオ漁でそれなりに栄えたのか規模は大きい。しかも国道から逸れ、民家がポツリポツリとあるだけの小さな村にあり、自動販売機の灯りすら見えない。密輸犯がこっそり荷揚げをするにはおあつらえ向きだった。

そろそろ日付が変わろうかというとき、イヤホンに声が届いた。

『車が一台入ってくる』

港を監視している捜査員からで、漁具の隙間から覗いてみると、隣接する空き地にワンボックスカーが入ってきた。ライトは消えたが、エンジンはアイドリングを続けていて、エアコンを入れているのか、時折エンジンがブオーンと唸っている。

怪しいが、密輸業者にしてはいくらなんでも油断しすぎだ。

他の捜査員も同様に思ったのかイヤホンに声が届く。

『こいつらは違うな。イチャついてるだけじゃねえのか？』

『早くどっかに行ってくれねぇかな』

吉見も同感だった。密輸船が港に入ってきたとき、そこに誰かがいることに気付けば向きを変えて逃げてしまうだろう。

一番近くにいる吉見はマイクを口元に寄せる。

「隊長、退去させますか」

『待て。A班、動きはあるか？』

松井は港の外海を監視しているチームに訊いた。

『接近する船舶はありません』

『了解。吉見、しばらく様子を見る』

イヤホンを指で押さえながらもう一度車を見た。そこで異変に気付き単眼鏡で覗いた。

「隊長、様子が変です」

『どうした』

吉見はその車を助手席側から見ているが、なにやら騒がしい。車体は激しく揺れ、甲高い声も聞こえてくる。

遠目に見ていれば恋人が行為に及んでいるだけとも言えたが、そうではないと思ったのは男の声が漏れ聞こえたからだ。

――黙れ。

――騒ぐな。

そして窓越しに見えるのは、運転席から覆い被さる男と、手足をバタつかせている女。吉見はそのままを伝えた。

『了解した。吉見、しばらく待機しろ』

そのとき、小さな悲鳴がダイレクトに聞こえた。見れば助手席のドアが開き、女の上半身が外に出ていた。はだけたシャツに構うことなく逃げようともがくが、車内から伸びた男の手が女の髪を摑んで引き戻した。それからドアが閉まる直前、平手を打ちつける音が響いた。

『どうせお盛んな連中だろ、このへんはラブホもないし、イチャついてるだけじゃねぇのか』

どこの班の誰が言ったことかはわからなかったが、吉見がその無線を聞いたのは、その車の助手席のドアを開けたときだった。

そして女に覆い被さる男の襟首を摑んで引きずり出した。なにが起こったのか理解できずに、下半身を露出させたまま地面にずり落ちた男を吉見は冷たい目で見下ろした。

『おい！　なにやってるんだ！』

イヤホンに捜査員の声が響く。

「お、おまん、なんしとんじゃ！」

同じようなことを両耳で聞く。

男は立ち上がると、吉見に殴りかかってきた。しかし片手はズボンを押さえたままなのでバランスが悪い。吉見は軽くいなすと背後に回り、その露出した尻を思い切り蹴とばした。

松井の指示が飛んだのか、バラバラと捜査員たちが駆け寄ってくると、股間を押さえながら呻《うめ》いていた男をあっという間に運び去った。指揮所としても使用しているマイクロバスに連行するのだろう。

早く騒ぎを収めないと密輸団に気付かれる可能性がある。車を覗き込むと、女は助手席の足元で、ダッシュボードの下に潜り込むように小さく丸まっていた。

「大丈夫ですか？」

声をかけると頷いたように見えたが、身体全体を震わせているので、肯定の意味なのかどうかはわからなかった。

港の水銀灯の灯りでも、女の頬が腫れているのがわかった。そっと触れると、まるで電気ショックでも受けたかのように反応した。

確か後方支援部隊に女性職員がいたはずだ。

助けを呼ぼうとして、イヤホンが外れているのに気がついた。

『船影あり！　距離五〇〇メートル！』

『吉見！　すぐにそこを離れろ！』

ハッとして頭を上げると、防波堤の先に光る舷灯が見えた。

吉見は焦るが、優しく声をかけても女は震えるばかりで、無理やり手を引いても歩ける状態にはない。

「隊長、被害者はショックが大きいです。女性職員をこっちに回してください」

『無理だ、もう時間がない！　車ごとその場を離れろ！　ライトはつけるな』

エンジンはかかったままだ。運転席に乗り込んでドアを閉めた瞬間、女はパニックになったのか悲鳴を上げた。

『距離、三〇〇メートル！』

本当は落ち着くまでしっかり寄り添ってやりたかったが、なにしろ時間がない。吉見は車を発進させた。

Uターンをするときもサイドブレーキで減速する。この暗い環境でブレーキを踏めば、そのランプは一キロ先まで届いてしまうだろう。

震えながら発していた呻き声は、いまは嗚咽《おえつ》に変わっていた。

「もう少しの我慢だから。大丈夫だから」

ふと女と目が合った。吉見は安心させようと微笑んだが、それが悪かったのか、女は再びパニックになって飛び出そうとしてドアを開けた。

あまりに唐突な出来事に吉見は呆然とする。

速度は出ていないとはいえ飛び出せば怪我をする可能性もある。引き戻そうと吉見は慌てて手を伸ばすも、はだけたシャツに指先が触れただけで女は勢いよく転落し、後方に消えた。

そして次の瞬間、車は港内灯に激突した。

エアバッグが飛び出し、変な体勢だった吉見はこめかみを打った。

彼女は大丈夫か。

吉見が外に出ると、頭上の水銀灯が車の屋根に落下して、派手に割れた。

2

［パイロット］宗田眞人

宗田の左手には屋久島があった。

発達した低気圧が接近中との予報が出ていたが、まだその兆候は見られず、トカラ群島の島影が薄雲を通して見えた。

鹿児島基地を飛び立ったのは一五分ほど前のことだった。

〈まなづる〉との愛称がつけられたアグスタ139は全長一七メートルほどの機体で、最高時速三〇〇キロ、航続距離は一〇〇〇キロを超える。世界各国、民間・公的機関問わず広く採用されていて、海上保安庁では、海上保安航空基地を含めて一四の航空基地があるが、そのうち九拠点に配備されている。

宗田もかつては民間航空会社で、仕様は違うものの同型機に長く乗っていたこともあり、手足のように扱える機体だった。

先ほどコパイの巡視船への着船訓練を行い、燃料を補給。今日はトカラ群島を島伝いに飛び、管区の南端である奄美大島で折り返すパトロール計画を立てていた。

この時期は漁船だけでなく、船舶免許を取得したものの操船する機会が少ない、車で言うところのペーパードライバーのようなレジャー船も多く出る。

のんびりトローリングを楽しんでいるつもりが潮に流されたり、フェリーの航路や他の船舶の往来を妨げたりしていることもある。そういう連中は酒が入ることが多いし、観光で訪れたばかりの者なら海域特有の波や風を読めないこともある。沖合だからと油断して、波の下に隠れた洗岩《せんがん》と呼ばれる岩礁に乗り上げる者もいる。

海水浴客とサーファーやジェットスキーとの接触も後を絶たないなど、なにかと事故の起きやすいシーズンだ。

さらに今日は天候の急激な悪化も懸念されるから、なおさら警戒が必要だ。

操縦桿を握る宗田の左にはコパイの森下がいる。先日、ロッカールームで宗田を冷やかしていた張本人のひとりだが、宗田を前にするといたって優等生だ。年齢は宗田よりも一〇歳下だがすでに結婚していると聞いていた。

後ろには整備士二名と通信士がいて、彼らは上空からの監視や撮影などの業務を兼務している。

救助要請を受けて飛ぶときはさらに機動救難士を乗せる。

メンバーの組合せはフライトごとに替わるのが常で、鹿児島基地の規模であれば二カ月ほどで一巡する。

それでも、この五名の構成がぴったり同じメンツになるのはなかなかないのだが、宗田は鹿児島に配属されてきたときにはじめて組んだメンツを覚えていて、それがそろうと心の中でビンゴ！　と叫んでいる。今日はそのビンゴの日だった。

「なにか？」

最近、一緒になることが多い森下が怪訝《けげん》な顔を見せる。

しまった、口に出たか。

「いや、なんでもない」

そういえば、先日の『発作事件』のときもコパイは森下だった。これ以上、奇妙な行動は慎んだほうがいいだろう。

「ここからしばらく頼む。ユー・ハブ・コントロール」

「アイ・ハブ・コントロール」

それを合図に森下の操縦に変わった。森下は操縦の受け渡しや方向転換の際に機体を揺らす癖がある。力が入りすぎているのか。

宗田は民間航空会社で様々な業務をこなしてきたが、会社役員などの送迎をすることもあり、スムーズな操縦を求められてきた。空気密度の濃いところに飛び込んだときは頭上のメインローターが空気を叩くが、その音にすら気を遣ったほどだ。

もちろん海保ヘリのパイロットが目指すのは快適な乗り心地ではないので、森下に対してそんな指摘はしないが、機長はこうして適宜コパイに操縦の機会を与える。ときにはこっそりスイッチを操作して、異状事態にどう対処するかを見ることもある。

森下は一見冷静だが心ではパニックになっていることが多く、またひとつのことに集中する性格なのか、警告ランプに気付かないこともある。

人の意見に流されるというか、自己をしっかりと持っていないきらいがあって、先のロッカールームでも、他のコパイが言っていたことに同調していた。

どこがだ。

「高度、異常なし」

宗田は後ろのベテラン整備士と頷きあった。

実は計器を操作して、実際の高度よりもかなり低く表示されるようにしている。つまり計器の表示よりも高い高度を飛んでいるはずで、たとえばいまなら、右手にある中之島のトカラ富士の見え方で異常に気付いてしかるべきだ。

種明かししてやろうかと思ったとき、司令室から無線が入った。

『保安976へ』

「こちら976、どうぞ」

『南大東島《みなみだいとうじま》北西約一〇〇キロの地点に漂流船ありとの情報。行けるか』

南大東島は沖縄本島から約四〇〇キロ離れたところに浮かぶ島で、所在地は沖縄県だから本来は十一管区の受け持ちエリアになる。

しかし陸上の警察組織などと違い、明確な線引きがない海上で活動する海保の場合は臨機応変に対応する。

おそらく沖縄本島の天候が悪く、我々が一番早く到達できるのだろう。

宗田は太もものニーパッドに目を落とす。小型のバインダーがバンドで固定されており、各パイロットは無線の周波数や規制空域、近隣の空港など、フライトに必要な情報を各自で整理し、いつでも参照できるようにしている。計器類はデジタル化が著しいが、紙のほうが直感的にわかりやすいこともある。

ページをめくり、航空地図に指を当てて距離を測る。親指の爪ひとつが二五キロの縮尺だ。

続いて燃料計。

結構ギリだな。

『司令室、捜索海域が南大東島北西約一〇〇キロとした場合、当該海域での活動時間は一五分前後と予想される。それでもよろしいか、どうぞ』

『保安976了解した。それでは現場に向かい、漂流船の存在を確認次第、座標を送ってくれ。すでに十一管区の巡視船が当海域に向かっているのでそちらに引き継ぐ』

「保安976、了解」

宗田はナビゲーションシステムに数値を打ち込みながら森下に伝える。

「方位一六〇。さっさと確認して戻るぞ。燃料に気をつけろ」

「了解です」

森下は、やはり機体をグラグラと揺らしながら旋回させた。視界から島々は消え、海と空だけになった。

遠くに見える水平線は曖昧で薄暗かった。それはつまり、天候が悪いところにこれから飛び込むことを示していた。

残りの燃料も含め、時間との戦いだった。

［通信士］手嶋沙友里

海保の広報イベントに参加するために〈あさづき〉は那覇保安部を訪れていた。嬉々として国際通りに繰り出す舞に付き合わされたのは昨夜のことだ。

今日の昼前に那覇を出た〈あさづき〉は、まず徳之島沖で海洋調査を行ってから、石垣保安部に戻る予定になっていて、二時間ほど前に沖縄本島南端の喜屋武《きやん》岬を回り、針路を東に取っていた。

沙友里が休憩室で、誰かが差し入れてくれた〝ちんすこう〟をかじっていると、舞がドアの隙間から首を突っ込み、沙友里を確認するや、テーブルの狭い隙間を小さくステップを踏みながら駆け寄ってきた。

この様子だと、沙友里を捜してあちらこちらの部屋を覗いてきたのだろう。

そして開口一番に言った。

「絶対、テレビよね」

なんのことかわからずポカンとする沙友里に、舞はじれったそうに身体を捩《よじ》る。

「まっすぐ石垣に帰らないことよ。それって尖閣はなかなか見せられないからよね」

言い直してもなお、まだ言葉が足りないが、要するにこういうことだ。

那覇を出港する際に、東京のテレビ局のスタッフが四名ほど乗船した。バラエティ番組制作のためで、カメラが来ても普通にしているよう通達を受けていた。映ってはならないものについては放送前に広報がチェックし、モザイクをかけたり、カットしたりするよう要請することになっているようだ。

　こうしてメディアに取材させるのは海保側にもメリットがある。海上保安業務についての認知度を上げ、人材確保に繋げるためだ。そのためにはそこで働く者たちの素顔を紹介し、身近に感じてもらうことが大切だ。

　とはいえテレビ局側からすると、平凡な航海よりもなにかエキサイティングなことが起こったほうが嬉しいだろう。

　石垣に直行するのではなく、わざわざ逆方向の徳之島沖で海洋調査を行うのはそのためではないかと、舞は言っているのだ。

「まあ、でもいいんじゃない別に」

「でもさあ、尖閣だったら沙友里の出番が多くなるじゃん、きっと。だからファンとか増えると思うのよね。〝美人すぎる通信士〟とかキャッチーじゃん」

　沙友里は舞を黙らせるために、これでも食ってろとばかりに、ちんすこうを押しやった。

「そのさ、〜すぎるとか安易よね。そんなの勝手に言われたらさ、絶対〝思ったほど美人じゃないよね〟とかコメントが荒れるんだから。勝手にハードル上げられて迷惑よ」

　舞はなぜか食い下がってくる。

「テレビだってさ、沙友里みたいな可愛い子を映したほうが視聴率稼げるだろうし、広報もそう思ってるかもね。『あんな可愛い子がいるなら俺も海保に入ろう』なんて思ってくれて、希望者が増えることを期待しているのよ」

「アラサーに可愛いはやめてよ」

「なんでよ、いいじゃん。アラサーだって可愛いに越したことはない」

これまで長かった髪をショートにして以来、舞はことあるごとに〝可愛い〟を連発する。今どき、ルッキズムが過ぎるというものだ。

それに、ずっと言われ続けると、本当はそんなことはないのではないかと勘ぐってしまう。

そういう舞こそ美人だと思っている。仕事中は髪の毛を結《ゆ》わえているが、天然パーマのかかり具合が絶妙で、ウェーブのある髪をワンレン気味に垂らすと色っぽい。ただ、本人曰《いわ》く昭和顔になるせいか、モテるのはおっさんばかりだと嘆いていた。

「でもさ、あんたは何カ国語も喋れるからいいよね。可愛くてさらに頭が良いとなればテレビ局もほっとかないって」

「そんなことないわよ。なぜか言葉は覚えられるんだけどさ、数式とかは全然覚えらんないし」

通信課では、意外と計算をする機会が多い。他にも無線の仕組みやら回路、周波数の計算など覚えなければならないのだが、文系の沙友里はかなり苦戦した。

「てか、島唐辛子味のちんすこうってはじめて食べたわ。あまり辛く――辛っ！」

舞にコーヒーを差し出す。

「カメラ来たらどうすればいいんだろうか」

沙友里の問いに、舞は悪戯《いたずら》な笑みを浮かべる。

「普段通りでいいって言われているけどさ、ウチらは普段通り見せちゃったらヤバいよね」

沙友里もつられて笑う。

オフのときは、そこらへんのＯＬが給湯室や居酒屋でガールズトークをしているのとなんら変わらない。

「もし里香がいたら、船内恋愛を暴露してたかもね。それ聞きたかったわー」

舞は心の底から残念そうに顔をしかめた。

失恋した里香は沖縄上陸後に休暇を取得していて、いまは乗っていない。

「傷心バケーションでいい出会いがあるといいけどねー」

それはそれで心配なこともある。

「那覇での出会いってアバンチュール狙いの観光客か、ナンパな地元民くらいじゃない？」

幸せになってほしい里香を心配して言ったのだが、舞は獲物を見つけた悪魔のような目になった。

「おやおや沙友里殿。那覇でなにかあったのでしょうか？」

予期せぬ矛先の変化に戸惑う。

「なに言ってんのよ、なにもないわよ」

「いやー、だって、その美貌で適齢期を過ぎているのに、なにもないなんておかしいわ」

「海に出てて、どこに出会いがあるっていうのよ」

「えー、いるでしょうよ。〈あさづき〉にだって、石垣保安部にだって」

「日本の人口で三〇代から、んーと四〇半ばくらいまで入れると男は一三〇〇万人くらいいるのよ。それなのにどうして一〇〇名そこそこの選択肢しかないわけ？」

「うわ、調べすぎ、引くわー」

待て待て、どうして私が引かれなくてはならないのか。

「で、なに。那覇に対してネガティブなイメージをお持ちなのは、男に遊ばれたの？」

舞は一度狙った獲物は逃さないといった面持ちで覗き込んでくる。

「違うっつーの」

「じゃ、あれか。確か沙友里って横浜出身だよね。遠距離恋愛が長くなりすぎて上手くいかないとか」

「それも違う。ただいい人がいないだけ。あなたはどうなのよ」

「あたしはどうでもいいのよ。那覇はあたしもだめだけどね。出会う男はみんな『宵越しの銭は持たぬ』的な奴らばかりで、その日が楽しければオッケーみたいな。江戸っ子かっつーの」

さすがにそれは言いすぎだと思った。舞の周りに集まる男がそうだっただけの話だ。

出し抜けにノックと同時に扉が開き、ぬっとカメラが入ってきた。

「すいません、みなさんからお話を聞かせていただいておりまして、ぜひ女性職員の方からも素顔の海保職員のお話を聞かせていただきたいのですが」

ディレクターなのか、若くて都会的な雰囲気の男が言い、舞がさっそく食いついたのがわかる。簡単に女を出すのをやめろと言ってやりたい。

ふたりとも身体に染みついた動作で素早く立ち上がると、気を付けの姿勢をとった。

「あ、普段通りで構いませんので。どうぞお座りください」

再び椅子に座る。普段通りを装っているが、ふたりともさっきまでと違って背筋は伸び、言葉遣いも切り替えている。

「船の生活が長いですが、上陸したときはなにが楽しみですか？」

舞が、いまからとても恥ずかしい話をします、というふうに照れて見せた。

「カフェ巡りが好きなんです」

居酒屋巡りだろ、とツッコミたくなるのを抑えた。

「では、あなたは？」

カメラが沙友里を向いた。

「読書です」

心にもないことを言ってしまった。

こんな表情を撮られたくないと思っていると、天井のスピーカーからガサリとノイズに続いて船内放送が鳴った。

『南大東島付近に漂流船の情報あり。本船は予定を変更し、その捜索に向かう』

あわよくばなにか〝エキサイティング〟な展開にならないかと〝撮れ高〟を求めていたテレビクルーは喜色満面の様子だったが、沙友里は、見合わせた舞が顔をしかめているのを見て、自身の認識が合っていることを確認した。

彼女は航海士だ。この先の天気予報が頭の中に入っている。

荒れるぞ——舞の渋面が、そう言っていた。

［捜査官］吉見拓斗

吉見は拍手で迎えられた。

自身の古巣でもあるオオサカの本部に呼び出され、隊員たちから贈られたその拍手が嫌味であることはこの場にいる者たちの顔でわかる。高知での張り込み失敗の原因を示唆しているのだ。

それも無理はない話だった。張り込みにおいては、灯りや音を出さないように細心の注意を払っていたのに、車を街灯に衝突させ、さらに水銀灯の落下による音は、まさに発砲音と同じだっただろう。

入港直前だった船はくるりと向きを変え、どこかへ去ってしまった。

あれが密輸団だったかどうかはわからないが、逃した魚はなんとやらで、吉見に向けられる目は怒りを通り越して呆れたものになっていた。

吉見はそれらを素通りして一番奥の席に座る松井の前まで進み、一礼した。

「お呼びでしたか」

岩同士をぶつけて割れた断面のような無骨な顔の松井に睨まれただけで身が竦《すく》む。松井の下で長らく働いてきたが、いまだに慣れない。

張り込みの件を詫びようと思ったが松井に機先を制された。

「付いて来い」

それだけ言って立ち上がった松井は険しい表情のまま廊下を進む。その間、松井はひとことも話さなかった。その背中になにも訊くなと書かれているようで、吉見はただ黙って歩いた。

やがて普段は来ることのないエリアにある廊下を進んだ。これはなにかしらの処分が下されるのだろうか、と身構える。

松井はずらりと並ぶドアのうちひとつをノックした。

部屋の中には上等なソファーが向かい合わせに置かれていて、先客が立ち上がった。

その男をひと目見て、怪しい、と思った。

見た目は、道頓堀の飲み屋で仕事の愚痴をこぼすだけこぼし、二次会はせずに帰宅するタイプのサラリーマンだ。どこにでもいそうな特徴のない立ち姿。

それだけに、無理やり本性を隠そうとするかのような独特な雰囲気があった。

「こちらは警視庁の方だ」

松井が紹介し、吉見は頭を下げながら疑問に思う。

警視庁？

「公安部の山崎です」

目が邪悪に光ったように思えたが、それは銀縁メガネのフレームだった。

「警備救難部の吉見です」

皆が腰を下ろしたところで松井が隣に座る吉見に向き直った。

その瞬間、この部屋の中にいる者で、自分だけが知らないところで話が進んでいたんだなと直感した。

「お前にはやってほしいことがある」

お前には、ということは、みんなではないということなので、良く言えば特別任務、悪く言えば『チームワークがとれない奴はひとりで動け』ということになる。

「なにをすればよいのでしょう」

「東京に行け」

……は？

「出張ですか」

「出張じゃない。出向だ。配置先は」

そこでテーブルを挟んだ反対側で、笑みを浮かべている山崎を見てハッとする。

「警視庁公安部……ですか？」

山崎が前屈みになった。テーブルの麦茶に手を伸ばし、一口付けてから言った。

「我々はある団体を追っています」

コップを下ろすときに笑みすら浮かべていたので、まるで「夏は冷たい麦茶に限りますな」というような軽い口調で言われたような気がした。

吉見は山崎に訊く。

「その団体と……海保にはどのような関係があるのでしょうか」

なんなら、どうしても東京に行かなくてはならないのかとも訊きたかったが、まだそのタイミングではないと一旦胸に留めた。

「その資金源が密輸によるものだと見ているからです」

念のため、という感じに付け加える。

「海からの、です」

松井が補足する。

「この前の張り込み。あれも警視庁さんからの情報提供によるものだった」

吉見の眉間に皺《しわ》が寄る。

ということは、あの張り込みを台無しにした張本人に、出向してこいと言っていることになる。

これはなにかの懲罰《ちょうばつ》だろうか。

松井は吉見の表情からその考えを察したようだった。

「今後の捜査を摘発に繋げるためには双方の連携が不可欠だ。お前を選んだのは単純に能力を評価した上でのことで、お前の上司の許可も得ている」

言葉通りに受け取っていいのだろうかと懐疑的になるが、犯罪を捜査するのにしがらみでその機会を失うなんてことは考えないだろう。

「吉見さんは、以前はテロ対策班にもいらっしゃって、松井さんの下で働かれていたとか」

その声の主である山崎に再び視線を戻す。

「はい、その通りです」

「我々が松井さんにお願いしたのは、捜査の経験だけでなく、その能力を備えた人材です」

「その？」

「資金源とするためになにを密輸しているのかは不明ですが……専門知識や技術を持った人を捜していたのです。特に銃火器や爆発物の扱いや、制圧について」

単なる密輸ではなく、なにやらきな臭いものを運び込もうとしている連中が相手のようだ。

「それで……私は具体的になにをすればよいのでしょうか」

「基本的には我々と捜査活動を共にしていただきます。その過程で海保さんとしての助言、また摘発に向けて両組織の橋渡しをしていただきたい」

他にも適任者はいるのではないかと思った。なぜ松井は自分の部下から選抜しないのだろうか。ひょっとしたら刑事事件の捜査に関わった経験も必要としているかもしれないが……。

松井が頷く。

「こういう機会はなかなかないから、将来のことを考えると、これはいい経験になると思うぞ。他の隊員はやりたくてもできないんだからな」

口が上手いなと思いながらも、ここまで来ると、断るという選択肢はないのだろう。

「了解しました。いつからですか」

山崎もそのことを訊きたかったとばかりに笑みを松井に向けた。

すると松井は申し訳ないという表情で山崎に頭を下げた。

「いくらなんでも、彼にも準備が必要ですので」

その通りだ。特に心の――。

「明日からでいいですか。今日は午後半休を与えて準備をさせます。朝イチで向かわせますよ。幸い、彼の実家はすぐ近くですから」

吉見は混乱した。実家は確かに近いが、いまの生活の拠点は神戸だ。

しかも、準備といっても、出向はどれくらいの期間なのか。

混乱気味の吉見に松井は、まるでとっておきのオファーをするように言う。

「とりあえずは蒲田に海保の官舎があるからそこを使っていいし、落ち着いたらアパートを探すのもいいかもしれない」

アパートを探す？　しばらくは帰って来られないということか？

会合の一番の峠は越えたとばかりに談笑をはじめたふたりを、吉見は信じられない思いで眺めていた。

やはり、これは懲罰なのだろうか。

3

[パイロット] 宗田眞人

「そろそろ見えてきてもいいはずです。みなさん、よろしくお願いします」

再び操縦桿を握っていた宗田は、広範囲を見渡せるよう高度をやや高めでキープした。隣では森下が、背後では整備士と通信士が双眼鏡を使って漂流船を捜しはじめた。しかし漂流しているということは目印となる航跡もないはずで、すぐに発見できるという印象はなかった。

指示されたエリアは沖縄本島と奄美大島、そして南大東島を三角形で結んだちょうど真ん中あたりだった。このあたりの半径二〇〇キロの範囲には小島すらない。

ヘリを運用する公的機関、民間企業は様々あるが、海保のように海の上を飛び続けるのは、他には海上自衛隊くらいだろう。

五分ほど経った頃、整備士のひとりが言った。

「いました、八時方向、タンカーですね」

宗田が機を旋回させ、高度を滑らかに下げると、それに連動するように通信士が無線連絡を入れる。

「一五時九分、タンカー発見、これより接近します」

発見に手間取った分、ここに留まれるのは予想よりも短く、一〇分ほどだろう。

巡航と比べ、ホバリングは燃料の消費が増大する。帰り着けるだけの燃料を残しておかなければならない。

見えてきたのは錆だらけの船体、タンカーとしては小型の部類だろう。確かに漂流しているようだった。

しかしすぐに異変に気付く。船名や船籍表示がないのだ。本来、それらを表示しているはずの船体の箇所には何度も塗り潰されたような形跡があり、それさえも所々かさぶたのように剝がれ落ちている。

宗田はヘリを近くまで寄せる。ブリッジに人気《ひとけ》はなかった。

「やはり無人かな？」

「そのようですね」

森下がタンカーを覗き込みながら言った。

「カメラで確認します」

通信士が機体に取り付けられたリモートカメラを操作した。

「電気も点いていませんね。やはり無人のようです」

甲板を這い回るパイプ類からこの船は液体の運搬に使われるものだと推察できるが、船の大きさから見て石油ではないだろう。船名も船籍表示もないということは、廃船になったあと、解体される前にどこかの港から漂流してきたのかもしれない。

「ドリフターか」

ベテラン整備士の、流れ者を意味する呟きが、ヘッドセットに届いた。

東南アジアなどで、解体待ちの船を沖で係留しておくことがあるが、それが悪天候などで流され、黒潮に乗って日本近海までやってきたという案件を以前聞いたことがあった。

宗田はさらに高度を下げ、注意深く観察する。

小型のタンカーとはいえ全長は一〇〇メートル前後あるだろう。パイプ類は錆だらけで、途中で外れているところもある。ブリッジの塗装もあちこち剝がれ落ちていて、長時間放置されてきたことを想起させた。

「機長、そろそろ」

森下がナビシステムを操作しながら言った。

残りの燃料に応じて到達できる距離が画面上に表示されているが、鹿児島航空基地がその限界に近づきつつあった。

「了解。司令室に座標を伝えてあとは巡視船に引き継ごう」

通信士の報告を聞きながら、宗田は機体を上昇させようとした。しかし最後にタンカーを一瞥したときに、いないはずのものが見えて、慌てて機首を上げて急制動をかけた。

「うわっ」

後ろから声が上がる。

「どうしたんです?」

森下も困惑の視線を向けた。

「人がいる!」

宗田が言うと、えっ、と皆が息を呑んだ。

「デッキ中央、パイプがクロスしているあたり!」

再度ホバリングさせ、そこが見えるように接近する。

「見えないです」

背後では三人が口をそろえる。ひとりは双眼鏡を使っていたが、やはり首を横に振っていた。タンカーが機体の右側に位置していたため、森下は背筋を伸ばすようにして宗田越しに見るが、やはり確認できないようだった。

「確かにいたんだが……」

宗田はヘリを思い切り接近させたが、やはり人影は見えなかった。

「おそらく女性で、赤色のシャツとジーンズ。パイプの陰からこっちを……」

宗田には、女がこちらに向かって手を伸ばしているように見えた。助けを求めるように、この手を取ってほしいというように——。

フラッシュバックする過去の映像を、宗田は頭を振って、意識の外に追いやる。

「ちょっと、今度は反対側から。あそこに……」

別アングルから確認できるように機体を移動させる。

しかし宗田があまりに熱く言うのが気持ち悪いのか、皆は困惑の表情だった。

あれは幻だったのか？

冷静に考えれば、何日も漂流している船に人がいるなら、むしろ助けを求めて積極的に手を振ってきてもいいはずだ。

またフラッシュバックが襲う。

暗い海の底に沈むことが定めのように、彼女はゆっくりと、しかし確実に暗闇に吸い込まれていった。

手を伸ばす彼女……。その手を摑もうとするが、沈み行く彼女のスピードに追いつけない。指先が触れた気がしたのに――だが、救えなかった。

動機が高鳴り、息苦しくなる。振り払おうとしても、宗田の意識は彼女と共に暗闇の底に沈んでいく……。

「機長？」

我に返った。そして呼吸することを何回分か忘れていたかのように、宗田は咽せた。

「大丈夫ですか？」

ふたりの席で連動する操縦桿が、ぴくりと動いた。森下は宗田がまた発作を起こしたのではないかと思い、いつでも操縦をテイクオーバーしようと手を添えたのだ。

「大丈夫だ」

「そうですか」

そうは見えないと言いたげだったが、操縦桿から抵抗が消えた。

「そろそろ燃料が」

確かにそれは限界に近かった。さらに空は急激に暗くなっており、南の水平線はカーテンを下ろしたようになっている。雲間からは雷光も見え、それが光る度に黒い雲を立体的に描出していた。北寄りの風は強まってきており、鹿児島基地へは逆風の中を飛行することになる。つまり燃料を余分に消費するため、これ以上ここに留まるのは危険だった。

「あとは巡視船に調べてもらおう。帰投します」

宗田は今度こそ機首を鹿児島に向けた。

まるで、機長の乱心に付き合わされていたとばかりに、機内が安堵で満たされたような気がした。


鹿児島基地に着陸したとき、燃料は一五分ほどの量しか残されていなかった。

一五分あればかなりの距離を飛べるが、それでも不測の事態が発生したときの保険としては心もとない。特に海の上だと不時着して助けをのんびり待つということはできない。海の上を飛ぶ海保パイロットにとって、燃料はまさに命の水だ。

「宗田さん、基地長がお呼びです」

そのことを聞きつけたのだろう。着陸早々に呼び出された。

目黒が待ち構える基地長室に出向くと、常に余裕を持って行動するよう、一時間ほど説教を受けた。

　そしてまた宗田を心配する。

「本当に大丈夫か？　言っておくが俺はお前の味方だからな」

「もちろん理解しています。いつもありがとうございます。ですが、心配はご無用です。職務は完璧に全うできます。まあ、噂話のネタは提供してしまったかもしれませんが」

　目黒はそれだよ、と人差し指を立てる。

「噂話にしろ、周りが騒ぎ立てるとな、それが本部の耳に入ってしまうかもしれん。そしたら面倒なことになる」

　調査部門に、宗田には機長としての適性がないと判断されたら、パイロットの職を失ってしまう。

　基地長室を辞した宗田は、自販機でコーヒーを買い、格納庫の扉の横に腰を下ろした。いまは離着陸する航空機はなく、鹿児島空港は静かだった。

　ぽつりぽつりと雨粒が落ちてきて、見上げた宗田の頬を濡らす。焼けたアスファルトが急速に冷やされ、夏独特の匂いがした。

　それが呼び水になったかのように、あの光景が蘇る。救えなかった〝彼女〟のためにこの道を選んだつもりだったが、自分に空を飛ぶ資格があるのかと問われているようにも思えた。

　またぎゅっと胸が締め付けられる。

　かつて、その苦しさから逃れるために、短絡的に酒に溺れたこともあった。精神安定剤を手放せないまま、日本各地をあてもなく旅したこともあった。

しかしそのいずれも効果はなかった。

ごめん……ごめん……。

込み上げる感情に理論的な解釈などできず、ただ苦しくて、崩壊しそうな涙腺を必死で堪《こら》えた。いっそのこと泣いて、涙を雨のせいにしてしまおうか。

『宗田さん、宗田さん』

館内放送が鳴り、宗田を現実に呼び戻した。目黒が言い忘れた小言があるのかもしれない。

そして、いま自分を精神的に繋ぎ止めているのは仕事なのだなと、自覚する。

実際、目黒は宗田の良き理解者だった。仕事終わりに飲みに行くこともあれば、休みの日に釣りに行くこともある。自宅に招かれることも多々あり、家族ぐるみで付き合いをさせてもらっている。

目黒がそこまで宗田の面倒を見るのは、危なっかしいからだ、といつだったか目黒自身から聞かされた。

経験者として採用されると、生え抜きの若い保安官の階級を飛び越して入庁することになる。多くの者はそんなことは気にしていないのだが、宗田自身が気を遣いすぎ、壁をつくっていると取られたようだ。

他と群れず、ひとりで過ごすことが多い宗田を見た目黒は、子供ができなかったこともあり、手の掛かる息子くらいに思えたようだ。酔っぱらうとそんなことをよく話していた。

本人には言っていないが、目黒の小言にある種の安らぎを感じてしまうのは、その親心のゆえなのかもしれない。

そんなふうに思いながら腰を上げた。

『宗田さん——至急、通信室へ』

通信室？

どうやら追加で小言を言われるわけではなさそうだった。

［通信士］手嶋沙友里

「このあたりのはずだな」

船長が言い、主任航海士が頷く。同じく航海士である舞も、その後ろでうんうんと頷いていた。

タンカーが漂流しているという海域に到着したものの、レーダーに反応はなかった。

手が空いている者は皆、周辺を見渡していた。沙友里も大粒の雨が落ちはじめた海面に目をやりながらタンカーの姿を捜すが、急速に暗くなったこともあって視界はあまり良くない。漂流船ならば灯火類も期待できない。このまま日没になれば捜索は困難になるだろう。

波のうねりも強く、なにかに摑まっていないと転げてしまいそうになる。

波に対して船を正対させているため、船首が壁のように立ち上がる波を突き破りながら進む。切り裂かれた波は塊となってブリッジ正面に激突し、視界をさらに奪った。

振り返ると、一大イベントに嬉々としていたテレビクルーは、皆、恐怖と船酔いで顔色が悪かった。

「これ以上は危険だな……手嶋！」

船長が沙友里を呼ぶ。

「十管の司令室に繋げろ。タンカーを目視したパイロットに要救助者の有無と、そもそも座標が合っているのか確認しろ」

「了解しました」

沙友里はコンソールを操作し、司令室経由で鹿児島航空基地に繋いでもらう。報告したパイロットを呼び出しているという案内のあと、ガサリとノイズが鳴って男の声が聞こえた。

『こちら、十管の宗田です』

その声を聞いた途端、沙友里は心臓を雑巾のように絞られた思いだった。呼吸すら止まっていたのかもしれない。怪訝顔の鈴本に促されて、話しはじめるまでに、数秒間、呼吸を整える必要があった。

「こちら十一管巡視船〈あさづき〉、通信士の……手嶋です」

すると今度は向こうが声を詰まらせた。ぎこちない返事が返ってくるまで二秒ほどかかった。

宗田は、姉の恋人だった人物だ。姉を交えてよく食事をしたものだが、最後に三人で会ったのは六年も前のことだ……。

今度は船長の怪訝顔に気付いて脳を切り替える。

「えーっ、現在、報告があった海域に到着し、捜索にあたっていますがタンカーを発見できていません。そこで状況の確認をさせていただきたく」

『え、見つからない？　あんなに……』

大きいものが、と続けたかったようだ。

座標を読み上げると、復唱の後に間違いないと返答があった。

「現在、当海域の天候は悪く、留まることが難しい状況です。人がいたというのは間違いありませんか」

気付けばテレビカメラがこちらを向いている。

やだな……そっちのアングルは。

ヘッドセットを押さえるふりをして、気になりはじめていた肌のシミを隠す。

『はい、間違いありません』

と言った後に小声で誰かと喋っているのが聞こえた。そして訂正した。

『可能性が高いです』

また小声が聞こえる。おそらく宗田の背後に上官がいて指示しているようだ。

『可能性があります』

スピーカーを通して会話を聞いていた船長が、やれやれと首を振る。

『正確に言うと、乗員五名のうち、人がいるのを目視したのは私だけです。タンカーを撮影した映像はありますが、人物はとらえていませんでした』

こちらとしても、人がいるのといないのでは捜索の心持ちが変わる。我々のリスクと救助活動という天秤の支点をどこに置くのか。

この天候では、仮にタンカーを発見したとしても救助活動は困難なものになるだろうが、それでも状況がわかれば、なにかできることはないかと策を練ることはできる。

しかし乗員の命を預かる船長としては、不確定な情報を元に、無意味なリスクを負うわけにはいかないのだ。

それにしても、巨大な船体を見逃すことがあるのか。

「幽霊船」

という小声が背後から聞こえた。ディレクターだ。おそらく、番組のタイトルとして閃いたのだろう。『海上保安庁24時！　消えた幽霊船を追え！』とか。

「船長っ！」

ずぶ濡れの乗組員がブリッジに飛び込んできた。レインコートのフードを上げると、その意味がなかったくらいずぶ濡れの顔が現れた。眼鏡は曇りと水滴で覆われて、彼の目を見ることができない。しかし彼からは見えているのか、しっかり船長を見据えて言った。

「たったいま油膜を通過しました」

「なにっ、規模は」

「波が高くてはっきりとはわかりませんでしたが、西側の斜面に反射するのが見えました」

現在、我々は前線の真下にいるが西側の空はまだ明るさを保っている。波は高くとも白波が立っていなければ海面は滑らかなので、光の反射でギラギラと油で覆われているのがわかったのだろう。

この海の只中《ただなか》で油膜ができる理由はひとつしかない。

「本船のものではないのだな？」

「はい、北の方向に向かってベルト状に延びていました」

航海士が海図を確認しはじめる様子を見ながら沙友里は再び通話をする。

「こちらで油膜を確認しました。タンカーのものであると思われます」

『えっ』

宗田だけでなく、その部屋にいる者たちが息を呑んだのがわかった。

『沈没……ですか？』

「タンカー本体の姿が見えず、油が浮いている理由としてはそうなります」

そこでふと気付く。

宗田の「ですか」という語尾が疑念を抱くようなイントネーションだった。

沙友里はいつの頃からか、感情の揺れに対して敏感になっていた。心理学を学んだわけでもないのに、特に男の嘘については見逃さない。

男に騙されないための、一種の防衛本能かもしれない。

「なにか懸念でも?」

『ああ、いえ。自分が見たときは、沈没の兆候はなかったので』

そんなこと言われても。

また立ちはだかる壁のような波を切り裂いた。V字に割れた波が怒ったように船体にぶち当たる。

船長が目配せをした。通信を終了させろということだ。

「ご協力ありがとうございました」

『はい、あっ。えっと』

ぎこちない間に、周囲が何事かと耳を傾ける。

ちょっと、みんながこの無線を聞いている中で「久しぶり」とか「元気だった」とか言わないでよね。

『お気をつけて』

沙友里はこっそりため息をついて、通話を終了させた。

そして船長は現場からの離脱を宣言し、船は石垣に針路をとった。

ふと見るとテレビクルーの姿はなかった。そしていつから置いてあったのか、手すりには小型カメラが取り付けられていた。

定点カメラに撮影を任せ、本人たちは逃げたようだ。おそらくトイレに。

［捜査官］吉見拓斗

東京に来るのはいつ以来だろう。

蒲田駅に降り立った吉見は、雑多な街を見渡して思った。なんとなく大阪・鶴橋あたりと雰囲気が似ていて安心した。

近くに官舎として借り上げているアパートがあり、その一室に仮住まいすることになった。どこまで本気かわからなかったが、松井は長引くようなら東京に引っ越せと言っていた。

冗談ではない、と思いながら商店街を抜け、路地に入る。

海上保安官は全国の異動が多い組織ではあるが、これまで東京は避けてこられていた。東京はどうも好きになれなかった。生まれも育ちも関西で、大阪にいれば東京の必要性を感じなかった。

スマホに導かれること一〇分。鉄筋三階建ての、築年数はおそらく四〇年くらいのアパートが現れた。

外階段を二階まで上り、四つ並んだ扉の奥から二番目が吉見にあてがわれた部屋だった。

二〇平米ほどのワンルーム。もともと和室だったのを無理やり洋室に改装したのだろう。中途半端だが、地方から上京してきた学生は喜びそうな間取りだった。

夏の最低限の家具はそろえてあると言われていたが本当に最低限で、ベッドにいたっては海上保安学校の寮で使っていたものではないかと思えるほどに質素だった。

熱気がこもっていたので窓を開け放つと、目の前の電柱に留まっていたアブラゼミが、抗議するようにジジジと鳴きながら飛び去った。

ギイと軋むベッドに腰かけた途端、携帯電話が鳴った。公安の山崎だ。

ひと息つく間も与えてくれないのか。ひょっとしたらどこかから覗いているのかもしれない。公安ならやりそうだと思いながらカーテンの隙間から外をちらりと見る。誰もいなかった。

咳払いして、通話ボタンを押す。

『着いたばかりのところ申し訳ないが、さっそく合流してもらえますか』

やはり見張っているのだろうか？

「はい、了解です。桜田門ですか」

『いやいや、惜しい。桜新町です』

惜しい、の意味がわからない。

『とりあえず、桜新町の駅に着いたら連絡してください』

これまでの人生を東京と縁なく生きてきたことを知らないのかもしれないが、容赦なく未知の地名を投げてきた。

スマートフォンのアプリで行き方を調べる。桜新町は東京都世田谷区にあり、桜新町駅は渋谷に至る田園都市線という地下鉄の駅のようだ。

乗り換えアプリにはさまざまな選択肢が表示されたが、どれも乗り換えは二回必要で、五〇分ほど時間がかかるようだ。

再び蒲田駅に向かいながら、この街にいつまでいなければならないのだろうかと思った。まさか、正月をここで過ごすってことはないよな。

電車に乗り込むと、桜新町について検索してみた。

サザエさんの原作者ゆかりの町という以外は、おしゃれで閑静な住宅地であることくらいの情報しかなかった。平和そうに見えるが、公安はここでいったいなにをしているのだろうか。

改札を抜け、地上に出る。山崎に連絡しようと携帯電話を取り出したところで声をかけられた。

「ようこそ」

振り返ると山崎がいた。

「そろそろかと思ってね」

やはり監視されていると思わずにはいられず、驚きよりも不気味さが先行した。

「お世話になります」

「さ、こっち」

案内されたのはレンガ調の装飾が施された五階建てのマンションだった。どことなく可愛い雰囲気の物件で、女性の単身者向けだろうかと勝手に想像する。ドアにはレリーフが施され、取っ手も宮殿風だった。

四階の角部屋に足を踏み入れると、それまでのファンシーな雰囲気から打って変わり、その部屋は異質だった。

家具類は一切なく、入ってすぐ横のキッチンにはコンビニ袋に詰められたゴミや、ペットボトルが積まれていた。部屋はカーテンで閉め切られており、昼間なのに薄暗い。そしてなにより、中にいた三人の男たち。頭を重そうに回すと、吉見を興味なさそうに見やった。

ここが公安部の張り込み現場なんだというのはすぐに理解できたが、あまりの陰湿さにたじろいでしまう。

山崎も、新しい仲間と和気藹々《わきあいあい》と自己紹介をする時間をつくるつもりはないようだった。

「すでに守秘義務の書類はいただいていますが、この瞬間から見聞きすることは全て機密事項となります。よろしいですか」

山崎の声は、この部屋の雰囲気に合わせたかのように陰湿なものに変わっていた。いや、むしろこちらが本当の姿なのだろうか。

「はい、心得ています」

「たとえ海保長官があなたに尋ねたとしても口外しないでください。報告してよいのは私と松井隊長のみで、他に伝えてもいいかどうかは我々で判断します」

海保長官も知らないことなのか？

身内にも明かせない。その情報管理の徹底ぶりから、追いかけているものが尋常ならざるものに思えてくる。

「了解しました。それで、私はなにを」

山崎は窓際にセットされたビデオカメラを指差したあと、三台ほどあるテレビモニターに視線を移した。角度や画角は違えど、どれにも同じ白い壁面の建物が映し出されている。

「斜め向かいにある、一般社団法人・光の住処《すみか》の施設です。聞いたことは？」

「いえ、ありません」

山崎は頷く。

「親がなんらかの宗教に傾倒し、虐げられた二世を保護するための団体だ」

宗教だけが家族を幸せにできる――そう信じる親によって、進学や就職、恋愛や結婚など、様々な場面で自分の意思を奪われる。また多額の献金による生活の困窮や、宗教にのめり込むあまり、育児放棄に遭うなどの問題が指摘されている。

「いい活動じゃないですか。どうして公安がマークしているんです？」

そこまで言って、ああ、と呟く。

「密輸ですか？」

「そうだ。全国に五箇所、関連施設を持っているが、ここ桜新町以外は全て人口の少ない海沿いにある。だが、なにを密輸するにしても、売らなきゃ金にならないはずだ。それがわからない。唯一の手がかりが、先日の高知だった」

気のせいか、この場にいる者の目が険しくなった気がした。松井が自分を選んだのは、責任を取らせるためだったのではないかという気がしてならない。

「しかし……どうして公安がこの団体をマークするんですか。密輸をしているなら、それは海保で担当すべき案件です」

山崎はタバコを取り出して口に咥《くわ》えたが、火は点けなかった。

「当初、光の住処は、宗教二世のシェルターのようなものだった。情況によっては行政と連携をとりあって保護活動を行っていた」

「当初は……ということは、いまは違うのですか？」

「代表の西村緑郎《にしむらろくろう》という男がいる」

傍のパソコンで団体のホームページを開き、代表挨拶のタブをクリックすると、写真が表示された。

太い眉と、大きな目が特徴的で、面倒見の良さそうな笑みを浮かべていた。年齢は五〇代半ばくらいだろうか。

「西村自身、親が宗教に傾倒したせいで苦労してきたようだ」

挨拶文には『両親は収入のほとんどを上納していたために生活は苦しく、戸別訪問にも付き合わされ、学校でも距離を置かれて孤独だった』と書いてあった。

山崎が手渡してきた資料に目を落とす。それによると、西村は日本の大手家電メーカーを、華々しくはないが技術畑一筋で歩んできた男だった。

研究を主にしてきたようだったが、人員整理で工場勤務に回される。それでも腐らずにやってきたが、そのキャリアが突然終わったのは、中国深圳《しんせん》工場の工場長として赴任していたときだった。

業績不振から工場は閉鎖。西村に次のポストは用意されなかったが、最後まで現地に残り、スタッフが路頭に迷わないよう世話を焼いたという。

「基本的に面倒見のいい人物のようですね」

山崎は同意を示すように頷いた。

「帰国してから、自分と向き合う時間ができ、宗教二世の問題を知ったことで自身と同じような境遇の若者を保護するようになった、とインタビューで答えている」

吉見は、むしろこの男に共感しそうになっていた。

「中には洗脳されたような子供もいて、そのうち宗教そのものに憎しみを抱くようになったようだ。各宗教団体に対する抗議活動も過激なものになってきていた。信者を救うためだと称して、強引に脱会させたりもした」

「それで公安がマークを？」

山崎は、まあ待て、と目で示しながら、タバコに火を点けた。一応気を遣ったのか、横を向いて煙を吐き出す。

「伝大宙《でんだいちゅう》という宗教団体を聞いたことは？」

週刊誌などで見ただけなので理解に偏《かたよ》りがあるが、名前だけは聞いたことがあった。

「霊感商法で問題になったやつですか？　結構大きな団体だったような」

「信者は五〇万人とも言われている。あるとき、光の住処がそこに嚙みついたら、行政から指導が入った」

「伝大宙からのクレームによって、ですか」

「そうだ。しかし問題なのは、弁護士なんかじゃなく、光の住処に対していきなり行政が動いたことだ。本来、一般社団法人には監督官庁が存在しない。これがどういうことかわかるか」

吉見はしばらく考え、答えに自信がない生徒が教師を前にするように、ぽそりと言った。

「本来動かないはずの行政を、伝大宙が動かした……？」

山崎はタバコの煙で咽《む》せながら頷いた。

「そういうことだ。政教分離が原則の日本でありながら、宗教が政治を動かした。この一件で光の住処の宗教に対する憎悪は一層増した。ただ、表立った活動は止まった」

心なしか、語尾に力が入っていたように感じられた。

「これでもうわかっただろう、さっきの質問の答え。なぜ公安がこの団体を追っているのか」

わからなかったので、首を横に振る。

すると山崎は換気扇の下に移動し、ため息混じりのタバコの煙が換気扇に吸い込まれるのをしばらく眺めてから言った。

「テロの計画があるからだ」

さらりと言われて、その意味を呑み込むまでに時間がかかった。山崎は順を追って説明することを止めてしまったかのように、吉見には、これまでの会話の内容を、テロに結びつけられなかった。

「テ、テロですか？　どんな」

「まったく不明だ。あの施設には内通者がいて、その男からの情報だ。光の住処は人材を集め、テロを企てている」

山崎は、タバコがまだ残り半分ほどあったのに、早々に灰皿にねじ込むと、今度は無造作に床に置いてあったブリーフケースからクリアファイルを抜き取って差し出してきた。

「田所清一《たどころせいいち》、四七歳。東京科学大学の准教授だった男で専門は電子工学。教授になれないまま一年前に雇い止めにあった。独身。病気の母親がいる。高額の治療費に悩んでいたところに、光の住処から声をかけられたそうだ」

ファイルには、なんのために撮られたものかわからない田所の写真が添付されてあった。背景が無地だから証明書類用のものだと思われたが、その割には無精髭が顔の下半分を覆い、髪はぼさぼさ。いま聞いた不幸な状況を体現しているようで、総じて生命力が感じられなかった。母親ではなく、むしろ田所本人が病的に見えた。

「光の住処にとってはものすごくおあつらえ向きの人材ですね。付け込む隙が大きいというか」

山崎は、なにもわかっちゃいねぇな、とでも言いたげに顔をしかめた。

「田所みたいな境遇の研究者だけが狙われるんじゃない。日本の研究者っていうのは、たとえ世界に誇る研究をしていたとしても、収入は普通のサラリーマンと大差ない。しかし海外なら評価は金額として表され、それは桁違いだ。だから優秀な人材がどんどん流出している。日本が技術立国なんて、もう遠い過去の話になっちまった」

山崎は、研究者の声を代弁するかのように言い捨てた。

「じゃあ、その男も、いいオファーをしてもらったんでしょうか」

「ああ。そりゃあもう。年収の一〇倍近くの報酬を約束されたそうだ。しかも現金払い。評価されたというのがなにより嬉しかったみたいだな」

しかし、オファーしてきたのは海外の研究機関などではない。

「だけど、一般社団法人って非営利団体ですよね？ そんな金を払えるんですか？」

「支持者は多いようだ。この土地建物の登記は佐山《さやま》太朗《たろう》という、新宿歌舞伎町でクラブを経営している人物で、もともとは中国に赴任していたときの同僚のようだ。他にも、普通のサラリーマンやら、アーティストなどがクラウドファンディングを通じて寄付している。宗教二世を救う――という考え方が共感を集めるのだろう。ただ、主たる収入源として我々が考えているのは、密輸だ」

「光の住処は田所になにを要求したんですか」

山崎は、灰皿の中で燻《くすぶ》って、一筋の煙を上げていたタバコを押し潰した。

「彼に課せられた研究テーマは〝レーザー目標指示装置および誘導装置〟だそうだ」

「誘導……装置？」

吉見の眉間の皺を見て山崎は疑問を察したようだ。

「ああ。問題はなにを誘導するかだが、同じようにスカウトされた研究者が他の施設にいて、それぞれがそれぞれの研究をし、相互の連絡は取れない。そのため全体像はわからないらしい」

吉見はスマートフォンで〝レーザー誘導〟を検索してみた。

「あの……真っ先にミサイルが出てきたんですけど」

実際それは物騒なキーワードで、倉庫の無人ロボットなどの例はあるものの、他に平和的な使い道はないと思わせるような検索結果だった。

つまりレーザー誘導技術は、そもそもミサイルや爆弾を目標まで的確に誘導するために生まれたものなのだ。

ただミサイルなんて、軍隊でなければ持て余す代物でもある。

「実際のところ、レーザーでいったいなにを誘導するつもりなのでしょうか」

「田所も、はじめのうちは良かったが、だんだん不安になってきたそうだ。自分がなにを作らされているのかと。誘導装置周りだけしかタッチできないが、奴も科学者だからな。見聞きした話などを総合して、おそらくドローンではないかということだ」

「ドローンをレーザーで誘導……それをテロに使うと？」

「そのようだ。それで田所は怖くなって我々に保護を求めてきたというわけだ。光の住処から抜けようにも母親や親類縁者にまで危害を与えると脅されたようでな。それで光の住処に協力するふりをしながら、隙をみて我々と連絡を取り合っている」

吉見はしばらく唸っていたが、ふと思う。

「田所とは、どうやってコンタクトを？」

「直接会って話している。基本的には施設に軟禁状態だが、部品を買いに行くときだけは外出を許されるらしく、そのときに接触している」

悶々とした感情が湧いてくる。

「何回か、直接会っているんですね」

「そうだ」

「では、なぜそのときに保護しなかったんですか」

山崎は鼻をならした。

「そりゃ組織の中を探ってもらうためだよ。もしその場で保護したらテロのターゲットもわからないまま終わってしまうだろ。だから戻ってもらった。保護の条件として情報を求めるのは、もっと大きな被害を防ぐことでもある」

つまり、光の住処は宗教二世を保護する一般社団法人の体裁をとっているが、その実はテロを企てる集団であり、その資金源が密輸にあると考えている。

そして、協力者の田所は警察に助けを求めてきたが、公安は彼を押し戻している。逃げようと思えば逃げられるのに、頼ろうとした警察から施設に留まるよう強制され、逃げ場を失っている状況だ。田所にとってみたら、八方塞がりの状況だろう。

吉見は、腹の底でなにやら居心地の悪さを感じていた。

個を救うよりも組織の摘発を選択したということだ。言い換えれば、個を犠牲にして組織を追う。大義という名目のもとに。

吉見の行動原理は困った人が目の前にいるなら助ける、というシンプルなものだ。

ＳＳＴに所属していた頃、松井によく言われた。

――組織力で悪と対峙する以上、完璧な連携を求められる、つまり正確無比な歯車になれ。

ただし、自分の頭で考えることを捨ててはならない。命令に無意識に従うのと、考えた上で従うのとでは結果は同じだとしても、内容は違う。我々は血の通った歯車であり、それを動かすエネルギーは信頼であることを忘れるな。

もちろん山崎が言うことも理解はできるのだが、それは真逆の思想である。だが、どちらが正解なのかを考えたくなかった。

自分が変わってしまうような、そんな気がしたからだ。

そして光の住処もだ。

宗教を嫌悪するはずの彼ら自身が、いまやカルト宗教のようになってしまっている。

憎しみは……理念すら曲げてしまう。

そこに、ある種の恐ろしさを感じた。

4

［パイロット］ 宗田眞人

「国内での届出はないそうですよ」

宗田が、会議室のテレビで撮影されたタンカーの映像を確認していると森下が顔を覗かせた。

届出というのは漂流船のいわば『紛失届』にあたるものだ。

「海流から考えると、台湾南部かフィリピンあたりでしょうか。中国南部という可能性もゼロではありませんが、沖縄列島を見つからないまますり抜けるのは考えにくいですね。特に尖閣周辺は監視も厳しいですし」

そうだよな、と宗田はため息混じりに返す。

森下が向かいの椅子に座った。

「あれですか、人がいたかどうかが気になっているんです？」

宗田は頷いた。

「確かに見たんだ。でも証明できない」

「そんなこと言ったら、タンカーだってこれだけ映像があるのに姿を消したんですから。幽霊船だって噂されていますよ」

森下の苦笑に宗田もつられるが、話のレベルはそんなものではない。宗田も噂の対象になっている。証言に？マークが付けられているだけではなく、霊的なものではないか――いやそれはまだいい、幻覚、つまり精神疾患までも疑われている。

霊感があるくらいでパイロット職を追われることはないだろうが、精神的なものとなればそうはいかなくなる。

「宗田さん……そろそろ切り替えませんか。あのタンカーはもう、我々の手を離れた案件です。これ以上だと……」

森下がそう言ったのは、宗田のことを心配しているからだろう。

宗田は嬉しく思う反面、心の奥底にひっかかりを感じて、それが取れないでいた。

「でもな、もしあれが無人じゃなかったらって考えたら、どうにも落ち着かなくて。それに、ここ見て」

宗田は映像を一時停止させて、画面に指を置いた。

「吃水線《きっすいせん》が海面とほぼ平行だろ？　つまり穴が空いてバランスを崩していたとかじゃない。それなのに、〈あさづき〉が到着するまでの二、三時間の間に沈むかな」

通常、大型船は船内が防水壁で区切られており、その一部が浸水したとしても沈没にはなかなか至らない構造をしている。

「私たちが去った後、現場は波が高くなったと聞いています。動力を持たず、舵取りができない船は波に対して脆弱《ぜいじゃく》ですから、転覆した可能性もあるんじゃないですか。タンカーなどの貨物船は空荷だとバランスが悪いですし」

確かに、貨物船は空荷の場合は船体が浮き上がりすぎてしまうので、あえて海水を注入するなどして重心を下げることがある。

「しかし転覆なら、船底を上にして浮いているはずだろ。なかに空気があるから――」

そこでまた映像を見る。

「解体前の船……？」

「ええ、インドネシアやフィリピンなどでは、ドックが埋まっていて解体作業に入れない廃船を沖合に一時的に係留しておくことがあるそうですよ」

森下はこれが唯一の答えだとでもいうように、鼻息を荒くする。

「それが台風などで流されたものの、会社が倒産して放置されっぱなしだったりすると、誰も管理してないとかもあるそうです。なくなってラッキーぐらいに思っているかもしれませんよ。ね？」

最後は説得されているようだった。どことなく、これ以上変なことを言うと宗田の立場が悪くなってしまうと慮《おもんぱか》っているように聞こえた。

宗田は頭の後ろで指を組むと、しばらく天井を見ながら唸り、もう一度テレビ画面に目を戻した。

「でもさ、吃水線がこの位置っていうのはおかしくないか。廃船なら空荷のはずだ。そしたらもっと高い位置にあるはずなのに」

宗田の顔を見て、森下はあからさまに顔を歪める。

「心配するな。これ以上お前を巻き込んだら、お前の奥さんに怒られそうだからな」

森下は同調して笑いながらも、どこか浮かない表情のまま、笑みが尻すぼみで消えたあと、ついにため息をついた。

「どうした?」

「あ、すいません。プライベートな話で……」

他人の生活に首を突っ込む趣味はないのだが、目黒からコミュニケーション不足を指摘されている宗田としては、頼り甲斐がある人物であることを示して、連帯感を強めたかった。

「あのさ、俺でよければ……話を聞くよ?」

「いえ、ほんとに」

森下は抵抗の色を見せたものの、それはほんの一瞬のことで、ため息をついてから言った。

「まあ、結婚も大変と言いますか……」

「そうなの?」

「双方の性格によるんでしょうけどね。僕の場合は完全に尻に敷かれてるので」

確かに、森下は女性に対するコミュニケーションは得意ではなさそうで、いわゆる〝奥手男子〟だ。そんな彼がよく恋愛できたなと思うものの、プライベートなことを話すまでの間柄ではないので訊いたことがなかった。

それでもなにやら物憂げな表情が垣間見えるので、つい訊いてしまった。

「それでもさ、奥さんと出会ったとき、心が動かされたんでしょ？」

「というか……」

ちょっと言いづらそうに身体を捩る。

「逆ナンなんです」

なるほど、と合点したものの、それも失礼な話だなと内省し、フォローを入れる。

「奥さんがビビッときちゃったんだね」

「はあ……でもよくわかりません。僕はそんなにイケているわけじゃないし。実は宗田さんみたいに一生独身でもいいと思っていたんです。ひとりが気楽なんで」

一生独身を貫くと宣言したことはなかったはずだが……。

宗田は言葉を呑み込んだ。

「たぶん、公務員だからなのかな、とか思っていました」

「それは——我々にとっては武器だよね」

そう茶化すと、最後まで聞けとばかりに森下は言った。

「結婚当初からレスで……」

重い方向に話が進んでしまい、宗田は二分前に時間を戻したくなった。

「だから、もともと僕に魅力を感じたわけじゃないっていうか」

こういう場合はどうフォローを入れるべきなんだろうか、と宗田は眉間を指で揉んだ。

宗田にとって、女心——特に会ったこともない人の——は想像の範疇《はんちゅう》を超えていた。

ちらりとうかがった森下の顔には様々な感情が入り混じっていて、贖罪、怒り、後悔……もはや結婚そのものに罪悪感を抱いているようでもあった。

「俺は……」

悩める部下にどんな言葉をかけてやれるのか、逡巡のあとに出たのは宗田自身のことだった。

「俺は結婚していないから、偉そうなことは言えないけど……。もし森下が奥さんのことを好きなら、一緒にいられることほど幸せなことはないと思う。一緒にいたくても、それが叶わないことはあるから」

優香——彼女の笑みから得られる幸福感と、冷たい海に沈んでいく彼女の姿が同時にフラッシュバックして、また呼吸が止まる。

森下が心配そうな顔になるが、宗田はそれを封じるかのように言葉を重ねる。

「いやさ、結局のところ、自分の気持ちが大切なんじゃないだろうか。コミュニケーションが上辺《うわべ》なものになっていないかどうか振り返ってみて、一度本音で話し合ったらどうかな」

目黒から、コミュ障の権化とばかりに揶揄《やゆ》されている宗田が言っても説得力はなさそうだったが、それなりに森下には響いたようだ。

残念ながら、これ以上の言葉を持ち合わせていなかったので、宗田は退散することにした。

「えっと、じゃあ基地長のところに直談判してくるよ。念のため現場に固定翼を飛ばして確認しろって。嫌な顔をするだろうけどね」

その姿が目に浮かんで、宗田は苦笑する。

まだ幽霊船を追いかけているのか、物事に執着するあまり周囲のことが目に入らないのは機長としての資質が――。

おそらくそんなことを言われるのだろう。

それでも言わないわけにはいかなかった。

海面に油膜が確認されたのなら、あのタンカーは沈没した可能性が高いが、もし宗田の見間違えでなければ、この瞬間にも誰かが救命ボートで助けを待っているかもしれない。

森下は相変わらず頭を垂れてしまっていて、メンタルは大丈夫なのだろうかと、自分のことを棚に上げて思ってしまう。

「じゃあ、行くね……」

逃げ切りを図るように部屋を出て行こうとした宗田を、森下が呼び止める。

「僕も一緒に行ってもいいですか」

「え、どうして」

「乗りかかった船、じゃなくてヘリなので」

森下の冗談を聞いたことがなかった宗田は、おそらく予期せぬ告白をしてしまったことを誤魔化そうと妙なテンションにでもなったのかと思ったが、それもいいかもしれないと考えた。

目黒に、自分が一匹狼じゃないところを見せられるという打算もあり、森下と連れ立って基地長室の開けっ放しのドアをノックした。

目黒は背中を向けて背伸びをしていた。両指を組んで真上に伸ばし、左右にゆっくりと傾けている。

「なんだー?」

お前の要件を聞くためにストレッチを止めるつもりはない、という意思表示のようだった。

宗田は目黒の背中に向かって、タンカーを発見した海域に固定翼機を飛ばし、遭難者がいるかどうか確認してほしい旨を伝えた。

すると、最後に思い切り身体を後ろに反らせ、満足げな嘆息を漏らしながら振り返った。やはり隣に森下がいることに、ほう、と唸って両眉を上げてみせた。

「もう飛んでるよ」

そう言われて、宗田は逆に眉根を寄せる。

ここに来るときに格納庫を見たときは、ウチの固定翼機はまだそこにいたからだ。

「十一管ですか」

「いや、八戸だ」

距離的には沖縄から飛んだほうが近い。しかし目黒のもったいぶった答えは予想外だった。

「八戸?」

なぜ、と思って森下と顔を見合わせるが、すぐに思い当たる。

「ドローンですか」

目黒は得意げに頷いた。

海保ではシーガーディアンと呼ばれる無人機を運用している。拠点は八戸だが、一度飛び立てば三〇時間以上飛行でき、日本の国土の一二倍の面積を持つ排他的経済水域（ＥＥＺ）をぐるりと回ってこられるだけの能力がある。

「後輩が責任者やってるから、ちょっと寄り道を頼んだ。いまは高度三〇〇〇メートルあたりから広範囲に見下ろしている」

そこまでの高高度であっても、船の識別が可能なほどの高性能なカメラを備えているという。

「だが、手掛かりとなる油膜も低気圧が海面を掻き回したせいで消えちまっているからな。タンカーはおろか、救助ボートや漂流物の類もいまのところ見つかっていない」

最近、禁煙をはじめた目黒はもぞもぞと胸ポケットのあたりを触っていたが、タバコの代わりに、引き出しから飴玉を探し出してひとつ口に放り込んだ。

「あの……基地長、ありがとうございます」

てっきり煙たがられているかと思っていたが、そこまで気にしてくれていたことを嬉しく思った。

「別にオンボロタンカーが沈んだだけなら焦る必要もないが、人がいたかもしれないってことになったらそうはいかんからな。もし救命ボートが見つかればすぐにお前らを飛ばす。それまで大人しく待っていろ」

「了解しました」

敬礼をし、基地長室を辞そうとしたときに森下が言った。

「あの、基地長……その画像って共有していただけないでしょうか」

今度は、宗田と目黒が顔を見合わせた。

「シーガーディアンには専任の解析スタッフがいるが……？」

目黒の言葉に宗田も頷く。

「はい。ただ、さっきも宗田さんは自分自身でタンカーの映像を見返して、違和感というか、奇妙な点を見つけられていました。ですので、きっと現場を見た機長だからこそ気付けることがあるんじゃないかと思いまして……」

そこまでのことは考えていなかった。

「なるほどな、一理あるかもしれない。シーガーディアンについては機密が多いから俺でも見せてもらえんかもしれんが、まあ訊いてみよう」

深々と一礼をした森下に、目黒が言う。

「つーか、お前、意外とよく喋るんだな」

森下は自分が知らなかった一面を指摘されたように顔を赤くし、俯いた。それから考えをまとめるように数秒おいて口を開いた。

「私もあの現場にいたのでタンカーの行方は気になりますし、その……宗田さんが間違っているって言う奴らもいて……」

言いたいことがわかったのか、目黒は満足そうに頷いた。

「それに、結婚の悩みも聞いてもらっていますし」

それはさっきはじめて聞かされたばかりだ。

いずれにしても、部下ときちんとコミュニケーションがとれているのを感じてくれたのか、目を細める目黒に一礼し、今度こそ基地長室を後にした。

捜索が続いていることに、心のつかえが取れたような気がしたが、翌日をもって捜索は打ち切られることになった。

要救助者がいた確証がない情況で、限られた海保リソースを不確定な捜索に消費するわけにはいかなかったのだ。

［通信士］手嶋沙友里

「まぁ、言うてさ、水深が五〇〇〇メートルクラスでしょ、あのへん。一回沈んじゃったら、もう見つかりっこないよ」

石垣保安部に戻り、しばしの陸上勤務となり、居酒屋で一杯目の生ビールを飲み干した舞が、プハーッという感嘆のため息を吐き切ったあとに言った。

そこは昼間から営業している小さな店で、観光客があまり近寄らないのでよく利用していた。膝がぶつかりそうな小さなテーブルが三つ詰め込まれていて、常に客で埋まっている。

「まぁ、そうよね」

沙友里は海ぶどうを三杯酢に絡めてから口に放り込み、頷いて同意を示した。

ふたりで話していたのは消えたタンカーについてだった。

南大東島周辺は、ほんの数キロ沖に出ただけで水深は一気に二〇〇〇メートルに落ち込み、徳之島との中間あたり、伊仙《いせん》ホールと呼ばれるポイントでは六七〇〇メートルを超える。

もしその深みにタンカーが落ちてしまったら発見するのは困難だし、発見できたとしても現場まで潜ることができない。

軍用潜水艦は水深五〇〇メートル前後までだし、調査用の有人潜水艇「しんかい6500」であれば辿り着けるかもしれないが、日の当たらない暗闇を時速数キロで移動するのがやっとだから、あらかじめ正確な位置を摑んでおかなければならない。

「そんな技術ないわよねー。見つけたいんだけどなー」

思いの外、酔いが回るのが早く、沙友里は頬杖をついた。

「なんで、そんなにこだわるわけ？」

不思議そうに訊く舞は相変わらずの酒豪ぶりを発揮し、顔色ひとつ変わっていない。

「別にこだわってはいないけど、なんか気になるっていうか」

ふーんと目を細めた舞は口角をくいっと持ち上げる。

「なるほどね。気になるのはオンボロタンカーじゃなくて、鹿児島のヘリパイじゃないのかしら？」

それもあるけど。

声を聞くまでまったく気にしていなかったのに、あれ以来、どうも落ち着かない……。

「いやいや！　違うわよ！　なんでよ！」

慌てて否定する沙友里を、舞は獲物を見つけた肉食獣が距離を詰めるようにゆっくりと顔を突き出してくる。

「あんたらの無線のやりとりに浮かんだ違和感。あたしは見逃さないわよ」

名探偵のような物言いだった。

「だってさぁ、知らない仲じゃないんでしょ、あんたら。どういう関係よ」

「知り合いの知り合いっていうか……ただ知っているっていうだけで」

舞には、姉を事故で亡くしていることはすでに話してあるが、宗田がその恋人であったことは言っていない。

「ま、いいんだけどさ。あたしとしてはさ、あんたにいい男ができればいいなと思っているんだけど、あ、あたしの次にだけどね。でもちょっと気になるのよね」

「なにが」

沙友里は地元の漁港に水揚げされた夜光貝のバター焼きを箸でつまむ。

「十管に知り合いがいるからさ、訊いてみたわけ」

「なにを」

「宗田さんのことに決まっているじゃない」

「えっ、なんでよ！」

口元まであと僅かのところで、夜光貝はポロリと落下した。

「あんたが不幸にならないようにでしょうが」

「そうやっていろいろ引っ掻き回さないでよ」

沙友里は呆れ顔になって、ビールのおかわりを頼む。

「で?」

舞がきょとんとする。

「で、ってなにが」

「どんな噂を拾ってきたのよ」

「ほら、やっぱり気になってるんじゃん」

「違うって」

せっかく訊いてくれたのなら、知っておきたいというのが人情だ。

「まあ、いいわ。まず、なかなかのイケメンさんらしいじゃん」

まあ、一般的にはそうかもしれない。

「それでいて自分の過去をあまり話さない人みたいね。人付き合いが悪いわけじゃないけど、自分からは群れない一匹狼。そこがまたミステリアスで、マニアックな層には受けるんじゃないかと」

姉を亡くす前の宗田は、ミステリアスと真逆で、社交的で明るく、いつも話の中心にいるような人だった。

あの事故のあと、宗田が最も落ち込んだ時期を知っている沙友里としては、群れなくたっていいじゃないかと思う。こうして同じ海保の仲間として立ち直ったのだから。

「ところがだ」

神妙な顔つきの舞に視線を戻した。

「メンタルは危なっかしいらしいわね……」

「というと？」

「なんというか、トラウマとか抱えているというか。ちょっと前に飛行中に発作を起こしたらしいし」

「そうなの？」

それは初耳だった。

「うん。そんなに深刻じゃないみたいだけどね。でも、ムキになるというか、意固地というか。地上にいるときは普通なのに、空を飛んでいるときは性格が変わるって思われているみたい。総じて付き合いづらいと」

機長として空を飛ぶことの厳しさはあるのだろうが、少なくとも姉と一緒にいたときの宗田の印象は、よく笑う頼り甲斐がある人だった。

「今回のタンカーの件についても、女の人を見たって言っているけど、それも幻覚なんじゃないかって。なにしろ他の人は誰も見ていないから」

「そんなことある？」

「まぁ、心の問題だったらねー、見えないはずのものが見えても不思議じゃないと思うけど」

心の問題という言葉に、姉の顔が浮かぶ。あれから五年。彼はまだ自分を責めているのだろうか。

そして自分はどうだろうか。宗田と出会っていなければ姉は死ぬことはなかったかもしれないという思いを、いまだに捨てきれないでいるのではないか。

すっかり考え込んでしまった沙友里を見て、舞はふたりの関係が思ったよりも深刻な状況にあると感じたのか、慌てて韓国アイドルグループの話題に変えた。

それからは、どうにも宗田のことがひっかかり、いくらビールを飲んでも心の底から笑うことはできなくなっていた。

［捜査官］吉見拓斗

自分がここにいる理由は、いったいなんなのだろう。

張り込みをはじめて二週間が過ぎ、吉見はモニター越しに白い壁を見ながら、そんなことをぼんやりと考えていた。

来る日も来る日も薄暗い部屋に閉じこもりきりで気が滅入る。せめて部屋に観葉植物でも置けば気分が晴れるかと思ったが、カーテンは常に閉め切られているので、それはそれで植物が気の毒に思える。

山崎が来るのは不定期で、基本的に吉見を含めた三名でローテーションを組んでいる。とは言っても、見張り、買い出し、仮眠の繰り返しで、丸一日の休日はない。はじめのうちこそこまめに蒲田のマンションに帰っていたが、滞在できるのは半日程度。シャワーと寝るだけならここでもできると、そのうちここで寝泊まりをすることが多くなった。

すると他の捜査員は家族があるとか、別の捜査があるとかでローテーションの比重が吉見に傾きはじめた。

そこで思ったのだ。自分がここにいる理由はなんなのだろう、と。

単なる頭数の確保が目的だったのではないか。わざわざ海保から引っ張ってきた理由は警視庁が人手不足だからなのではないのか。

「おーい、ちょっと代わってくれ」

捜査員がタバコを咥えながら声をかけてきた。喫煙者だけ休憩時間が長いのはどうかと思う。

じゃあついでに飯でも行くか、もうひとりが言って、ふたりは出て行ってしまった。

ついでにだと？

憤りを感じた吉見の携帯電話が鳴った。ディスプレイを見てぎょっとする。かけてきたのは母親だった。

「なんやねん、いま仕事中——」

『なんやねんやあらへんがな、こっちのセリフやないかい』

そういえば最近は連絡を取っていなかった。

『盆にも帰ってけぇへんで、電話の一本もない。いったいどないなっとんのや』

「わかった、わかったて。それでいったいなんの用や」

『あんた、ボケてもうたんか』

「は？」

『だんじりや、あんたどないすんねん。後梃子《うしろてこ》を任されてたんやろ。会長さんもギリギリまで待つて言うてくれてるけどもや』

後梃子はだんじり祭りにおける役割のひとつで、そもそも曲がるような構造になっていない山車《だし》を交差点などで直角に方向転換させる『やりまわし』の際に、二〇人ほどの男らで山車の後部を強引に引っ張り、一斉に向きを変える。吉見は屋根の上で舞う大工方の合図を見ながら、後梃子らを最後方から束ねる役目だった。

「ちょっと……今年は帰れそうにないわ。町会長さんによろしく言うといてくれ」

『あんたから言えや、ほんまにもう。ほんで、あんたいまどこにおるん？』

「言ったやろ、全国を出張していて神戸にはおらんて」

『なにしとるん』

「そりゃ、母ちゃんでも言えんねん。でも元気やから」

『元気かどうかは関係あらへん。ちゃんと仕事しとるんか。実は借金作ったか女関係をこじらせて逃げ回ってんのとちゃうんか』

「ちゃうわ！　悪い奴を追いかけとんのや」

『まぁ、それならええけど。ええか、あんたは単純やさかい、ない頭を使おうとすんなよ。ええ人思うてた人が、実は悪い人やったってことはよくあるし、あんたはころっと騙されるやろうからな。ちょっと疑い深いくらいでちょうどええんやで』

「わかった、わかった。ほな、仕事中やから切るで。エアコンけちるなや、熱帯夜がまだ続くさかいな」

『あいよ、ほなな』

電話を切ると、岸和田に飛んでいた意識が途端に桜新町の部屋に戻ってきて、吉見はため息をついた。

それでもいくらか気分が楽になった。普段は小うるさい母親だと煩わしく思っていたが、この状況では助かった。

もう一度モニターの中の変わり映えのない風景にしばらく目をやり、今度は松井に電話をかけた。母親と話したことで、一種のホームシックになっていたのかもしれない。

『なんや、どないしたんや』

普段は標準語で通す松井が、吉見を気遣ってか関西弁で話してきた。

松井は東北の生まれだから、ネイティブの吉見にしてみればその関西弁には違和感がある。つい先ほど本物の関西弁を聞いたあとには特に。

それを茶化すこともあったが、いまはそれが心地よかった。

「隊長……どうして僕を選んだんですか」

この罰ゲームのような任務に、と言いたかった。

『いきなりなんやねんな。でも、まあ、天下の警視庁さんに出向させるんやから、中途半端なやつではあかんやろ。捜査の経験だけやのうて、テロ対策の知識があったほうがええいうから、お前を選んだんや』

「しかしこんな仕事、誰でもできますよ」

なぜか吉見のほうが標準語になってしまっていた。

『それはちゃうで。ええか、いつか海保職員としてのお前の知識や経験が役立つときがくる。それにな、出向いうんは修業のようなもんやから、じっくり腰据えて取り組めば、後々、ほんまにお前のためになるから』

「せめて交代制にしてもらえないですか。一週間、いや一カ月ごとでも構いません」

『そうしてやりたいのはやまやまなんやが、警視庁からは情報共有を厳しく制限されていてな。それにそんな長い話やあらへんがな。交代要員を待っている間に終わってまうで』

受話器の向こうから松井の笑い声が聞こえた。

この仕事が嫌なのではない。自分の価値を見出せないから焦っている。

『長い目で見れば、お前のキャリアの中で他の海保職員が見ることができない景色を見ておけるのは間違いなくプラスになる。テロを企てる輩の張り込みなんてそうそう経験できるもんじゃないからな』

「そうですね」

吉見はポジティブに捉えることにして、この仕事が終わったら、しばらく実家で過ごそうと思った。

このままだと性格まで変わってしまいそうだから、自分を取り戻すために。

5

［パイロット］宗田眞人

タンカーの一件から二カ月が過ぎた。鹿児島にはその気配はまだないが東北では紅葉がはじまったと小耳に挟むようになった一〇月の半ば、目黒から呼び出しを受けた宗田は言葉を失った。

「査問……ですか」

神妙な顔つきを崩さない目黒は、苦くもない麦茶を顔をしかめながら飲んだ。

「決まったわけじゃない。ただそういった意見が相談室に継続的に寄せられていて、俺の所に本庁から連絡が入ってきたということだ」

そういった意見、というのは『機長としての能力を疑われるような言動が認められる』との声が身内から上がったということだ。

通常は基地の次長が相談窓口になっていて、まずは基地内で対処することになっているが、それが本庁まで話が行っているということは、直接、相談を持ち込まれたのかもしれない。

「しかし、デブリーフィングなどでも指摘されたことはありませんでしたが」

飛行後にはチームで集まり、問題点や改善点を話し合う時間がある。

「本人を前にすると言いづらかったのかもしれんな。正直、俺も驚いている。最近はうまくやっているようにも思えていたからな。ただ、そうは思わない者がいて、なにかの機会で本庁の担当者と話すことがあったのかもしれない」

「操縦中の体調不良については、前にも申し上げた通り、職務を遂行するにあたり問題はないと診断されています。それも、ちょっと息苦しくなっただけで」

「それに尾ひれがついて広まってしまったというのもあるだろうな」

「以前、診断書も提出しました」

目黒は、落ち着け、とばかりに頷いてみせた。

「わかってるって。担当官にはそれも見せるし、俺からも説明する」

宗田はふうっと深いため息をつき、逸《はや》る気持ちを抑え、頭を下げた。

「よろしくお願いします」

目黒は茶を啜る。

「だがな、いまだにタンカーを追っかけてるってのもどうかと思うぞ」

「……すいません」

また頭を下げた。

確かに、宗田は海底探査の必要性を進言してみたり、どこかの島や九州・四国あたりに漂着した者はいなかったか、ひょっとして難民として保護されていないか……など調べたりしていた。

不思議と、時間が経ってからも、あの女の姿が鮮明に記憶に残っている。

だが、他者から見ると、それが精神的に大丈夫なのかと心配されるところなのだろう。

「女を見たのが気になっているんだろ。気持ちはわかるが、それこそ幽霊を追いかけてるって思われる。あとな……精神安定剤を飲んでいるっていう噂まで出てきている」

「えっ、誰がそんなことを！」

目黒は一呼吸おいて、じっと宗田を見つめた。

「身体のことはわかったが――正直に言ってくれ。お前、まだあのことを？」

「それは」

言いかけて、言葉を呑み込んだ。

宗田がかつて、民間のヘリパイロットだったときのことを訊いているのだ。あのことを……。

＊＊＊

宗田が所属していたのは、東京都江東区新木場に拠点を置く航空会社で、テレビ局と業務委託契約をしていた。事件事故の現場や行楽地などへ飛び、その様子を上空から茶の間に届けてきた。

八月になったばかりのあの日、レポーターとカメラマン、ディレクター、整備士の四名を乗せて飛んだ。江の島沖で貨物船とレジャーボートの事故があったためだ。

まったく予兆はなかった。

最初の中継を終え、続くワイドショーに備えて上空で旋回しているときに、突如、エンジンの出力、電力、油圧を失った。

ヘリは、動力を失っても直《ただ》ちに墜落はしない。オートローテーションという対処法があり、降下する際に下から当たる風でメインローターを回しながらゆっくりと降りることができる。その空気抵抗はパラシュート並みといわれており、ちょうど、空高く飛ばした竹とんぼが降りてくるときのような状態だ。

しかし眼下の江の島海岸は海水浴客で溢れており、周辺道路や駐車場は車で埋め尽くされていた。

地上に不時着するという選択肢を奪われた宗田は、海への着水を試みた。強風だったこともあって操縦は困難だったが、事故処理のため、すでに海上保安庁の船などが多く集結していたから、近くに着水すればすぐに救助してもらえると判断した。

サーファーや釣り船などを避け、着水自体は上手くいった。

しかし着水後にすぐに外に出てしまうと頭上で回るメインローターに巻き込まれてしまう。

ローターを止めるためのブレーキもあるが、すぐには静止しない。一刻を争うとき一番早い方法は機体を傾け、ローターを海面に打ちつけて回転力を弱めることだ。その後、機体を水平に戻しながらローターブレーキをかけ、ローターの回転停止と同時に左右から脱出するつもりだった。

宗田は機体を操縦席とは逆の、左側に倒した。右だと自分が先に水没してしまう。確実に水平に戻すという操作を完遂するためには、自身のリスクを最小限にしなければならないからだ。

左席には整備士が座っていた。機体を傾けたとき、窓から見えたのは真っ黒な海、そしてすぐに隙間から海水が流れ込んだ。あと二秒耐えてくれたら機体を水平に戻せただろう。しかしパニックになった整備士は傾けた機体の反対側、つまり宗田を乗り越えて外に出ようとした。踏みつけられた情況で機体は制御できず、さらにまだローターの回転は止まっていなかったから、そのままでは身体が引き裂かれてしまう。

やむを得ず、機体を完全に横倒しにするしかなかった。

それは急激な浸水を招いた。宗田はひとり残されていた女性レポーターを助けようとしたが、放送機材が邪魔をして引き出せなかった。

一緒に海中に引きずり込まれながら、その女性が伸ばす手を掴もうとした。指先が触れた気もした。あと少し……。

しかし、宗田はそこで意識を失った。

気付いたときは海保ヘリの中だった。救難士たちが宗田を覗き込み、盛んに声をかけてくれていた。

助かったのかと安堵したのは束の間のことで、救助してくれたヘリの中に女性の姿はなかった。

まだあそこにひとり残されているんだ！

必死で叫んだ。

それなのに海保ヘリは現場を離れていく。まだ間に合うからと泣き叫んでも、戻ってはくれなかった。

二時間後、海底から彼女の遺体が引き上げられた。

その女性は――手嶋優香は、宗田の恋人だった。

＊＊＊

思い出すだけで息苦しさを覚える。

優香が伸ばす手を掴もうとするが、沈んでいくヘリは彼女を離さないまま、暗闇に溶け込んでいく。その感覚が今でも不意に蘇ることがあって、宗田の動悸を乱した。

このことは海保の中でも一部の者しか知らない。目黒はその数少ないひとりだ。

宗田は、絞り出すように言った。

「愛する人を失い、眠りにつくことができない日が続きました。眠れるようになっても結局悪夢を見て飛び起きます。カウンセリングにも行き、精神安定剤や、睡眠導入剤をその頃に使っていたのは事実です。ですが、それは入庁する前の話です」

息を整え、目黒にしっかりと向き直って気を付けの姿勢をとった。

「あの事故を忘れられないのかという質問でしたら、もちろん忘れることはできません。いまでも夢に見て飛び起きることもあります。押し潰されそうなくらい胸が苦しくなることもあります。あのとき、なぜ着水を選んだのか。なにか違う方法はなかったのかと自問しない日はありません」

目黒は両指を組んだ手を机の上に置き、まっすぐに宗田を見た。

「かつては、彼女の後を追おうと考えたこともあります。ですがそうならなかったのは……ある人の導きで、この仕事と出会ったからです。この仕事が私に生きる意味を与えてくれました」

事故直後は、再び空を飛ぶなんてことは想像もしていなかった。実際、入庁後の訓練で操縦桿を握ったときは手が震えた。

怖かったのだ。自分が死ぬことよりも、誰かを死なせてしまうかもしれないということが。もう、誰も失いたくはなかった。

宗田が要救助者の救助に対して、執拗《しつよう》なまでにこだわるのはそういう深層心理が働いているのかもしれない。

「この瞬間、空を飛ぶことは彼女との思い出を守ることでもあります。いまほど自分の生を感じることはありませんし、過去が仕事に悪影響を与えているとは思っていません」

そこまで言うと、ため息が喉に蓋をしてしまったかのように言葉が出なくなった。空を飛べなくなったら、生きる希望を失っていたあの頃の自分に戻ってしまいそうで怖かった。

「わかってるよ。まったく、お前は……」

目黒は口角を上げる。

「くさいセリフを言うなあ」

沈んだ空気をなんとかしたかったのだろう。揶揄《からか》うような口調だった。

それから目黒は背もたれに身体を思い切り預け、天井を見上げた。考えが落ちてくるのを待っていたのか、それともあらかじめ用意していた言葉を言うために心の準備が必要だったのか。再び向き直るまでに、宗田にはずいぶんと長い時間がかかったような気がした。

「パイロットってのは、そりゃストレスがかかる仕事だ。俺もかつては飛んでいたからな、それは理解しているつもりだ。でも機を降りるのはもっとストレスだった。頭ではわかっちゃいるが、飛ばないってことに現実感がなくてな。しばらくはヘリの音を聞きたくなかったものだ。でも、まあ俺はすぐに慣れた。そしていまは、こっちのほうが人生になった」

そうやって両手を広げ、現在の主戦場である机を示した。

やはり、パイロットを辞めろと言っているのかと、宗田は身構えた。

「だがお前は違うんだろうな。まだその準備ができてない。ここで空を取り上げられちまったら人間としてだめになってしまいそうでよ。こう見えてもな、俺はお前を心配しているんだ」

窓の外に一旦視線を逃がし、また宗田を捉える。

「スーパーピューマの機長資格はあるな？」

「え、ええ。ここに異動する前は〈れいめい〉に乗っていましたので」

〈スーパーピューマ〉は海保が運用する最大のヘリコプターで、ここに配属されるまでは、それを搭載する同じ管区の巡視船〈れいめい〉に乗っていた。

目黒は、ここからが本題だとばかりに前のめりになり、宗田を覗き込む。まるで、とっておきの情報があるんだと嘯く投資コンサルタントのようだった。

「羽田基地に欠員がある。行くか？」

想定外のことで返答に窮した。

「……羽田ですか」

「羽田の航空基地長は俺の一年後輩でな、物わかりはいいほうだぞ」

ここを去らねばならないことに落伍感もあったが、目黒は新たな道を用意してくれているのだとも言えた。

「ちなみにタンカーの件は」

一転、呆れ顔になる。

「そういうところだよ。なにかにこだわるのはいいが、度を過ぎると共感されなくなるぞ。機長は冷静かつ公平であるべきだ。感情を殺せとは言わないが、周りを不安にさせるような言動は慎むべきだろう。現にお前と飛ぶことを躊躇《ためら》う者もいる」

関係を修復するよりも一から構築したほうが早いこともあるし、タンカーから距離を置くことで本来の自分を取り戻せ、目黒はそう言いたいのだろう。

「下手に調査が入って、機長としての資質に目を付けられる前に新天地でやり直すのもアリだと思うが。もちろん、お前の希望を優先する」

冷静に考えると、どうしてタンカーにこだわるのだろうか。二カ月前のことだが、すでに忘れ去られたかのように、誰もその話題を口にしない。海難事案一覧表の一行を埋めただけだ。人的被害もなく、届出もない。それよりも優先的に対応に当たらなければならないことは山ほどある。

タンカーで見た女の姿は今も思い出せる。救える命だったのではないか……。

だがその女の存在は確認されておらず、いまとなっては自信がなかった。いま見えるその女のイメージは、脳が勝手に補完して作り上げたイメージなのかもしれない。

羽田か……。優香を失ったあの空に戻るのか。

きっと、しっかりと向き合えということなのかもしれない。

「行きます」

口にしてみると、意外と気が楽になった。

「すまんな、守ってやれなくて」

「いいえ、十分に良くしていただきました。いままでのご指導ご鞭撻《べんたつ》、ありがとうございました」

宗田は深々と頭を下げた。

［通信士］ 手嶋沙友里

優香がレポーターとしてテレビに出たとき、両親は喜んだ。近所の人や親戚に自慢して回ったものだった。

傍《はた》から見たら、完璧な女性として映っていただろう。芯のある強い女性で、しかも身内であることを差し引いても間違いなく美人だ。

本人も期待に沿うように振る舞っていたと思う。

しかし沙友里はたったひとりの妹として、姉の胸の内も聞いていた。

レポーターの仕事も本人の希望とは違うもので、能力を正当に評価してもらっていないということは聞かされていたが、大学から付き合っていた男と別れたというのは衝撃だった。しかも浮気をされたのだという。

こんな完璧な女性がいて、どういうつもりだ。

沙友里は頭にきて悪態を並べた。ＩＴに詳しい友人に頼んで、そいつの個人情報をＳＮＳでばら撒いてやろうと思ったが、優香は諭すように言った。

相手は自分がテレビに出るようになって不安だった。私を信じることができなかったのは私のせいでもある、と。

そういえば子供のときからそうだった。誰かがいじめられていると立ちはだかり、困った人がいれば手を差し伸べる。そういう人だった。

社会問題に取り組みたいと言っていたのも、人間性を司る根本に慈愛の感情があったからなのだろう。

「次の彼氏は私にも紹介してよね」

これ以上、姉を傷つける奴は私が許さない。

優香は笑いながら、あなたは警察官とか向いているんじゃない、と言った。

そして海上保安庁に道を見つけ、夏休みに帰省したときに紹介されたのだ。

「宗田さん」

そう、宗田さんを……ん？

「なによ、聞いてんの？」

ふと見ると、噂好きの舞の顔が真横にあった。

その日の勤務を終え、自室のベッドでちょっとだけ横になるつもりが、うとうとしてしまっていたようだ。

なにもかも共有する巡視船のなかで、割り当てられた二段ベッドのひとつが、少なくともこの航海の間、自分だけの聖域となる。

舞と沙友里は同じベッドで、沙友里は上段を使っている。身長があまり高くない舞は爪先立ちをしながら、沙友里がまどろみから戻ってくるのを待った。

「聞いた？　あの人、異動になったんだって」

「あの人って、誰のこと？」

「だから、宗田さんよ。十管のヘリパイの」

沙友里の脳が一気に覚醒した。半身を起こして、見開いた目で舞を睨むと、彼女は少し後ずさった。

「宗田さんが異動？　どうして？」

「具体的には聞いていないけど、他のみんながついていけないとか、誰かがおもしろがって言ったことが噂となって広がっちゃって、機長としての資質を問われているみたい」

そうじゃない、と沙友里は思う。ただ誤解されているだけで、本人は極めて熱心に取り組んでいるだけなのだ。こうだと思ったら、とことんやらないと気が済まないタイプなだけだ。

「なんか幽霊を追っかけてるんだって」

「幽霊？　例のタンカーのこと？」

沙友里はもそもそとベッドから這い出し、ハシゴを使って降り、そろえていたサンダルに両足を突っ込んだ。

「そうなの。でもタンカーっていうよりは、そのときに見た女の人だって。ずっとこだわっているみたい」

「人がいたなら、気になるのは当然でしょうよ」

「でも他の誰も見ていないんだよ。それにもう二カ月も前の話なのに」

沙友里はうんざりとしながら、入浴セットを用意しはじめた。風呂に行くからこの話は終わりだという意思表示のつもりだったが、舞は止まらなかった。

「ねー、あの人って過去になにかあったのかな?」

「なにかって?」

「なんか、トラウマになるようなこと」

沙友里はこっそりとため息をついた。

事情を知らない舞は単なる野次馬で、詮索好きなだけで悪気はないのだろう。ただ、この流れで姉との記憶に触れたくはなかった。

「要救助者がいると、なにがなんでも救わなきゃって感じらしいよ。たとえば到着が間に合わなくてすでに亡くなっていたとしても、相当落ち込むみたい。機長ならどーんと構えてなきゃいけないのに、喜怒哀楽が激しいというか、躁鬱《そううつ》レベルって話よ」

聞こえてなかったように振る舞いながら訊いた。

「それで、どこに異動になったの?」

「羽田だってさ。まあ行き場があるだけよかったわよね」

そうね、とまた気のない返事をして、沙友里は逃げるように部屋を出た。

波が荒れ気味なのか、狭い廊下の両壁に肩をぶつけながら浴室に向かった。

浴槽は膝を抱えてようやく入れるくらいの広さしかないが、それでも湯に浸かれるのはありがたかった。波に合わせて揺れる湯に沙友里はくらげのように身を任せながら、宗田のことを考えた。

いまの仕事は、かえって彼を苦しめているのではないだろうか……。

実は宗田に海保のヘリパイを勧めたのは沙友里だった。

＊＊＊

あの事故をきっかけに仕事を辞めた宗田は、全国を放浪していたようだ。沙友里が第七管区の仙崎《せんざき》海上保安部に配属されていたときに、ふらりと会いにきた。

宗田と沙友里の両親は、事故後も季節ごとに連絡は取っていたようで、あるとき、海上保安協会が発行する海上保安新聞に沙友里が載ったことを話し、それが宗田に伝わっていたようだった。

「すいません」

会うなり宗田はそう言った。長髪で何日分かわからない無精髭。窪んだ眼窩《がんか》は隈で縁取られていた。くたびれたバイクには、バッグがひとつ。ロール状に巻いたマットが括り付けられていたから、基本的に野宿しながら廻っているのだろうと思った。

すいません、という言葉がなにを意味していたのか。

突然訪ねてきてすいません、だったのか。それとも姉を死なせてしまってすいません、なのか。

その前に会ったのは事故直後に収容された病院だった。姉の身元確認をしたあと、宗田を見舞った。彼はただ泣いて、ずっと頭を下げていた。かつての、明朗で快活な姉の恋人という面影はなかった。

そこで思い当たる。宗田は入院していて姉の葬儀には参列できなかったから、その意味のすいません、だったかもしれない。あるいは、その全てか。

宗田は、今日は仙崎駅前の民宿に泊まるということだったので、勤務明けに酒屋に誘った。仙崎海上保安部のすぐ隣にある林酒店という小さな酒屋の片隅に角打《かくうち》があって、仕事帰りによく寄っていた。

それぞれで飲みたい酒とつまみを買い、その場で開ける。テーブル代わりの樽を挟んで、お互いになにを話せばいいのかわからず口数も少なかったが、仙崎漁港を拠点とする漁師や勤務が終わった海保職員、近所の人らが集まりはじめると、周りのペースに乗せられて徐々に口を開くようになった。うるさいけれど、気を遣わない空間が宗田にもよかったようだ。

「これからどうするんです？」

沙友里は訊いた。

「南に行こうかと」

「そうじゃなく、人生の話です」

ああ、と宗田は頭を掻いた。

「まずは仏壇に手を合わせに行きたいと思っているんだけど……なかなか機会がなくて」

「でも知ってますよ。お墓にはちゃんと来てくれていること」

宗田ははっとして、バツが悪そうに俯いた。

「私も、私の両親も、宗田さんが悪いなんて思っていません。それより、前に進んでほしいって思っています。先に進むことと、姉を忘れることは違いますから。姉も怒っていると思いますよ、自分が縛っていると思われるって」

宗田は、はにかむように口角を少しだけ持ち上げた。

「ありがとう……でも、どうしていいかわからなくて。こうして、まあかっこよく言えば〝自分探し〟をしてみたものの、見失ってばかりのようで」

宗田は自虐的に笑って、何杯目かのビールを飲み干した。立ち上がって売り場の冷蔵庫からチューハイを二本引っ張り出すと、レジで店主となにか言葉を交わして戻ってきた。

沙友里は差し出されたチューハイを、頭を下げながら受け取る。

「林のおじさんと、なにを話したの」

「いや、この店の経営は君でもっているって。君は、相当な酒豪みたいだね」

「ちょっとぉ、おじさーん！」

宗田の肩越しに叫ぶと、華奢な身体つきのおじさんは愉快そうに笑った。

「だってそうじゃろう？　いくら帰りを待ってくれる人がおらんちゅうても、毎晩来なくてもええほじゃろうに」

「この街が田舎すぎて行く所がないだけよー！」

「田舎で悪かったな」

おじさんは銀縁メガネをシャツの裾で拭きながら笑う。

「ちょっと聞いたけど、あちこち回っているなら、ここでバイトでもしていかんかね」

宗田は苦笑していた。

「息子がふたりおるんじゃけどね、ふたりとも忙しゅうて手伝いしてくれる人がおらんのっちゃ。最近はわしも腰が痛うてね、ビールケースを載せるのが大変っちゃ」

「なるほど、で、待遇はどうなっているのよ」

沙友里が代わりに訊くと、おじさんはにやりと笑う。

「賞味期限切れのビールと、賞味期限切れのつまみを食べ放題」

「なにそれー、超ブラック企業」

愉快そうに笑うおじさんから、宗田に視線を戻す。ささやかだけど、確かに笑っていた。

そうだ、思い出した。姉に宗田のどこが好きになったのかを訊いたとき、笑顔が可愛いからと言っていた。つられて、つい自分まで笑ってしまうと。

どうか、いい道を見つけて、以前のように笑顔が素敵な人に戻ってほしかった。姉だってそう願っているはずだ。

ふと、店の外でビールケースに座って飲んでいる海保職員の会話が耳に入った。つい聞き耳を立ててしまったのはヘリの話をしていたからだ。そこで閃いた。

「あの、宗田さん。ウチでやってみませんか」

隣にいた漁師のおじさんに、さきイカを押し付けられていた宗田が眉根を寄せた。

「ウチって……？」

「海上保安庁」

「え、いや。この歳でそれは」

「違いますって、ヘリですよ、ヘリ。経験者採用しているんです。上限の年齢はよく知らないけど、五〇とかでもいけるくらいですし、プロでやっていたんだから国家資格も大丈夫でしょ？」

宗田は戸惑っているようにも見えたが、自分の力を活かせる場所があれば、きっと立ち直るのではないかと思った。

そうしてもらわなければ姉が浮かばれない、そんなふうに猛烈に感じはじめた。

「ちょっと待って」

沙友里はスマートフォンで海上保安庁のホームページを開き、当該ページを探した。

「あった。あっ、締め切りまで半月しかないじゃん。見て、ほら、ここ」

募集要項に目を通す宗田の目の奥に、これまでは感じられなかった、輝きのようなものが見えた気がした。

数日後、試験の申し込みをしたとの連絡を受けた。それから宗田が合格した直後は海保職員の先輩としてメッセージのやりとりをしていたが、徐々に疎遠になった。

沙友里は一度航海に出れば数週間戻らないこともあるし、特に石垣に異動し、尖閣諸島の警備にあたるようになってからは、忙しさと緊張感で身も心も疲弊した。

それを言い訳にして連絡を取らなくなったのは確かだ。

沙友里にとって宗田と姉はセットなのだ。だからどうしても姉のことを思い出してしまうし、もう会えないのは死んだからだと再認識して、その都度落ち込む。きれい事を言っても、心の中ではやはり宗田を恨んでいたのかもしれない。

ふたりが出会わなければ死ぬことはなかったのだと。

だから、宗田と距離を取るようになってしまったのだろう。宗田もそれに気付いていたのだと思う。彼からの連絡も、同じ海上保安庁の仲間だという認識も、いつの間にか洋上の蜃気楼のように消えてしまっていた。

そうして久しぶりに言葉を交わしたのが、先日のタンカーの一件だった。

宗田が精神的に疲弊しているような噂を聞くと、考えてしまう。

――ひょっとしたら、余計に負担になってしまっていたのだろうか。この仕事を勧めたのは間違いだったのではないだろうか。

どしんと横波を受け、船体に鈍い音が響いて我に返った。顔に何度も湯をかけて、沙友里は湯船から出た。

［捜査官］吉見拓斗

吉見は今日も暗い部屋でモニターを覗き込んでいた。

公安と行動を共にするからと言っても、公安と同じ思考回路になる必要はない。海保の捜査員として、この案件を考えてみようと思った。

山崎は朝イチでやってきて、キッチンの小さなテーブルで、絶え間なく電話で誰かと話しながら書類に目を通していた。

「ちょっとよろしいですか」

山崎はどこかに電話をかけようとしていたようだが、時計に目をやり、ちょうど休憩したかったとばかりにタバコを手に取った。

「どうした」

換気扇の下で背伸びをし、タバコに火を点ける。

「光の住処が密輸をしているということですが、具体的な情報はありますか？」

タバコの煙を換気扇のフードの中に吐ききってから、山崎は首を横に振った。

「確証はない。田所が、施設内で拾い集めた会話の断片などから、船による密輸をしていると考えてはいるが」

「高知の一件もそうだということでしたよね」

「ああ。あそこは関連施設から一〇キロほどの距離で、以前も夜な夜な怪しい延縄《はえなわ》漁船が入港していたとの情報もあったんだ」

「なるほど。ちなみに次回の密輸に関して情報はないのでしょうか」

山崎は目をすっと細めた。

「次の密輸に関する情報はない。ただ、最近密輸に失敗して金が入ってこなくなったようなことを言っているらしい」

吉見はハッとする。

「それって、ひょっとして」

山崎はにやりと笑うが、その顔は決して正義の味方には見えない。むしろ悪役のようだった。

「ああ、ひょっとしたら、高知でブツを陸上げできなかったからなのかもしれないな。だとしたら、君が港で起こした大騒ぎが、ボディブローのように効いてきているのかもな。お手柄だ」

取り逃がしているので決してお手柄ということはない。嫌味だろうか。

「ま、似たような港は他にもある。高知がだめでも、九州、沖縄、いくらでも荷揚げのチャンスはあったはずだ。それに光の住処が焦っているほどだとしたら、もっと大きな損失のはずだ」

「そうですね……では連中はなにを密輸しようとしていたのでしょうか。それがわかれば捜査のしようもあるのですが」

「ああ、その件は松井さんが動いているから、果報を待とうじゃないか」

隊長が動いているなら、そちらで一緒に働きたかったなと思う。

「それとテロですが、いつから計画しているんでしょうか」

「田所がスカウトされたのが半年ほど前だから、一年くらい前からというところじゃないかな」

「いったいどこが狙われるんでしょうか。もしドローンということになると、屋外っていうことですよね」

「それは田所にもわからないそうだ。かなり小型のレーザー誘導装置を開発するように命じられているようだが、他の技術者がなにを開発しているのか。完成までにあとどれくらいの時間が必要なのか。またそれらを合わせていったいなにが出来上がるのか。謎は多い」

「ドローン……ってことですよね」

「田所曰くな。だが奴も全体像を見たわけじゃない」

つまり、〝それ〟の完成の目処が立ってから、具体的なテロの日程が決まるということになる。

まるで残り時間がわからない時限爆弾を目の前に置かれているような心持ちだった。

「開発が佳境に入れば、田所が耳にする機会も増えるだろう」

タバコを吸い殻で埋め尽くされていた灰皿に無理やり押し込むと、山崎はまた携帯電話を手に取り、どこかに電話をかけようとした。

「あ、すいません。もうひとつ疑問が」

山崎は返事をしなかったが、早く言え、と目が言っていた。

「素朴な疑問なんですが、なんでレーザー誘導なんでしょうか」

「あ？」

「いえ、ドローンって、カメラが付いているじゃないですか。だから普通は遠隔で映像を見ながら操作すると思うんです」

山崎の反応をうかがうが、能面のような表情のままだった。だが遮るつもりはなさそうだったので、吉見はそのまま続ける。

「わざわざレーザー誘導をするということは、ドローンのカメラ越しでは操作できない状況下で使用するということなのでしょうか」

山崎はすうっと目を細め、値踏みをするように吉見の爪先から頭のてっぺんまで視線を往復させながら呟いた。

「もしくは、操作をする者から遠く離れた電波の届かないような場所を狙っている……か」

それは質問ではなかったようで、山崎は唇に人差し指を当てながら、まるで棋士が次の一手を決めるような、慎重な言葉遣いだった。

「確かにそうだな、いい着眼点だ。その意見は、ターゲットがどこなのかを推測するヒントになるかもしれない」

それから肩を大きく回してストレッチをすると、出かけてくる、とひとこと言った。書類をバッグに詰め、ジャケットを羽織る。ドアを押し開いたところで振り返った。

「そうだ。今日は時間をやるから、冬服を買っておくといい。東京の冬は意外と寒いぞ。大晦日には美味いものを差し入れるよ」

それだけ言って出て行った。

冬服……大晦日……。

薄々感じてはいたが、長期化が決定した。

6

［パイロット］宗田眞人

東京の冬の寒さを、宗田は腕組みをしながら再認識していた。

特に、二月の朝は身をナイフで切りつけられるようだ。

格納庫の大扉の前で空を見上げた。赤みを帯びたグラデーションを見せる羽田の空に雲はなく、その分、放射冷却が進んで、冬らしい冷たくてどっしりした空気で満ちていた。

一〇二〇パスカルくらいかなぁ。

気圧を肌で感じながら、大きく背伸びをした。

冬の空を飛ぶのは好きだった。空気が安定していて、視界もクリアだからだ。

昨日から待機していたが、救助要請を受けることもなく朝を迎えられた。海で危険な目に遭った人がいなかったということでもあるので、こんな朝は気分がいい。

羽田航空基地に異動してすでに四カ月が過ぎていた。着任当初は環境の変化に鹿児島のことを思い出す余裕もなかったが、むしろ年が明けて冷え込むようになってから、鹿児島で過ごしたことを懐かしく思うようになった。特に奄美は真冬でも暖かい。

森下は妻とうまくやっているだろうか。

そして散々小言を言われた目黒は、この春で退官する。その後は東京にある海上保安協会に居場所を移すと聞いているので、また話せる機会もあるだろう。

「うおぅ、寒《さみ》ぃなあ」

現れたのは整備主任の富所智也《とみどころともや》だ。マラソンが趣味で、小柄で細いが酒豪でもある。

ヘリで出動する際、通常であれば二名の整備士が同乗することになっている。機体の状況を確認するだけでなく、特に彼らに任される重要な仕事が、救助活動の際に救難士を降ろしたり要救助者を吊り上げたりするための、ホイストと呼ばれる巻き上げ装置の操作だ。

ホイストマンと呼ばれる彼らは、パイロットの第二の目になる存在だ。

救難士を小型の船に降ろそうとした場合、ヘリを真上につけるとパイロットからは船が見えなくなることがある。

また、地上での救助と異なり、海上では位置を保つための基準がないが、それでも数センチレベルでの操縦を求められる。

そのときに、機体から身を乗りだし〝ちょい右〟とか、〝ちょい前〟といった指示を出して誘導するのがホイストマンだ。その〝あとちょっと〟が一メートルなのか一〇センチなのか、阿吽の呼吸に至るのは簡単ではない。

富所とは歳が二〇も離れていて、世間話といえば血糖値と定年後の話しかしない。それでも不思議と馬が合った。

羽田に赴任してから自然とチームに溶け込めたのは、富所に拠るところが大きいと思っている。

生え抜きのベテランで、その技術力には大きな信頼を寄せられている。それに加え、面倒見のよさと豪快な性格で常に話題の中心にいる人物だ。

飛び立てば、機長として宗田が全ての決断を行うが、出しゃ張らずに的確な助言をする。そして事あるごとに、誰彼構わず酒に誘い、宗田もずいぶんと連れ回された。困ることもあったが、いまの風通しの良さはそのおかげなのだろう。

「今日はどうする？　蒲田、川崎。あ、久しぶりに大井町もいいね」

富所がさっそく飲みに誘う。

「富さん、朝からっすか」

「そうよ、通勤客を見ながら飲む一杯がたまらんぞ。シフト勤務者の特権だ」

「いやー、そうなんですが、今日はちょっと用事があって」

富所が目を細めながら小指を立てた。

「おいおいー、いつの間にー？」

「そんなんじゃありませんよ。それに、そういうところが昭和なんです」

宗田はジェスチャーを真似てみせた。

「昭和で結構。ちょっと前には平成生まれが入ってきて驚いたものだが、そのうち令和組だ。そしたら平成組もオヤジ扱いだ」

「そうですよね。富さんは、たまには娘さんとデートすればいいじゃないですか」

富所は顔をしかめながら手のひらを左右に振る。

「いやー、もううちのは全然だよ。せっかく大学出たかと思えば、なんだ、犬っころの毛を切る仕事するんだって言いはじめてよ」

「ペットトリマーですね」

富所は降参とばかりに両手を上げた。

「まあ、なんだっていいけどさ。変な男にひっかかりさえしなきゃさ」

「娘さんも海上保安官になってほしかったですか？」

富所は、あいつは無理だ、と言って笑う。そして腑に落ちたとばかりに、手のひらを握り拳で叩いた。

「ああ、今日はあれか」

「ええ、お昼くらいに横浜から飛んで来るでしょ？」

「〈あきつしま〉のスーパーピューマか。今日から重整備が入ってたな」

「それです、それです」

〈あきつしま〉は、第三管区横浜海上保安部に所属する世界最大級の巡視船で、巨大なスーパーピューマを二機搭載できる。

船内でも整備はできるが、そのレベルによっては地上で行う必要がある。今回は、車でいうところの車検やオーバーホールに相当する。

「川村さんか。いつ以来だい？」

「実はまだお会いしたことがありません」

「そうかそうか。川村さんも喜ぶよ。それじゃ、またな」

富所は冷気に抗《あらが》うかのように背中を丸め、ごま塩頭を掻きながら足早に戻っていった。

五年前、墜落した宗田を海から救助したヘリを操縦していたのが川村だった。そのことは入庁してすぐにわかったのだが、メールで挨拶をするに留まっていた。

どこか自分に引け目を感じていた。ヘリを墜とし、死者まで出した。国交省が言うところの重大インシデントの真っ只中にいた者だから、仲間だと認めてもらえないような気がした。

実際は機体故障による墜落であり、宗田には責任はないと判定されている。しかし、それでも同じ道に進みましたとは軽々しく言えなかった。

羽田に異動することが決まったとき、真っ先に川村のことが頭に浮かんだ。

それでも今日まで会おうとしなかったのは、宗田の人生の暗部に深く関わる人だからだ。川村と向き合うことは、優香を救えなかったという事実と向き合うことでもある。

それが恐かった。

この日の引き継ぎを終えて事務所に向かうと、蓋を閉じたカップ麺の前で瞑目《めいもく》している青年がいた。彼がなにをしているのか理解している宗田は、向かいに座り、声をかけずに待つ。

一分ほどした頃、やおら目を開けて腕時計のストップウォッチを止めた。

「あー、一二秒早い！　もう、宗田さんが座るから気になって集中力が切れたんです」

稲葉《いなば》歩《あゆむ》は新人のコパイだ。年齢は確か今年で三〇になる。他のコパイよりも歳が行っているのは出戻りだからだ。

四年前に一度航空課程に進んだものの、訓練について行けずに脱落。故郷の岡山に戻ってコンビニ店員や引っ越し業者などのアルバイト、一時はホストまでやっていたという。

飄々《ひょうひょう》として摑み所のない性格だが、高校や大学を卒業してすぐに入庁した他の者と違って、社会経験が豊富だからか、話をしていて楽しい。

「周りの影響を受けないくらいにならないとね」

稲葉が行っていたのは時間感覚を養うための、ちょっとしたトレーニングだった。

カップ麺のラベルを覗き込む。今回、稲葉はこのラーメンが出来上がるまでの四分間で試したようだ。

「四分に対して誤差一二秒なら悪くないんじゃないかな？」

「でも前に宗田さんがやったときはピッタリだったじゃないですか。だから悔しくて」

以前、富所と稲葉の三人で居酒屋に行ったことがあり、そのときに〝絶対時間〟の話になった。それぞれが試し、稲葉は酔っ払った富所よりも感覚が乖離《かいり》していたのを悔しがっていた。

「えっ、マジっ！」

ラーメンの蓋を開けた稲葉が麺をほぐそうと箸を入れて叫ぶ。どうやら、取り出していない小袋が残っていたようだ。

「もうね、最近のラーメンは小袋が多すぎなんすよ。ただのカップ麺なのに複雑すぎます」

文句を言いながら麺をかき回す。

「しっかし、朝からラーメンなんて、よく食えるね」

そして勢いよく食べはじめた。ふた啜りしてから顔を上げた。

「そこは、まだ若いんで」

「あれ、宗田さんって、上がりですよね。なにやってんです？」

「待ち人だよ」

「へー、女でないことは確かですね。なら興味ないっす」

なにを根拠に言っているのかは謎だ。稲葉はその場のノリで深く考えずに喋ることが多い。しかし汁を啜りながら至福の表情を浮かべる様子は、見ていて嫌いではなかった。

待ち人である川村が到着したのは昼前のことだった。宗田が格納庫に降りると、たったいま自分で運んできたスーパーピューマを整備士と見上げながら話をしていた。

丸顔で優しげな雰囲気の人だった。

話を終えた川村と目が合った。宗田が頭を下げると、すぐに誰なのかわかったようだった。ゆっくりとした足取りで近寄ると、右手を出してきた。

「川村です」

「宗田です」

その手を取り、また頭を下げた。

「はじめまして、というよりも、お久しぶり……かな？」

川村は人が良さそうな笑顔を見せた。

「海保のヘリパイになったと聞いたときは驚いたけど、素直に嬉しかったですよ」

自分が救った人物が自分と同じ道を進む、というのはキャッチーで、広報部が何度か取り上げようとしたようだが、川村は宗田の状況を知り、固辞したと聞いている。

「恩返ししなければと思いまして」

川村は愉快そうに笑う。

「そんなこと考えなくてもいいですよ。背負いすぎると咄嗟の判断を誤ることもありますから」

宗田はただただ頭を下げた。

「それと、いままでご挨拶できなくてすいません。本当ならすぐにでも伺うべきだったのですが」

「いやぁ、むしろ……」

居心地が悪そうに頭を搔いた。

「僕は恨まれているんじゃないかって」

宗田は、予想外のことを言われて目を丸くする。

「そんなこと、考えたこともありませんよ」

複雑な笑みを返す川村を見て、優香を助けられなかったことを言っているのだと思った。

階段の上から川村に同乗してきた仲間たちが呼んだ。車で横浜に戻るようだ。

歩きながら話そう、と川村は手で示した。

「でも、安心しましたよ」

「えっ、なにが……でしょう?」

「思ってたより、明るいから」

宗田は察した。中途半端な時期に突然、羽田に異動となれば、いろんな噂が立つのだろう。

「ひょっとして、お聞き及びですか」

「まあ、警察と違ってさ、海保は横の繫がりが強いから。特にパイロットはね。でも意外でしたね」

「意外というと、なにがでしょう?」

「江の島でのことですが……。私は一部始終を見ていました。トラブルが起きた場所からだと、普通なら海岸や陸地に落ちてもおかしくなかった。それなのに、あなたはコントロールもままならない機体を必死で操って、被害が最も少ない場所に導いた。すごく冷静な操縦だと思いました」

そして、ほんの少し寂しそうな表情を見せた。

「そのイメージと、聞こえてくるあなたの機長としての働きにギャップがあったというか」

「すいません……」

「いえいえ、謝るようなことじゃないですよ。いろいろ言う奴もいますが、あなたは腕がいいから、奢《おご》っているのだと誤解されている節もあるのかなって」

川村は格納庫の階段を上り切ったところで立ち止まり、駐機している機体を見渡しながら言った。

「どんなに人を救助できても、救えなかった命との引き算で、自分の貢献度が測れるわけじゃない。たったひとつの後悔が全てをひっくり返してしまうこともある。それが命ってやつなんですよね」

川村は宗田に向き直った。宗田よりも身長が低いので、やや上目に見上げるような格好になったが、それが宗田の心の底を探るように感じられた。

「あなたは……彼女を救えなかった埋め合わせを、誰かを救助することで補おうとしているのではないですか？　そうでもしなければ自分が生き残った意味が見出せないと」

宗田は言葉が出なかった。

「我々がこの仕事に就く思いは人それぞれですから、それが悪いことだと言うつもりはないんです」

　恐縮そうに言いながら廊下を抜ける。

「ただね、間違ってはいけないと思うんです。僕は、救助は〝繋ぐ〟という大きな職務の一部でしかないと考えているんです」

　階段を下りると、玄関ドアのガラスを通して、ワゴン車が止まっているのが見えた。川村は足を止めると、外にいる仲間に待つように手で合図を送った。

「繋ぐ、ですか」

「そう。我々の行動や判断は、未来への繋がりを守ることだと思う。あなたが救助され、その後、海保のヘリパイになってくれたように、それぞれの人が持つ無限の可能性を繋いでいると思うんです」

　川村は苦笑する。

「わけのわからない話をしているのは自覚があるんだけど、口下手で」

「いえ」

　川村のごつい手が宗田の肩に置かれた。

「それと同じように、あなたが繋がなくてはならない人は要救助者だけじゃない。船にもいるし、地上にもいる。我々が一度空を飛べば、その下の街で暮らす人、そしてあなたが操縦するヘリの中にも。それぞれが家族を持ち、その数だけ未来がある。決してその繋がりを切ってしまってはいけないと思う」

話についてこられているか心配になったようで、川村は人懐っこい目で宗田を覗き込んだ。目の前の個人、案件に囚われて、大局を見失うなと伝えたいのだろう。

「もし……」

川村の目が急に険しくなった。

「もし、君が彼女を救えなかったことと職務を結びつけているなら、飛ぶべきじゃない。ギリギリの判断を下さなくてはならないときに、君の都合に皆を巻き込まないでほしいからね」

胸を張って、そんなことはない、と言えず、忸怩《じくじ》たる思いが胸を満たした。

厳しかった川村の目が、また優しい色に変わる。

「それでいい」

「え？」

「自覚してない者は先に進めないから」

ドアノブに手をかけ、半身を捻って宗田を見る。

「リスクを冒して救助するのか。それとも勇気をもって撤退するのか。結局のところその線引きに正解なんてない。ただ言えるのは、我々は〝できることしかできない〟のだから、なにができるのかを適切に把握していなければならないよね」

深く考え込んでしまった宗田に、川村は安心させるように頷いてみせた。

「GOか、NO GOか。それを判断できるのは機長しかいない。だから苦しいんだ」

宗田は深く頭を下げた。

「ありがとうございます。なんだか……すいません」

「うん?」

「ご挨拶だけのつもりが、ここまで心配していただいて。それに、すごく理解していただいていて、ちょっと驚きました」

会って話すのははじめてだというのに、川村は昔からの恩師のように宗田のことを理解してくれているように思えた。

「きっと、あなたと同じくらい、僕もあなたのことを考えていたんだろうね」

それから川村は吹き出した。

「こんなこと、女性から言ってほしいセリフだよね」

そしてまた恵比寿様のような笑みを見せ、車に乗り込んだ。

宗田はずっと、敬礼で見送った。

［通信士］ 手嶋沙友里

〈あさづき〉は最大船速で波を掻き分けていた。向かう先に中国海警局の警備艇がいる。ただし、ここは尖閣諸島ではなく、沖縄本島の東二五キロの地点だった。

「なに考えてんですかね」

沙友里と並んでレーダーに映る船影を見ながら、鈴本は首をかしげた。

海警1306が尖閣諸島に現れるのはいつものことだったが、この日は留まることなく接続海域をかすめると、宮古島と沖縄本島の間の排他的経済水域を南下するコースをとった。そのままフィリピン海に出るものと思われたため、〈あさづき〉は途中で追跡を止め、石垣保安部に針路を向けた。

しかし一時間後、海峡を通過した海警1306は突如、北東に転舵《てんだ》した。そのため、慌てて追跡を開始したのだった。

海警船はいまのところ領海や接続水域からは距離を取っているが、その不可解な転針にはなにかしらの意図がありそうだった。

「こんなこと、いままでになかったですよね」

「そうだな。海警がうろつくのは尖閣や台湾周辺だったからね」

海警1306は、いまはスピードを落としているようで、距離はどんどん詰まっていた。すでに那覇の保安本部からも巡視船二隻がスクランブルをかけて向かっている。〈あさづき〉が到着する頃にはそれらも合流しているはずだ。

「船長はどうするつもりでしょう」

〈あさづき〉船長の険しい顔色をうかがう。本庁とも頻繁に連絡を取っていたが、違法行為がいまのところなく、国際法に則った動きをしている限り、手出しはできないというスタンスだった。

「どうするもなにも、まずは目的を確かめるしかないだろうね。そのときは頼むよ」

そのためには直接呼びかけるしかない。となれば沙友里の出番だ。

「でも、あれかな」

鈴本が遠い目をする。

「なんです？」

「海洋調査だよ。前に中国の測量船が奄美の領海に侵入してきたことがあったでしょ。あれは詳細な海底の地図を作るためだったと言われている」

「資源の調査ですか？」

「それもあるだろうけど、真の目的は潜水艦のためだと言われている。台湾有事に備えたね」

「中国が台湾を実効支配するために侵攻すると？」

「それはわからないけど、もしそうなったら、潜水艦にとって重要なのは海底の地形の把握だ。それがあれば海底ギリギリをフルスピードで駆け抜けたり、秘密の隠れ家を見つけたりすることもできる。潜水艦同士の戦いにおいて地形を把握している側は圧倒的に有利なんだ。有事にならなくても、海図を押さえているとプレッシャーをかけられるからね。いまだって、この下には潜水艦がウヨウヨしてるかもしれない」

沙友里は窓の外に広がる海にしばし目をやる。

なんだか、留守中に部屋の中を物色されているような気になった。

「台湾から遠く離れているのに？」

「台湾有事は台湾だけの問題では済まないよ。事が起これぱこのトカラ群島も危ないよ」

確かに中国の測量船などがこの海域を航行していることは報告されている。排他的経済水域内でも外国船の通航は許されているが無許可の測量・調査は禁じられている。

そこで、はたと気付く。

「でも……基本的な疑問なのですが、なぜ海警の船を使うんでしょうか。事が大きくなりそうだし、目立って仕方がないと思うんですけど」

「そうだよなぁ」

ふたりで唸る。

「あれじゃないか、アピール」

「アピール？　誰にです？」

「国家主席……かな」

「日本を困らせています、見てください、ってことですか」

「まぁ、かの国なら可能性はなくはないだろ」

確かに……と沙友里は腕を組む。

「海警局艦船、前方、距離一五〇〇メートル。左から〈りゅうきゅう〉、〈くだか〉が接近中です」

その声に前を見る。風はなく、波は緩やかに、そして、しなやかにうねっている。その〝丘〟を乗り越える度に、小さいがそれぞれの船影を見ることができた。

それ以外は一面が海で周囲に陸地は見えない……天候はまったく違うが、この光景に妙な既視感があった。

そうだ、タンカーを捜索しに来たときもこのコースだった。

沙友里の下腹あたりがモゾモゾとした。得体の知れない不気味さがあった。

海警1306は微速の状態にあり、距離は一気に狭まった。そして三隻の巡視船であっという間に包囲した。

〈あさづき〉が海警船の左舷五〇メートルにつけると、沙友里は窓から目視しながらマイクを手に取った。

「中国海警船体、こちらは日本国海上保安庁巡視船PLH35である。航行の目的はなにか」

相手からは、まるで待っていたかのようにすぐに返信があった。

『通常の航海演習である。当方に貴国の主権を脅かす意図は一切ない』

沙友里は奥歯を嚙む。相手がソン・ビン中尉だったからだ。

気付けばブリッジ内の目がこちらを向いている。

そうか、中国語だった。

通訳の必要があることを思い出し、船長に伝える。

「通常の航海演習？　この場で停船している意図を問え」

沙友里はそのままを伝える。

『演習のカリキュラムの一環だ。いまは各担当部署で確認作業をしている。交代要員との引き継ぎ作業をしており、安全のため停船している。これが終わり次第移動する。ちなみに無害通航権を行使しているつもりだが、これは国際法違反か？』

普段行っている定型文のようなやりとりではないため、沙友里は間違いが起きないよう、一語一語、船長に伝え、指示を仰ぐ。

「――と言っています」

そんなの嘘だろ、という声があちこちで上がり、同意するような頷きが見える。

沙友里は船長の言葉を待つ。

「ここにいること自体は違法ではないが不自然だ。この瞬間、彼らがなにをしているかわからない」

つまり、外からではわからない装置を積んでいて、たとえばこっそり海底の調査をしているかもしれないということだ。

「立検するぞって、脅かしてみますか」

沙友里は振り回されることに苛立ちを感じていた。

「気持ちはわかるが、やめてくれ」

船長は重いため息をついて見せると沙友里を恨めしそうな目で見た。船長が一番、やりたいこととできることの狭間で潰されそうになっているのだろう。

「とりあえず、あとどれくらい留まるつもりなのか訊いてくれ。それと、この後どこに行くつもりなのか」

頷いてマイクを取る。

「あとどれくらい留まるつもりですか。また今後のコースを明らかにしてください」

んー、と間延びした声が返ってきた。

『新人が多いもので、少々手間取っています。重ねて伺いますが違法かな？』

急に言葉がフランクなものになった。

くそ、舐めてやがるな。

「自由に航行できるとはいえ、排他的経済水域において不穏な動きを見せる船舶があれば、我が国は確認する必要があります」

返事がない。

「了解ですか？　聞こえていますか？」

もう一度訊いた。

『ええ、聞こえています。停船時間についてはあと五分ほど。コースについてはこの場で転回し、母港に戻る予定です。これ以上先には進みませんから安心してください』

沙友里は鈴本に向き直る。

「この状況で安心などできませんけどね」

すると、『信用されていないなぁ』とスピーカーから聞こえた。

ん？

そこで顔が青ざめた。マイクのスイッチを入れっぱなしだったのだ。やはり、ソン・ビンは日本語がわかるんだ。

沙友里は臍《ほぞ》を噛んだ。

『ところで撮影していますか』

慌ててしまい、思わず地声で話してしまう。

「え？」

『撮影です』

「撮影って、なによ」

ソン・ビンはくぐもった笑いを隠すことをしない。

熱くなると、沙友里が豹変《ひょうへん》することを知っている鈴本はなだめようと、両手を上下にゆっくりと動かして、落ち着け、とサインを送ってくる。

『この状況を撮影しているかということです』

確かに、各巡視船に乗っている担当者は、成り行きを記録するためにビデオ撮影しているだろう。

「なぜそんなことを？」

『日本の国民は、海で起こっている問題に対してやや鈍感なようですね。尖閣だって、日常になりすぎてマスコミも食いついてこない。実際、なかなかテレビでは報道されないのでは？』

「余計なお世話よ」

『上空には海保さんご自慢のシーガーディアンはいるのかな。あ、でもその画像は機密だとかで、どうせ公開されないですよね』

「なにが言いたいのよ」

彼らはいったいなんの目的でここにいるのか。尖閣と違って、ここには中国が領有権を主張する島はない。

ならば、海保の能力を測るのが目的なのか？

『こういった我々の関係が報道されて、領海でこんなことが起こっているということを、日本のみなさんに広めるきっかけになるといいですね』

ふざけやがって。女だからと舐めるな。

「航海演習？　ふざけないでよ——」

沙友里は苛立ちながらも、どこか違和感を感じた。

いつものソン・ビンではない……？

もちろん、場所が違うということもあるが、日本国民がどうとか、マスコミがどうとか、そんなことはこれまで言ったことはなかった。

他に企みがあるのではないか。

ここでさっきの既視感が蘇った。まさかと思い、ブリッジを横断して航海士である舞の持ち場に行く。そして海図を覗き込み、またマイクを摑んだ。

いま我々がいる場所は、いまから半年ほど前に、宗田が報告した場所だった。

まさか、中国はタンカーを追っている？

理由はわからなかったが、半分投げやりに言い放った。

「タンカーを探したって痕跡はもうありませんよ。海底六〇〇〇メートル潜れるのならどうぞ」

『ははは、なにを言うのやら』

沙友里ははっとした。息を呑んだことを気付かれたくなくて、マイクがオフになっていることを二回確認した。

これまでの印象では、ソン・ビンは冷静な男で、常に先の先まで、どう展開するのかをシミュレートして会話をするような男だ。余裕を匂わせることで、全てが想定内なのだとアピールするかのように。

しかし、たったいま彼が発した言葉は、これまでとは異なるものだった。

ソン・ビンが嘘をつくことについてどれだけの耐性があるのかはわからないが、それまでの自信に満ちた、ときにあしらうような口調のほんの狭間に揺らぎがあったことを沙友里は見逃さなかった。

なにかを隠そうとしている。

しかしそれをいくら問うたとしても答えないだろう。いっそのこと、前代未聞だが立検をかけるか。

ただ、相手が嘘をついているかもしれない、という女の勘が理由で組織は動かない。

考え込んでいると鈴本が顔を覗き込んだ。

「タンカーがどうしたって？」

「あ、いえ……ひょっとして関係が——」

『こちら海警局１３０６、海上保安庁ＰＨＬ35へ』

呼びかけられ、しゃんと背を伸ばす。

『作業終わりました。これをもって当海域から離脱します。転回するので右舷側をあけておいてください』

ソン・ビンが何事もなかったかのように言うと、海警１３０６は黒煙を上げて一〇〇メートルほど前進し、宣言通り右回りで一八〇度向きを変えた。

〈あさづき〉とすれ違うとき、ブリッジで手を振る男が見えたような気がした。

「転針、追尾せよ」

船長の下命を受け、〈あさづき〉の巨体は白波を立てながらくるりと向きを変える。背後にあった太陽が、正面に回った。

そして海警１３０６は元のコースをしばらく逆走し、今度こそ日本の主権が及ばない海域に出て行った。

［捜査官］吉見拓斗

桜新町での張り込みは、すでに半年を過ぎていた。

まさか正月をむさ苦しく陰鬱なこの部屋で過ごすことになるとは思わなかった。

母親には、相変わらず出張で飛び回っていると説明しているが、盆に続いて正月も帰れなかったことで保安本部に問い合わせが行くと面倒なので、生存確認的な意味合いで、時々他愛のないメッセージを送ることにしていた。

身内にも嘘をつき、こうやって人知れず太陽も浴びずに影のなかで働く。

本来、息を潜め相手の動きに合わせて行動するのが張り込みという捜査手法なので、当たり前と言えばそうなのだが、ここまで長くなると、陰鬱で精神的に参ってしまいそうだった。

こんな状況を、他の捜査員はもう一年近く続けているというから驚く。

それでも、どんなに陰気くさい仕事であっても、すぐに結果が出ないとしても、こうした働きが日本の安全に寄与している面は否定できない。むしろ、そうでなければ彼らもここにい続けることはできないだろう。

公安はエリート集団だと聞いたことがある。無口で愛想がない連中ではあるが、彼らも信念を持った男たちなのだ。

とはいっても、これまで犯罪を追って海だ陸だと走り回っていた身からすると、このままでは人格が変わってしまいそうで心配にもなる。

吉見は喫煙コーナーになっている換気扇の下に行くと、電子タバコに点火した。

久しく吸っていなかったが、ここに来てから吸わずにはいられない心持ちになり、せめてもの抵抗として電子タバコにした。

外の空気を吸おうとキッチンの小窓を開けてみたが、吹き込む二月の冷気に身を縮ませた。今日の気温は最高でも五度を下回る予報だった。

ゴミを出そうとまとめていたとき、山崎が入ってきた。そして短く「おう」と言って皆を呼んだ。

「タオルか?」

捜査員が頷く。

「はい、今朝早くに出ました」

「よし、準備を」

タオルというのは、内通者である田所が表示するサインのことだ。

バルコニーの物干しにはなにかしらの洗濯物が下がっているが、一番端に青色のタオルが掛けられるのは、このあと出かけるという意味だ。山崎はその連絡を受けてやってきたのだ。内通者と直接コンタクトが取れる唯一のタイミングだからだ。

タオルが掛けられてすぐ出てくるときもあれば、数時間後ということもある。田所には、怪しまれないよう無理はするなと伝えてあるようで、空振りになることもある。

今日、もし出てくるとしたら、吉見がここに来てからは一カ月ぶり三度目になる。

捜査員らはすぐに出られるように身支度をしていて、そのときを待っていた。

正午を回った頃、田所が出てきた。寒いだろうに、薄手のジャンパーを羽織っているだけで季節感がない。

すぐに駅に向かうのかと思ったが、田所は左右を落ち着きのない様子で見渡している。

「まずいな」

山崎が舌打ちした。

見ると、他にも男がひとり出てきて、田所と並んで歩きはじめた。

「監視役ですね。いままでいなかったのに……。警戒されているのかもしれませんね。しかも見たことのある顔です」

捜査員が言い、山崎は頷く。

「吉見、俺たちはあの男に面が割れている可能性がある。お前が行ってくれ」

すでにその手には吉見のコートが握られていて、早く行けと突き出してくる。

「隙を見て接触し、話を聞け。だが決して無理はするな。これまでの努力を無駄にするなよ。さあ、行け」

追い出されるようにしてマンションを出ると、内通者の後を追った。

桜新町駅から電車に乗り、渋谷駅で降りた。ふたりは道中、会話を交わす様子もなかったから、買い物行くね、じゃあ付き合うよ、という間柄ではないだろう。

同行者は田所のそばを離れずに、油断のない目を周囲に配っている。やはり監視が目的なのだ。

吉見は付かず離れずの距離を保ちながらセンター街を進んだ。入ったのはＤＩＹの商品を取りそろえた商業ビルで、いまは五階の金属部品のコーナーにいる。

このあたりは放送制作会社やアーティストなどが多いこともあって、一見なにに使うものかわからないような素材が多く取りそろえられていた。

田所はネジやらバネやらを吟味しながら、時々あたりをうかがっている。公安刑事の姿を探しているようだ。一瞬、吉見とも目が合ったが、直接話したことはないので、また手元の部品を吟味しはじめた。

その品定めは要領を得ていない。おそらく時間稼ぎをしているのだろう。

同行者は退屈しているのか、ずっとスマートフォンをいじっているが、それでも内通者のそばを離れない。このままでは接触する機会を得られないまま、帰ってしまうのではないかと焦った。

さらに、吉見は田所の顔を見ていて気になることがあった。どこか具合が悪いのかと思うほどに病的な表情だった。

冬なのにうっすらと脂汗が浮いていて、髪の毛がひと束、額に張り付いている。目はうつろで、眼窩には隈が色濃く沈殿しており、指は小刻みに震えていた。

ふと気付くと、同行者が吉見を見ていた。内通者を見つめるところを怪しまれたかもしれない。

吉見は咄嗟に目の前にぶら下がっていた金具をふたつ手に取ると、通りがかりの店員を呼び止めた。

「これってなにが違うんですかね」

材質や強度の説明を聞きながら視界の外縁でうかがうと、同行者はまたスマートフォンに目を落としていて吉見は安堵する。

山崎からこれまでの努力を無駄にするようなことはするな、と厳命されていた。もし失敗したら、今後の人生は公安に目を付けられ続けるかもしれない。

三〇分ほどして田所はレジの列に並んだ。同行者は待ち構えるようにふらふらとレジの先に移動すると、またスマートフォンに目を落とした。

吉見は近くにあったキーホルダーを手に取ると、田所の真後ろについた。レジまで五名が並んでいる。携帯電話を取り出して、耳に当てながら呟いた。

「振り向かないで。山崎の使いの者です。なにか情報はありますか」

「よかった、今日は来ないのかと」

泣き出しそうな声だった。

「声を抑えて。小さくても聞こえます」

「もう……限界なんだよ……このまま助けてくれよ」

肩を震わせはじめた。

まずい、このままだと同行者に怪訝に思われるかもしれない。

「落ち着いて。まずは情報を」

レジに応援が入った。一気に列が二名分、前に進む。

田所の声は嗚咽に近かった。

「必ず救い出しますから」

またひとり進み、さらに焦る。精神状態が不安定だ。このまま保護したほうがいいのではないか。

それでも田所は、自分を落ち着かせるようにするためか、震える息遣いで大きく深呼吸をした。

「……連中は焦っている。密輸ができなくなったから、早くしないと資金が尽きてしまうって」

やや首を横に回した。

「決行は近い」

……テロか！

「いつですか」

「わからない。でもすぐだ」

レジ客のひとりが領収書の発行で手間取っていて、流れが滞る。

「その、方法とか場所は？」

しばらく無言が続いた。一番奥のレジがあいた。先頭にいる田所に向かって手を挙げて呼んでいる。

「次にお待ちのお客様――」

店員が田所を呼ぶのはこれで三度目だ。同行者は田所がレジに進まないことに気付いて怪訝そうに見ていた。

「まだ助けてはくれないんだな……」

「すいません、その指示は受けていません。もう少し耐えてください」

内通者は涙を拭《ぬぐ》う素振りを見せ、ひとこと呟いた。

「……消えたタンカーを追え」

その意味を問う前に田所はレジに進み、吉見が一番手前のレジで会計を済ませる間に、ふたりはエレベーターに乗っていた。

階段を一段飛ばしで駆け下りながら山崎に電話をかける。

『わかった、それ以上追うな。ひょっとしたらレジで顔を見られたかもしれん。それでなにか聞き出せたか』

資金源が途絶え、決行が近いことを伝えた。

『テロの時期やターゲットについては言っていなかったんだな?』

「はい。しかし、消えたタンカーを追え、と」

『タンカー？　なんだそれ』

吉見は首を横に振った。

「わかりませんが、資金源が途絶えたことと関係があるのかもしれません。消えたというのが海難事故なら、海保側に情報があるでしょうから、こちらで調べてみます」

『頼んだ』

電話を切りかけて、思い留まる。

「それともうひとつ、気になることがあります」

『なんだ』

「光の住処は、早くしないと資金が尽きる、と言っていたそうです」

『つまり……光の住処が計画しているテロは、金を生むということか？』

山崎は考えを整理するように、慎重に言った。

理念の追求ではなく、結局は金なのだ。

「そうだと思います」

『……わかった。こちらでも調べてみる』

通話を終わらせると、田所たちとばったり出くわさないように公園通りを逆に歩き、缶コーヒーを買って路地裏の街路樹にもたれた。

唯一連絡を取ることが許されている相手が出るまでに、二口ほど飲んだ。

『おお、久しぶりやないかい、ちょっと待て』

松井は言うと、衣擦《きぬず》れの音がしばらく続いた。

『いま会議室に入った。誰もおらん。元気やったか』

「元気ですが、愚痴を言いはじめると止まらなくなりそうなので、全てが終わるまで自重します」

松井の控えめの笑い声が心地良かった。

「それで、ちょっと調べていただきたいことがあるんです」

『なんや?』

「一般社団法人・光の住処に潜入している男からの情報で、団体の資金源が最近途絶えたそうなんです。詳細は不明ですが、『消えたタンカーを追え』とだけ言いまして」

『タンカー?』

「はい。それで最近そういった海難事故の情報などなかったかなと」

『いま調べてみるから、ちょっと待て』

松井は常にタブレット端末を持ち歩いているので、それで調べているのだろう。

『消えたタンカーを追え……か』

「なにかありますか」

『いや、三文小説のタイトルみたいやなって。なんや安っぽいやんか』

こういった軽口に久しく触れていなかった吉見は、ホームシックに似た強烈な感情に押し潰されそうになった。

自分がいるべき世界は桜新町のマンションの一室ではない。

しかしどっちが本来の居場所なのか、わからなくなっていた。

自分は、公安に利用されている田所と同じなのではないか。その思いを振り払えないでいる。

『使命を忘れなければ迷わへんで』

察してくれたのか、松井は諭すような口調になっていた。

『迷うこともあるやろうけど、彼らが追う敵は、我々の敵でもある。その敵を討つためにお前の力が必要っちゅうことやからな。誇りをもって任務にあたったれ』

「はい、頭ではわかっているんですが」

『お前は、俺がこの任務を任せたんは、尻拭いをさせるためやと思うてんのやろ』

そんなこと言ったかな、と驚く。

『お前はわかりやすいからな。すぐにわかるで、んなもん』

「では、なぜなんです」

『時期がきたら教えてやるよ。で、ひとつヒットしたで』

松井は咳払いを挟んだ。

『最近というか、約半年前のことやけどな。南大東島沖で漂流中と見られるタンカーを十管のヘリが確認した。それを受けて十一管の巡視船が向かったがタンカーを確認できひんかった。油膜が見られたさかい、沈没した可能性が高いとの報告が残っとるな』

「沈没の確認は取れてないのですか」

『せや、現場は七〇〇〇メートル級の海溝やからな。人的被害があるなら話は別だが、無人の廃船が沈んだところで調査の優先順位は低い。船主からの要請もないし、そもそもどこの誰の船かもわかってへん』

なるほど、と相槌を打ちながら考える。そのタンカーが資金源だったのだろうか。

「それ以外には」

『ないな。現場海域にはシーガーディアンが何度も飛んでいるし、もし漂流物があるなら見つけたはずだ』

文字通り、消えた、との表現が合っているように思える。

『だが、密輸が途絶えたのが、タンカーが沈んだからだったとすると、そのタンカーに密輸するものが載っていたということになるな』

「そうですね。でも無人の漂流船……廃船だったということですよね」

『ああ、報告によるとな』

いったいどういうことだろう。いずれにしろ、タンカーを密輸品の倉庫や中継地点のような意味合いで使っていたのなら、国内に運び込む手段が必要になる。よくあるのは、沖合で漁船などの小型船と荷物の受け渡しをする〝瀬取り〟だ。以前行った高知での張り込みもその摘発が目的だった。

「十一管の巡視船が現場に向かったということですが、途中で他の船舶とすれ違ったということはありませんか」

『向かったのは、ＰＬＨ〈あさづき〉なんやが……』

それは、石垣を拠点とする大型巡視船だ。

『せやけど記録はないな。これは現場に直接訊かないとわからへんやろう。おっ、でもおもしろいことがある』

「なんです」

『公式記録は〝無人〟の漂流船ということになっているが、人がいたと主張している奴がいる』

「え、人が乗っていた?」

『タンカーをはじめに確認したヘリパイだ。だが、見たと言っているのは機長だけで、他のクルーは見ていない』

「どこまで信憑性があるんでしょうか」

『いやー、わからへんな。ここだけの話やが、彼には内務調査が入っているようや。機長の言動について資質を疑うとの告発があったみたいやな。ガセネタかもしれんが、精神疾患まで疑われている。飛行中に発作を起こしたことがあるとも。だから幽霊を見たんじゃないかって言われて鹿児島基地を追われたようだ』

「配置換えですか? それとも退官?」

『いや、十管は出たものの、まだ機長をやっているようだ。いまは羽田にいる』

羽田! 方向が合っているかどうかはわからないが、思わず顔を上げてビルの向こうの空に目をやる。

「その機長の名前を教えてください」

7

［パイロット］宗田眞人

宗田は勤務が明けると、富所の誘いをやんわり断り、電車を乗り継いで横浜市の山手駅で降りた。このあたりは坂道が多いが、ところどころ横浜の街や港が一望できて、好きだった。途中で花束を買う。デイジーの花を中心に、鮮やかな色の花を数本交《ま》ぜてもらった。それから住宅街をしばらく歩き、とある寺の山門をくぐった。ここに広がる霊園の片隅に彼女が眠っている。

今日は優香の月命日だった。羽田に異動してから、こうして毎月通っている。羽田に異動と言われたとき、なぜか自分が犯した犯罪現場に戻るような後ろめたさを感じた。はじめは足取りは重かったが、いざ来てみると、やはり落ち着きを感じた。手を合わせながら彼女と話すと、自分の心が整理されるような感覚になるのだ。

彼女の墓石の前に立って、おやっと思った。

普段は、先月に供えた干からびた花束と、今回持ってきたものを交換し、枯葉や雑草があれば手入れをする。それから線香を上げ、しばらく彼女との思い出に浸る。

しかし今日はすでに花束が供えてあった。しかも優香が好きだったデイジーだ。線香は燃え尽きていたが、時間はそれほど経っていないように思えた。

宗田は周囲を見渡してみたが、誰もいなかった。

「花だらけになっちゃったな」

話しかけながら買ってきた花を挿し込む。そして手を合わせた。

＊＊＊

「どうだった、さーゆのこと」

困惑顔の宗田に、優香が苦笑する。

「ちょっと変わった子だと思ったでしょ」

その日は、優香が妹を紹介したいと言って、優香の実家の最寄りである鎌倉駅近くのカフェでランチを食べた。二時間ほどを過ごし、いまは優香とふたりで表参道を歩いていた。大鳥居を横目に鶴岡八幡宮のほうに足を向ける。

「変わった子だとは思わないけど、なんか、俺、嫌われてる？」

妹に話を振ってもあまり反応が良くなく、会話も短い単語で返してくることが多かった。優香には笑みを向けるが、宗田には真顔しか見せてくれなかった。

宗田が恐る恐る訊くと、優香は笑った。

「違うのよ、なんていうか、彼女はあなたをテストしていたんだと思う」

「テスト？　優香の彼氏として相応しいかどうか？」

「というよりも、私のことを心配しているというか」

意外だった。宗田から見て優香は自立した、しっかりとした女性で、思慮深い。宗田は真反対のように思える。ああ、だからか……。

「つまり、こんなダメ男を選ぶ姉は大丈夫なのかと？」

優香は首を振りながら、ソフトクリームの看板に目を止め、メニューを見ながら言った。

「あなたがダメなんじゃなくて、私がね、過去に失恋したときのことを気にしているの」

はじめて聞いた。そう言われると気になってくる。

「どうしたの？」

優香は大学時代から付き合っていた男に浮気されて別れたが、それでも相手のことを慮ったことが妹には心配だったようだ。

「だから、あなたにもしふられたとしても、また私が、あなたのことを悪く言わないことを知っているから、それを見越して怒っているんだと思う。たぶん、怒りの〝前借り〟ね」

「待て待て待て、誰が優香をふるって？　そんなこと思ってもいないぞ」

「昔からそうなのよ。妹は決して愛想が悪いわけじゃなくて、芯が強いところがあって、二面性があるというか、悪に対しては毅然と立ち向かうのよ。口が悪くなることもあるわね。ま、海上保安官の道に進んだのも、正解かも」

「おいおい、悪って……」

宗田が自分を指差しながら困惑顔を浮かべると、優香は笑いながら、抹茶ソフトを注文した。

「でも、たぶん。さーゆはあなたのことを気に入ったと思うわ」

「そうは思えない雰囲気でしたけど……？」

「もし気に入らなければ、罵詈雑言《ばりぞうごん》を浴びせて私を連れ出していただろうから」

そう言って、愉快そうに笑った。

「たまに言うの。お姉ちゃんは自分が危ない目に遭っても、他の人を巻き込んでまで助かろうとはしないような、バカがつくお人よしだって。幸せを貪欲に摑もうとしないって。妹に説教されたら終わりよね」

宗田は優香に向き直ると、両肩に手を置いた。

「え、ちょっと、なによ」

「俺は、優香を悲しませたりしない自信がある」

「え、やだ、こわいんですけど」

観光客で溢れる店内でオドオドする優香を、宗田は抱きしめた。

「わ、ちょっと、待って」

「絶対に離さないからな」

「ちょ、ほんとに、離して」

「嫌だ」

「だって、両親が」

は？

店のすぐ外に、表情を固くした男性と、驚いたように口元を押さえる女性。その後ろでは、さっきまで無愛想だった妹が腹を抱えて笑っていた。

「抹茶ソフト、お待たせしましたー」

半ば放心状態のまま、宗田はそれを受け取る。

「は、はじめまして、宗田です。あの……抹茶ソフト……お食べになりますか」

＊＊＊

冷たい冬の空気が包み込み、宗田は記憶の世界から現実に戻ってきた。浮かんでいた笑みは引き潮のように消え、束の間の虚無感が襲う。それでもまた口角を上げた。

墓石に向かい、また来るよ、と呟いてその場を辞した。

山門を出たところで、壁に寄りかかっていた女が声をかけてきた。それが誰なのかがわかって思わず叫んだ。

「ええっ！　なんで！」

「ちょっと、そんなに驚かないでよ。わりと失礼」

そこにいたのは沙友里だった。

「いや、だって、石垣でしょ」

思わず斜め後ろを指差したが、そちらが石垣かどうかはわからなかった。なにしろ現実感がまったくなかった。

「正月休みをずらして実家に帰ってきただけ」

それで得心する。

「どうりでお墓がきれいになっていたわけだ」

「ええ、駅前ですれ違ったのに気付いてなかったでしょ」

宗田は記憶を探るが、思い当たらなかった。

「え……まったく」

「わざわざ月命日に来ているとはね。しかも先月も。ひょっとしたらその前も？」

「なんでわかるの？」

「花束にデイジーがあったから。お姉ちゃんがデイジーが好きだったのは親しい人しか知らないし、あれは冬の花だから最近も来たってことでしょ」

「名探偵だな」

「てか、もうストーカーのレベルね」

そんな言われようをするとは思わなかった。

「それを言うなら君もでしょ。駅から俺を尾行してきたんだから」

「尾行なんてしなくても行き先はここしかないでしょうよ。それで、ゆっくり話ができるように邪魔せずに待っててあげたんだから。ま、お墓に向かってあんなにニヤニヤされていたら声をかけられないけどね」

沙友里は悪戯っぽく笑う。宗田もつられて笑い声を重ねるが、やがて尻すぼみになって、向き合ったまま曖昧な沈黙の時間が過ぎた。

「あー、お腹すいた。なんか食べたいなー」

沈黙を破るように沙友里が言って、宗田は苦笑する。

「じゃあ、中華街にでも行く?」

「食べ放題ランチ。ごちです」

「え、なんで」

「海保のなかでパイロットが一番高給取りだっていうのはバレてますよ」

「それ、ほんのちょっとだから」

宗田は人差し指と親指の隙間から覗くようにして見せた。

沙友里と直に会うのはいつ以来だろうか。

坂道を下りながら考えていると、四年ぶりだと答えが返ってきた。

「ああ、あの林酒店か」

「うん。もう区画整理されて、なくなっちゃったみたいだけどね。あ、そうそう。今だから言うけど、あのときはほんとに胡散臭い感じだったなー」

「ちょっと、胡散臭いって」

「水揚げして三日くらい経った魚のような目だったし」

笑いながらも、そうだったろうなと思う。

「あのときはありがとう」

宗田が言うと、沙友里は照れ隠しなのか、まるで顔を見られまいとするかのように二歩前に出た。

〔通信士〕手嶋沙友里

まさかと思った。

帰省に合わせて姉の墓参りに行ったら、干からびたデイジーが供えてあった。乾燥した冬だったからか、それでも僅かに色を残していた。

すぐに宗田だと思った。

嬉しい反面、まだ引きずっているのかと思うと心配にもなった。

駅に向かいながら、羽田にいるなら連絡したほうがいいだろうかと思っていたところに、本人とすれ違った。四年前に見たときは長髪と無精髭だったが、手にしたデイジーの花束と、うっすら浮かべた笑みで本人だとわかった。

その顔はまるで恋人に会いにいくようで、悲壮感はなかった。

一度は改札をくぐった沙友里だったが、電車がホームに入ってきてもなぜか乗ることができず、また駅を出た。

宗田の姿は見えなくなっていたが、行く所はひとつしかない。

でも会ってどうするんだ？　弾む話などできるのか？

宗田だって私と会えば事故のことを思い出すだろうし、愉快な気持ちにはならないかもしれない。

そう自問しながらも足は寺に向かっていた。

まあ、天真爛漫《てんしんらんまん》な女を演じるのは得意だから、はしゃいでみせて、ご飯でも食べれば『責任』を果たしたことになるだろう。

……責任？　なんの？　誰の？

ここ最近、心の中に、得体の知れないわだかまりがつっかえていて、宗田に会えばこれが取れるような気がしていた。

だからTo Doリストの一項目のようなものだ。

そんなことを山門にもたれかかって考えていると、本人が出てきた——。

「あー、腹一杯。最後の揚げまんじゅうが余計だった」

腹をさすりながらベンチに腰を下ろした宗田の横顔には、真冬なのにうっすらと汗が浮いていた。目の前には氷川丸が停泊していて、岸壁と繋がる鉄のもやいにはカモメが一列に止まっている。

中華街でランチ食べ放題を堪能したあと、山下公園にやってきた。散歩していたゴールデンレトリバーが不意に進路を変えて宗田の足にじゃれついてきた。

横目で宗田の顔をうかがう。にこやかに飼い主と言葉を交わす様子に陰はないように思えた。

「どうした？」

しまった。視線を戻すタイミングが遅れて宗田と目が合ってしまった。

「あ、ううん。なんでも」

そのまま違う話題に振ることもできたが、この際なので訊いてみることにした。

「正直、ちょっと心配してて」

「心配って、俺の？」

「うん。だって羽田に異動になったのって、内務調査が入ったからだって噂があって」

「そんな噂があったの？　怖っ！」

宗田はおどけて見せるが、演技下手なのはすぐにわかった。案の定、長続きせずに、ふうっとため息をついて頭を掻く。

「確かに、問題はあったと思う」

「それって、姉のせい？」

「どうだろう」

即座に否定しなかったが、少しして優香のせいではない、と付け加えた。

それから宗田は前屈みになって両膝に肘を置き、組み合わせた指に顎を乗せた。遠くに目をやる姿は、自分自身と対峙しているようだった。

「要救助者がいると――」

言いながらまたベンチの背もたれに身体を預けて、今度は空を眺めた。

「絶対に救わなきゃって思ってしまう。いまでも優香が……沈んでいくヘリの中で手を伸ばす姿と重ねてしまうというか……あのときはその手を掴んでやれなかったから」

宗田は眉根を強く寄せ、俯いた。

「それは自分のせいだ」

沙友里は縋《すが》るように宗田の袖を引っ張る。

「あなたのせいじゃない。両親も言っているの。あなたは最後まで姉を救おうとして自分も危ないところだった。だから感謝しているって」

宗田は何度も頷いていたが、やはり心のどこかでは納得できていないようだった。

「絶対に救いたいと思って全力を尽くした。ときには限界以上のことも。だからあの頃の俺は、クルーから見たら、冷静さを見失っていると思われてしまったんだろうな」

「じゃあ今は？」

ふうっと宗田の顔に笑みが浮かんだので、沙友里は少し安心した。

「それが、意外なことにうまくやっていると思う。口うるさい酒飲みホイストマンと、元ホストのコパイがいて騒がしいし。なにしろ毎月優香に会いにくることもできる。それで気持ちを整理できているというか」

そこで宗田は破顔する。

「だからって、ストーカーじゃないからな」

沙友里もつられて笑ってしまう。やはり笑顔が素敵な人だ。

「でも、タンカーの件はびっくりしちゃった。見つからなくて、パイロットがへっぽこで座標を間違えたんだって言って問い合わせてみたら宗田さんなんだもん」

「へっぽこ言うな」

「ふふふ。でも結局、あれはなんだったのかしら」

宗田は人差し指でこめかみを掻きながら顔をしかめた。

「結構な距離を流れてきたんだろうな。いま頃は魚の棲家になっているかな」

「深海で？　不人気物件よね」

そこで沙友里は笑みを引っ込めた。宗田が物憂げな顔をしていたからだ。

「まだ気にしているの？　女の人を見たって」

宗田がまっすぐに沙友里を見て、思わず呼吸を止めてしまう。

そして、宗田は何度か頭をバウンドさせた。

「あのときは確かに見たって言ったけど、いまではよくわからなくなってきた。鹿児島の基地長からは、『人間の脳は点が三つあったら人の顔と認識するし、滲みや影が人のかたちに見えることだってある』って言われたよ」

自虐的に笑っているが、心の底ではまだその可能性を捨てきれないでいるように思えた。

「タンカーだって、俺の目には、沈むようには見えなかった。何日も何事もなく漂流してきたはずなのに、〈あさづき〉が到着するまでの数時間で一気に沈むなんて」

「じゃあ、沈められたとか」

「え？」

沙友里は無意識にあたりを見渡してから言った。

「中国海警船が宮古海峡を通過して南大東島あたりを周回したの」

「海警が？　どうしてそんなところに……。南大東島って、まさか」

沙友里は慎重に頷いた。

「接続水域に入っていないし、遠洋航海だと主張していたからニュースでも大きくは取り上げられなかったけど、カマかけたらわかりやすいほどに動揺してたわ」

「あのタンカーに、中国が絡んでいるのか？」

宗田の声も低くなっていた。

「関与はわからないけど、無関係じゃないのかも。船の先輩は台湾有事に備えた海洋調査じゃないかって。潜水艦のための海図づくり」

沙友里は言いながら怖くなった自分を落ち着かせるよう言った。

「中国の潜水艦がタンカーを沈めた？　なんで？」

「そこまでは言っていないって。まあ、あれから特になにも起きてないから、揺さぶりたいだけだったのかもしれないけどね」

なるほどねえ、と宗田は両手を後頭部で組んで身体をのけぞらせた。

そこで携帯電話に着信があった。ちょっとごめんと言ってディスプレイを見ると舞からだった。

放っておこうと思ったが、宗田にも着信があったようで、それぞれで電話に出た。

『もしもーし、休みのところごめんね』

そうは思っていないような口調だった。

「どうしたの。仕事中でしょ」

『まあだからこそ船長は、あたしから電話するように言ったんだろうけど』

「船長が?」

『ええ。あんたなにかやらかしたの? オオサカが連絡取りたいらしいよ』

オオサカというのは隠語で、海上保安庁特殊警備隊のことだ。

「なんでオオサカが?」

沙友里にはまったく心当たりがなかった。

『知らないわよ。でも急ぎっぽかったから連絡しろってことになって』

「わかった。それでどうすればいいの」

『メモある?』

バッグから手帳を取り出す。

「いいわよ」

舞は電話番号と相手の名前を言った。

「松井さん？」

やっぱり知らない。

「とにかく、ここにかければいいのね」

『うん、よろしくー。で、デートはどう？』

思わずベンチから立ち上がって振り返る。

どこかで見ているのか？　舞ならやりかねない。

『うわー、わかりやすい』

「ちょっと、やめてよ」

脱力しながら再びベンチに腰を落とす。

『二週間の休みでしょ、遠距離恋愛の彼氏と会うか、お見合いじゃないかってみんな言ってるわ』

「誰が言っているのよ、あんたでしょ」

舞はケケケと笑い、電話を切った。

宗田を見ると、すでに通話は終わらせていたが、心騒ぎな様子だった。

「どうかしました？」

「ごめん、ちょっと羽田に戻らなきゃならなくなって」

「そうなんですね、お疲れ様です。じゃ、また、どこかで。今日はご馳走様でした」

「うん、じゃあ、またね」

しかしなにかを言いたそうな顔が気になった。

「なにか、トラブルですか？」

「あ、いや。こんなタイミングでか、と思って」

「なにがです」

「いま羽田基地に俺を訪ねて来ている人がいて、タンカーのことを知りたいって」

「へー。確かに、たったいま話してたばかりですもんね」

「うん、しかもオオサカの人間だっていうから」

「えっ……」

沙友里は宗田の顔をまじまじと見つめてしまう。そして自分の携帯電話をかざしてみせた。

「私も」

「えっ……」

今度は宗田が眉間に皺を寄せた。

［捜査官］吉見拓斗

浜松町からモノレールに乗った。モノレールは高校生の頃、大阪の万博記念公園にデートに行ったとき以来だったが、こちらはビルの谷間や運河に沿って走るのが、まるで空を飛んでいるようで新鮮だった。羽田空港行きだからか、乗客の多くは大きなスーツケースやらを持っていて、旅のはじまりに喜びを隠せないカップルもいた。なかには髪をきれいにまとめた女性もいて、CAだろうかと想像する。

しかし羽田空港第三ターミナル駅からふたつ手前の駅である整備場駅はまったく華がなかった。降りる人もどこか同じだ。

空っ風に襟元を締めながら、フェンスに囲まれた無機質な道を五分ほど歩くと、第三管区海上保安本部羽田航空基地と表示のある建物があった。

首都の国際空港に拠点を置く航空基地という割には小さく、古い建物だった。

それでもどこか心が躍ってしまうのは、海上保安庁の施設に来ることがずいぶんと久しぶりのことだったからだ。まるで我が家に戻ってきたような気がした。

インターフォンを押して所属と氏名を名乗る。もちろん警視庁に出向中とは言わない。

宗田と話したいと申し出ると、通されたのはなぜか基地長室だった。

志村です、と挨拶され、勧められるままにソファーに座る。すぐに茶が運ばれてきて、また恐縮する。

どうやら松井があらかじめ連絡を入れてくれていたようだが、オオサカの人間ということが大袈裟に伝わっているのかもしれない。宗田なる人物とただ話をしたかっただけなのに、ここまでの対応をされると逆に不安にもなる。志村の鋭い視線もまたその一因になっていた。

「あの、ご不在でしたらまた改めます。アポを取らなかった私が悪いだけですので」

向かいに腰を下ろした志村は、茶を運んできた職員が退出するのを待ってから言った。

「それで、どのようなご用件でしょうか」

警戒感がむき出しで、これは身内を庇《かば》おうとしているのだろうかと勘繰ってしまう。

「こちらでのことではないんです。宗田さんが以前に所属されていた鹿児島でのことでして」

「それは？」

細面だが眼光が鋭く、武士のような迫力がある顔をぐいっと突き出してきた。吉見は同じ分だけのけぞって距離を保つ。

「南大東島沖の漂流タンカーの件なのです。そのときの様子を伺いたくて」

「報告書にあるはずですが」

「それが……宗田さんは、そのタンカーに人がいたということを示唆されていたので」

志村の眉が跳ねた。

「なぜそのことにオオサカの方が」

「あ、私は元オオサカで、いまは警備救難部です」

圧の強さに根負けしてしまいそうだが、なにしろ情報について全てを明かすわけにはいかない。しかし相手も幹部だ。事情を知ればしつこくすることはないだろう。

「現在行っている、ある捜査の過程でそのタンカーを調べる必要が生じました。現時点では関係あるかどうかもわかりません。ご本人から直接お話を伺いたかったのは、報告書には書くまでもないような些細なことがなかったかとか、ご本人しか知らない当時の状況をお聞きしたかったのです」

志村の表情が弛緩した気がした。

「つまり、宗田の個人的なことを調査するわけではないのですね」

「え、はい。あくまでもタンカーの話でして」

「あくまでもタンカー……その際の彼の言動などではないのですね?」

言動?　いったいなにをやらかした人物なのだろう。少々危うい雰囲気であることは松井からも聞いていたが……。

「はい、これは内務調査等ではありません。私はあくまでも事件捜査を」

志村は納得したように、ふうっと息を吐いた。

「よかった、いま本人はこちらに向かっておりますのでお待ちください」

よかった、とは?　定年まで平穏に過ごせる……とか?　宗田がなにかをしでかすことで責任問題に発展することを恐れていたのだろうか。

「えっと、それでは外で待たせていただいても」

「今日は冷えますよ」

「ええ、でも寒いのは好きなんです。外の空気を吸いたくて」

吸いたいのは空気ではなく電子タバコだ。それにこの妙なプレッシャーに晒されるのも落ち着かなかった。

一旦、基地長室を辞して、玄関に向かう。階段を下りる途中、男女二人組が上がってきた。

お互い会釈をしながら端に寄ってすれ違う。

吉見はふと気になり、足を止めて振り返ると、二人組も四段ほど上で振り返っていた。

「ひょっとして、宗田さんですか？」

尋ねてみると、頭を下げた。

「ええ、私です。ということはあなたがオオサカの？」

「吉見と言います。でも、オオサカは元ですが」

宗田は小首をかしげた。

「あの……お帰りですか？」

「いえいえ。お待ちしている間、一服しようと思っただけです。さっそくお話しできますか」

「はい、ではこちらへ」

宗田は再び基地長室に向かっていく。それは嫌だなと思っていたら、その手前の会議室に通された。

コの字型に配置されたテーブルの対面に座ると遠く感じたので、角のところに九〇度の位置関係で座った。

ところで、と思う。さっきから一緒にいるこの女性は誰だろう。同僚か？　できれば宗田とだけで話したいのだが。

「すいませんが、あなたは」

女はすっと背筋を伸ばした。

「手嶋といいます。〈あさづき〉の通信士をしています」

ハッとする。

「〈あさづき〉？　十一管の？」

「そうです、ちなみに松井さんというのは」

松井の名前が出て驚いた。

「私がオオサカにいたときの上司になりますが、どうして」

「実は私と話したいと十一管に連絡があったようなのですが、私は休暇中なもので」

「あ、そうなんですか。ひょっとしてあなたもタンカーの捜索に？」

「そうです、私も現場に行きました」

「ここでそろうとは……」

どういう経緯かはわからないが、ちょうどいい。

すると宗田が怪訝な顔をした。

「そろったって、なにがです？」

吉見は椅子に座り直す。

「おふたりからお話を伺いたかったのです。南大東島沖で消えたタンカーについて」

吉見は手帳を取り出す。素早く日時と場所、天気と気温に加え、座席の位置関係など一見関係なさそうなことまでペンを走らせた。これはこの場の雰囲気など、文字に変換されなかった情報をあとあと思い出す呼び水になることがあるからだ。

「さっそくですが、まずは手嶋さん。〈あさづき〉でタンカーの捜索に向かわれたときのことですが――」

「ちょっとすいません」

宗田が口を挟んだ。

「いったいなにが起こっているんですか。どうしていまさらあのタンカーのことを調べるんです？」

面倒臭い男だな、と思ったが顔には出さない。

「ご理解いただきたいのですが、捜査中の案件についてはお話しできないんです」

今度は、宗田と顔を見合わせた沙友里が声を潜めて言った。

「でも、タンカーのことを捜査しているんですね？　ただの漂流船ではないと」

このふたり、面倒臭い！

若干顔を引き攣《っ》らせた吉見だったが、ポーカーフェイスを崩さないように意識する。

「事実の確認というレベルですよ」

すると宗田がテーブルに覆い被さるように上半身を倒してきた。

「それなら報告書に書いています。それ以上のことが必要になったから私たちに声をかけてきたんじゃないですか？　ここに来るまでふたりで話していたんですよ」

ここに来るまで？　どんな話をしているんだ。そもそもどういう関係なんだ。

宗田が一転して説得を試みる交渉人のような口調で言う。

「私たちは、あのタンカーが単なる漂流船だったとは思っていません。それでも上が決めたことですから、自分を納得させようとしてきました。そんなときにオオサカの人からコンタクトがあった。これはなにかあると思いました……というか、どこか救われた気もしたんです」

「救われた？」

「ええ、うまく言えませんが、自分が間違っていなかったというか、そう思ってくれる人が他にもいたことが嬉しいというか。だから知りたいんです。なにが起こっているのか」

吉見は力が入っていた眉間に手の甲を当て、ほぐすように揺すった。

現時点で件《くだん》のタンカーがテロに関係しているかどうかはわからないが、公安が海保に求めたように、我々も現場にいる者の力を借りるべきではないのか。

自分の手帳に目をやる。隅に快晴マークと〝すごく寒い〟と書いている。この場の空気感を後日忘れないためだが、それと同様に彼らのように現場にいた者だけが肌で感じられたことがあるのではないだろうか。

「松井とお話しは？」

沙友里に訊いた。

「まだです。まずはこちらに来て状況をわかってからお話ししたほうがいいかなと」

「わかりました」

吉見はスマートフォンをスピーカーモードにして、三人の真ん中に置いた。

『吉見か、どないしたんや』

「いま羽田基地にいます。宗田さんと手嶋さんも同席されています」

『手嶋さんって……え、一緒にか？』

「そうなんです」

「お疲れ様です、手嶋です」

沙友里がやや前のめりになって名乗った。

「〈あさづき〉にご連絡をいただいたそうですが、すいません休みをいただいておりまして船を離れていました」

『いえいえ、こちらこそすいません。実はお伺いしたいことがありまして。そこにいる吉見から聞いていますか？』

松井は標準語になっていた。

「はい、タンカー捜索の件ですね」

そこで吉見は言う。

「隊長、捜査の件ですが、このおふたりにどこまで話してよいでしょうか」

『というと』

「現場感といいますか、情報を得るためには、ある程度事情を説明したほうがよいかと思いまして」

松井はしばらく唸ってから言った。

『宗田さん、手嶋さん。申し訳ないが、吉見とふたりで話させてください』

吉見はふたりに軽く頭を下げて携帯電話を持つと、窓際に移動してスピーカーモードを解除し、スマートフォンを耳に当てた。

「はい、どうぞ」

『率直に訊くが、どこまで信用できるんだ』

窓に映るふたりをちらりと見やると、部屋を出て行くところだった。ドアが閉まり、ひとりになった。

「私は、彼らを信じていいかと思います」

『事情を話せば先入観から記憶の印象を変えてしまうこともある』

「そうですが――特に宗田さんですが、彼は自分が見てきたことを吐き出す場がなかったように思えます。そのため、記録になっていないことを多く持っているでしょうし、事情を知れば、記憶に埋もれていたことが芋づるのように出てくるかもしれません」

松井はしばらく沈黙した。安易に認めてしまえば、これをきっかけに関係者が増えてしまうのではないかと心配しているようにも思えた。

「私が責任を取ります」

吉見が言うと、松井は小さく噴き出した。

『お前が取れる責任なんてタカが知れているだろうが』

そう言われると、返す言葉がない。

『わかった。お前に任せるが忘れるなよ。彼らは我々とは違う。現場で不確実な情報が広がることで、かえってテロを防げなくなることが一番怖い』
「了解しました」

8

[パイロット] 宗田眞人

なにやら、話しづらい電話のようだったので、宗田は沙友里に目配せをして会議室の外に出た。

「なんか、思ったよりも大ごと?」

沙友里が言う。

「うん、そんな感じだね。深入りせずに、訊かれたことだけ答えていればよかったかな」

「うわー、ひくわー。さっきまでかっこよかったのに、台無し」

宗田は苦笑しながら、会議室の前にあるドアを開ける。そこは格納庫へ降りる階段の踊り場で、駐機している機体を上から見ることができる。いまは固定翼が二機と、スーパーピューマが三機。うち一機は横浜の〈あきつしま〉の搭載機だ。

「といっても、珍しくもないか」

「ううん。〈あさづき〉にも一機ヘリが載っているけど、こんなに並んでいるところはあまり見ないし。……ねえ、楽しい？」

「え？」

「海保のヘリパイを勧めたのは間違っていたかなって思うことがあって」

意外だった。そんなことを思わせるほど、自分の言動は普通ではなかったのか。

「そんなことないよ。いろいろ見失ってた自分に、君は飛ぶことを思い出させてくれた。むしろこの世界に来なかったらどうなっていたかわからないよ。それこそ、いまも胡散臭い生き方をしていたかもしれない」

「そっか、よかった」

沙友里が宗田の肩越しに後ろを見る。

「おっと、お呼びみたい」

振り返ると会議室のドアから吉見が顔を覗かせていた。

「すいません、お待たせしました」

会議室に戻ると、吉見が慎重な口調で言った。

「松井からは全て任せると言われております。ただ事情をお話しする前に、お約束していただきたいことがあります」

吉見は携帯電話を胸ポケットに仕舞い、目に険しい眼光をたたえながら言った。

「守秘義務ですね」

宗田は言い、吉見が頷く。

「実を言いますと、事態は切迫しており、かなり危険な状況です」

不意にドアの外から聞こえてきた雑談が通り過ぎるのを待ってから続けた。

「詳細は省きますが、現在、私は警視庁公安部と合同捜査にあたっています。あるテロ計画が進行しているからです。まだそのターゲットがどこなのか、いつなのかはわかりません。ただこのままでは必ず起こります」

テロ……すぐに沙友里が両手で口を押さえた。あまりに予想外で理解が追いつかないといった様子だった。実は宗田も同じだったが平静を取り繕った。

海上保安官として、テロに対応する訓練もしてきたし、心構えもあるつもりだったが、いざ目の前でそう言われると、どこか漠然として実感が湧かなかった。

しかし吉見の口調には危機感があり、単なる可能性などというレベルではなさそうだった。決して訓練ではない。

この日本でテロ？

もう一度考える。現実味はなかったが、背筋を氷で撫でられるような感覚は拭えなかった。

「タンカーとはどんな関係があるのでしょうか」

宗田はようやく訊いた。

「テロを企てているのは光の住処という団体で、その資金源は密輸による可能性があります。しかしそれが途絶えたらしいのです。そして内通者は〝消えたタンカー〟が関係していると言ってきました。直近でタンカーが消えたと報告があったのは、おふたりが関わった南大東島沖で消えたタンカーしかありません」

あれがテロに関わっている？

宗田は沙友里と顔を見合わせた。

「それで、我々に？」

「はい。宗田さんは、ご自身でタンカーを確認し、現場を離脱したあと、極めて短時間で沈没したことに疑問を持たれていました」

「はい、その通りです」

宗田は一連の疑問を話した。

廃棄船という割には船は空荷ではなく、いくら悪天候だったとはいえ急に沈むのはおかしい。

「そしてもう一点、あなたは人がいたと主張されています」

「そうですね。ただ……それについては、いまとなっては、自信がありません」

メモをとっていた吉見が顔を上げた。

「しかし、強く主張されていたと聞いていますが」

「はい、そうなんですが……」

人を見たということを強く主張したことで、過去のトラウマまで引っ張り出され、査問を受ける直前だった。

「記憶が薄くなったということですか？」

むしろ、否定される度に思い起こしていたので、かえってイメージは定着していた。

「いえ、私自身、その姿ははっきり覚えているんですが、他に誰も見ておらず、映像も残っていない。ですから、それを証明することができません。幻を見たのだと言われても否定できないんです」

なるほど、と吉見は頷くと、後頭部を掻いた。

「実は私は暗い部屋で何カ月も張り込みをしているのですが、そうすると、なにが現実かわからなくなることが時々ありますよ」

と苦笑しながら、メモを構えた。

「ただ、他に誰も見ていないからと言って、存在しなかったと決めつけることはできませんので」

宗田は少し気が楽になった気がした。

「皆から否定され続けて数カ月経ちましたから、記憶が補正されている可能性はありますが、赤いシャツを着た女性であることはわかりました。黒髪で、表情まではわかりませんが、いわゆる西洋系の顔立ちではなく、アジア系だったと思います。身長は一六〇センチ前後です」

「ちなみに身長はどうしてわかるんですか？」

「彼女が立っていたところに階段がありました。よくプラントなんかにある鉄製のやつです。その段数からだいたいそのくらいだったかなと」

「それを一瞬で？」

「いえいえ。撮影されたビデオの映像と、記憶の中にある、その人が立っていた場所から概算しました」

納得したように頷く吉見に、宗田は訊いた。

「人がいたんですか?」

「わかりませんが、私はあのタンカーは密輸の拠点のような役割を持っていたと考えています。それがなんらかの事情で漂流した。もしそうなら人がいてもおかしくないし、もし後ろめたいことをやっているときに海保のヘリが来たら隠れると思います」

自分が見たものが間違いではない可能性に、宗田は毛が逆立つような感覚になった。だが同時に暗澹《あんたん》たる気持ちにもなる。

犯罪者であろうが、そこには助けられなかった人がいた、ということを意味するのだ。

［通信士］手嶋沙友里

沙友里は宗田と吉見の話を聞きながら、自分になんの関わりがあるのかと思っていた。実際にタンカーを見たわけでもないし、犯罪現場に関わったわけでもない。

すると、吉見がこちらに視線を向けた。

「そこで今度は手嶋さんにお訊きしたいことがあります」

「私はそのタンカーを見たわけじゃありませんけど」

わかっている、と吉見は頷く。

「もしタンカーが密輸の拠点だったとすると、国内に運び込むためには瀬取りを行う必要があります。そこで現場海域に向かわれるまでに、他に船舶を見ていないかと思いまして」

「つまり、タンカーが沈没する前に、密輸品を移し替えたと？」

「その通りです」

沙友里はうーんと唸りながら、そこに記憶のスイッチがあるかのようにこめかみを指で押さえた。

「半年前のことなので詳細は覚えていませんが、連絡を受けて到着するまでに三時間くらいかかりました。それだけ走れば、それは何隻かの船舶とすれ違うことはあったと思います。フェリーとか貨物船とかも含めて。でもなぜ私に？　通信士の私よりも航海士の人たちのほうがよく見ていると思いますが」

「実は、松井は船長をはじめ、〈あさづき〉の乗組員の方数名に話を聞いたそうです。そしたら、最終的にはあなたに訊いたほうがいいと」

「え、私にですか？」

「ええ、語学だけでなく、船舶の特徴を捉えるのが上手いから、見ていれば記憶しているはずだと」

勝手なことを言いやがって、と頭を掻く。

「まぁ、船舶と通信を行うときは、状況把握することは大切ですので。船籍や船種などを把握するようにはしています」

「そのときも実際に通信をされた船舶があったとか」

「ええ確かに。全てが帰港する途中の漁船でしたけど。時化《しけ》が入っていましたからね」

「通話はどのように？」

「漁船の場合ですと、ＡＩＳ（自動船舶識別装置）か双眼鏡で船名を確認して呼びかけます。ただ海外に行き来する大型の船舶なら国際ＶＨＦ（船舶共通通信システム）を積んでいますが、小型漁船の場合は漁業無線を持っているものの聞いていないケースもありますので、その場合はスピーカーを使うことが多いです」

「どんなことを話されたんですか？」

「『タンカーを見ましたかー？』とか、『気をつけて帰ってくださいねー』的な感じで。そしたら手を振ってくれたりするので――」

吉見は思わず身を乗りだす。

「漁船がいたんですか！　どのあたりです？」

急に距離が近くなったので沙友里はちょっとたじろいだ。

「あのあたりはマグロ延縄漁など遠洋に出る中型漁船の通り道ですから、珍しいことでは」

「それらの船名や船籍港はおわかりですか？」

「そこまでは……。特には記録していないので。方角的には奄美・徳之島方面だったかと思います。ただ悪天候でもあったので、一時的に地元外の港に避難しても不思議じゃないと……あ」

不意に、沙友里の記憶の中でなにかがひっかかった。右眉の端がピクピクと跳ねる。

「ちょっと気になることがあるような、ないような」

「どっちだよ」

宗田がテーブルを叩きながらツッコむ。沙友里はそれを、ハエを追い払うように手をひらひらとさせ、あーっと突っ伏し、握り拳でテーブルを二度ほど叩いた。

「なに、どうした？」

「そういえばなんですけど、気になる漁船があったんですよ。通信もしました。でも、なにしろあのときは海が荒れる前にタンカーを見つけなきゃって急いでいましたので」

「なにが気になったんですか？」

吉見が、どうか決定的なことを言ってくれ、と言わんばかりの目で見てくるが、そんなレベルの情報ではないので申し訳なくなってくる。

「生活感なんです」

「生活感？」

吉見と宗田の声が重なった。

あれは指定海域まで三〇キロに迫った頃だった。一九トンクラスのマグロ延縄漁船とすれ違った。そのときに船舶無線で呼びかけ、漂流タンカーを見たかと尋ねたが、見ていないということだった。釣果《ちょうか》は上々ということで陽気な声だったように覚えている。

気になったのは、いま思えば全体的に〝生活感〟がなかったことだ。

延縄漁では一回の漁が一カ月以上に及ぶことが通常で、乗組員は一〇名前後いる。そうなれば甲板上にはカゴや漁具だけでなく、たとえば洗濯物が干されていたりするものだが、それらがなく、やけにきれいな船だったのだ。

「すいません、でも記録には残っていません」

申し訳なく思っていると吉見がふっと表情を和らげた。

はじめは胡散臭い印象を持っていたが、こんな顔もできるんだと思った。

「ちなみに手嶋さんはいつまでこちらに?」

「あと一週間くらいです」

「出かける予定などは」

「ありません。実家で過ごすつもりです」

「わかりました。記録にはなくても記憶に残っていることが、急に思い出されることがあります。念のため、連絡先をいただけますか」

「ラインでいいです?」

「はい……。えっとアプリはあるんですが、追加ってどうやるんでしたっけ」

吉見にはラインを交換するような友達はいないのだろうかと、沙友里はそっと口角を上げた。

しかし、いまだにテロというのが現実味を帯びてこないが、得体の知れない気持ち悪さが足元から這い上がってくるような感覚はあった。

テロかよ……。

沙友里はふたりと別れると、羽田から電車を乗り継ぎ、鎌倉駅で降りた。行きつけの洋菓子店でクリームどら焼きを買う列に並びながら考えた。そんなことが本当に起こるのか？

だが多くのテロというのは予想していないときに、予想していない人たちが集まるような場所で起こるものだ。こうやってなんの心配もなく、どら焼きを買っているときに、いきなり襲われることだってあるのだ。

その脅威が迫っているという。

海警の動きもよくわからない。南大東島沖のときは、明らかに通常ではない動きをしていた。それがタンカーを追っていたのだとしたら……その理由はなんだ。

「海警は？」

その声に顔を上げると、レジ係の女性が首をかしげていた。

「えっと、お会計……」

「ああ、そっちの会計ですね。海警じゃなく」

笑いながら電子マネーでの決済を頼んだが、明らかに不審がられた。

実家は鎌倉駅から徒歩一五分、築五〇年の、古民家と言えば聞こえがいい、ただのぼろ屋だ。父は隣駅である大船でこぢんまりとした居酒屋を経営しているので、夜は母とふたりきりになる。

「今日ね、お姉ちゃんのお墓参りに行ったら宗田さんに会ったよ」

こたつに置かれた煮物を突きながら言うと、母はえっと言いながら向かいに滑り込んだ。勢いがあったから、こたつの中で足がぶつかった。

「あ、そうか。月命日だから？」

「そう。こっちに異動してからは、毎月お参りしてるんじゃないかな」

母は嬉しそうな寂しそうな、どちらともつかない表情をした。

「まあ。今度こっちにも寄るように言ってちょうだい」

「お母さん、宗田さん、タイプだったもんね」

ケタケタと笑うも、否定しない母に半ば呆れる。

うちは姉妹ふたりだったから、息子が欲しかったのだろう。そんな話をいつだったか聞いたことがあった。

「でも来づらいでしょうよ」

言いながらつまんだ大根が旨かった。居酒屋メニューのレシピを担当しているだけのことはある。

「そうね。もうずいぶん経つけど。それでどうなの？　宗田さん元気なの？」

「まあ、元気ではあるよ」

いまはテロ問題を抱えて落ち着かないだろうけど。まあ、それは私もか。

「それで、あんたは休み中にどこか行くとかないの？　デートとか婚活とか」

母は呑気に訊くが、テロが起きると言われて楽しめるわけはない。いつまた吉見から連絡が入るかもわからない。とはいえ、もともとそんな予定など——。

「ないわよ。それとも私がいたら邪魔なの?」

母は大口で笑う。銀色の奥歯がきらりと光った。

「暇なら録《と》りだめしたドラマを全部見ちゃって。あんたのせいで消すに消せなくて困ってるの」

どうやら、好みのドラマをお任せで録画する機能に設定したままだったようだ。それは沙友里が家を空けている間も録り続けられ、ハードディスクの空き容量を圧迫していた。

「わかったわよ。見る見る」

映画やテレビ番組を配信するサブスクに加入すればいいのだが、大半を海で過ごす沙友里にはもったいない気がして二の足を踏んでいる。

そしてリモコンを手に取ったとき、脳内でシナプスの間に強烈なスパークが飛んだ。

その手があった! でも間に合うのか……。

沙友里は携帯電話のアドレス帳を開くが、そこに必要な情報はないことにすぐに気付く。頼りになるのはひとりだけ。不本意だが。

通話履歴数、第一位である舞を呼び出した。

『もしもしー、あたしー』

そう、あなたにかけている。

「ちょっと舞、酔ってんの?」

『久しぶりに上陸して今日から連休！　そりゃ飲むでしょ。ええ、飲んでなにが悪い』

　まあ悪くはないが。

『こっちはね、あんたと違ってずっと海の上。たまに陸《おか》に上がっても所詮は島よ、端から端まで車で三時間。あんたはいいわよねー、テレビとか雑誌で紹介されているオシャレカフェとかアフタヌーンティーとか行っちゃってさ、カプチーノ片手にＭａｃを使っている男子と目が合って微笑みあったりしているんでしょ！』

　ディスっているように聞こえるが、彼女が石垣島を愛していることは知っている。どうやら、相当、酔っているな……。

「妄想はそれくらいにして、ちょっとお願いがあるんだけど、頼まれてくれんかな」

『えー、無理ー』

「ちょっと急ぎめなんだ。そこをなんとかならんかね」

『ならんねー』

　テロの危機が迫っているんだと言ってやりたいが、機密事項を最も話してはならない相手のような気がする。

　とはいえ舞の性格は心得ている。

「合コンどうよ?　来月、那覇でだけど。リゾートホテルの関係者で、皆エグゼクティブクラス」

『……行く』

「よし。石垣保安部の私のロッカーの中に小物ケースがあるから、そこから名刺を探してほしいの」

『うぃー』

了解の意味か、単なる酔っぱらいの呟きだったか判別が難しい返事をして電話は切れた。舞は状況を知らないから仕方がないが、本当はいまから自分が行きたいくらいだ。

「やぁねぇ。あんた合コンとか行ってるの？」

さっきは勧めたくせに、母が呆れ顔で茶を啜った。

「男が欲しいなら、見合いをいつでもセットしてあげるのに。あんたもアラサーだしね」

言葉には気をつけてほしい。

「それはやめてよね」

「なんでよ、合コンも見合いも一緒でしょうが」

一緒ではない。合コンには選択権がある。それに、しっくりくる相手がいなかったとしても、無料もしくは格安で飲食ができるというメリットがあるが、見合いは一対一で逃げ場がないし、もし相手から『ぜひ前向きに〜』なんて先に言われた日には、断るのも気を遣う。

「お父さんはね、お姉ちゃんのことがあるから、あんたはずっと嫁に行かなくてもいいなんて言ってるけど」

それも嫌だな。

「保安官で誰かいないの？」

「石垣にはいないわねー。順調にいけば、来年あたり霞が関に異動になるから、そしたら婚活パーティーの機会も増えるかもねー。ま、焦ってないけど」

「焦んなさい」

母はこたつの天板に手を付いて、よっこいしょ、と立ち上がってまた台所に戻った。

警察官などの地方公務員とは違い、海上保安官の異動は全国に及ぶ。キャリアアップの一環で、船の乗組員もパイロットであっても陸上勤務になることがあり、海と陸を行き来しながら経験を積んでいく。

沙友里の場合、来年の春あたりに霞が関本庁への異動を打診されていた。任期は二年。そのあいだ海から離れるのは寂しいが、実家から通うことも可能だし、合コンの幅も広がるだろう。いや舞がいなければそれもないか。

石垣の海が恋しくなるだろうか。過酷ではあるが、あの海は好きだ。

こたつの上に置いていた携帯電話が飛び跳ねてピクリとする。

「なによ舞。酔った勢いで電話してこないでよね」

『たぶん、あったよー』

「なにが」

『名刺』

一瞬、なんのことかわからなかった。

「え？」

『だから、ロッカーに入ってたって。一〇〇均のバスケットの中でしょ』

「ちょちょちょ待って。あんた、どこで飲んでたの」

いくらなんでも早すぎる。

『……内緒』

さては、船を降りてコンビニで酒を買い込み、おそらく、本部のすぐ近くにある新栄公園で飲んでいたのだろう。アラサー女がひとりで公園で酒を飲むのは寂しいからやめろと言っていたのに。

『だって帰っても誰もいないし、一緒に飲みにいく人もいないし』

まったくもう。

「そしたら、名刺って三枚あるわよね」

『んとー、テレビ局の？』

「そう！　そのなかのディレクターの連絡先教えて」

しばしの無言。

『あんた、このあたしに抜け駆けしようと……？』

「違うわよ！」

『じゃあなんの用よ』

ああ面倒臭い。国家の危機になんでこんなことを。

「テレビ局関係者のコネ欲しいでしょ。あんただって、いつ本庁とか三管に異動するかもしれないんだから」

適当なことを言う。

『一理あるわね』

え、納得しちゃうんだ。

すぐにメールの着信音が鳴り、名刺の写真が送られてきた。

「でかした！」

『合コン――』

電話を切り、名刺の番号を入力していると母親の視線が気になった。

「あんた、こっちに帰ってきたのって、やっぱり合コン？」

［捜査官］吉見拓斗

桜新町の拠点は基本的に室内灯を点けない。うっかり光が漏れたところを光の住処の関係者に見咎められるかもしれないからだが、暗闇のなかでなんの動きもない張り込みを続けていると、いったいなにをやっているのかと自問したくなる。

深夜は交代制で、いまは吉見がひとりで見張っている。かなり冷え込む夜で、エアコンは動かしているものの、家具などがなく生活感が希薄だと実際よりも寒く感じる。

午前一時を五分ほど過ぎた。最終電車はすでになくなり、人通りは皆無だ。関東に流れ込んだ寒気の影響で深夜には雪がちらつくとの予報も出ていた。

胸ポケットの携帯電話が鳴ったとき、寝てはいないが意識が飛んでいたような感覚に陥っていた。

『すいません、いま大丈夫ですか』

手嶋沙友里だった。確かにいつでも連絡しろと言っていたが、こんな時間に何事だろうか。

『漁船の件なのですが』

深呼吸して、脳の回転を促す。

「えっと……現場付近にいたという？」

『はい。公式記録には残していませんでしたが、当日はテレビ局の取材が入っていたんです』

巡視船〈あさづき〉は、那覇でのイベントのあとの海洋調査にテレビ局スタッフを同行させていた。その際、漂流船の確認要請を受けて現場に向かったが、スタッフは荒天のため定点カメラを設置して船内のトイレに籠《こも》っていたという。

『その定点カメラ映像が残っていないかディレクターに確認したところ、素材はテレビ局のサーバーにあるとのことだったので、今日の朝イチに確認に行ってきました』

「そこまでしていただいて、ありがとうございます。でもテレビ局もよく対応してくれましたね」

『事情を話すわけにはいかなかったので大変でした。次回、同様の企画があったときは、私生活に密着させるということで手を打ってもらいました。私のなにが見たいのやら』

沙友里は自虐的に笑ったが、すぐにシリアスなトーンに戻る。

『その後、こちらでいくつか確認したいことがあって、この時間までご連絡できなかったのですが、わかったことをお知らせします』

撮影に使用されたカメラは、ブリッジの隅の手すりに固定されていたという。乗組員たちの動きはわかるが、外は見えない。だが沙友里は動画そのものを求めていたわけではなかった。

「音声ですか」

『その通りです。私の声です。漁船に呼びかけるときに船名などを口にしているはずだったので』

「なるほど、それでどうなりました」

『気仙沼《けせんぬま》港に船籍を持つマグロ延縄漁船、〝綱島丸《つなしま》〟。一九トンで船齢は一二年です。船長はカサマツツヨシ――菅笠の笠に、松島の松、豪快の豪でツヨシです。現在五二歳。船籍港には昨年五月から戻っていません』

マグロ漁などでは季節によって漁場を移動するため、全国各地の漁港を一時的な拠点とすることが多いが、一九トンクラスだと遠洋ではない。せいぜい一回の漁は二、三週間から長くても一カ月くらいだろう。

「よくそこまで」

『あのときに通信した漁船名を全てデータベースで照合して、コンタクトを取りましたが、この船だけ連絡が取れません』

吉見はすぐには思考が及ばなかった。予想以上の情報に戸惑っていたと言ったほうがいいかもしれなかった。

「休暇中なのに、そこまでのことを……」

『ああ、実際に調べたのは同僚です。そちらは別の餌で釣って動いてもらったので、機密についてはご安心ください。ただ……』

「なんです?」

『その笠松船長についてですが、いくつか噂はあるものの、私は警察でも探偵でもないので、さすがに調べられません。そちらで動けますか?』

「ええ、捜査は本職ですから、動きます。ちなみにどんな噂ですか」

『えっと、三年ほど前に怪我をしたのと、船員がなかなか集まらないってことで廃業を考えていたそうです。一時は綱島丸が中古船販売サイトに載っていたそうなので』

吉見は、なるほど、と相槌を打って先を促した。

『しかし、ある日その掲載は取り下げられ、気仙沼から姿を消したそうです。別の港で綱島丸を見た漁師によると、中国人らしき人物たちと揉めていたそうです。船員については特定技能外国人を使ったのかなと思ったそうです。文化の違いなどでトラブルはよくあるみたいなので』

「つまり、船は現在も売却されたわけではないのですか？」

『はい、少なくとも漁業従事者の登録はそのままなのだそうです。綱島丸の登録も抹消・変更はされていません。船長には借金があったということで、夜逃げして、船を棲家に日本中を逃げ回っているんじゃないかという声までありました』

笠松のような人物は、密輸団の格好のターゲットになり得る。その中国人たちも実習生ではなく、密輸団の人間だった可能性もある。

「ありがとうございます。さっそく調べてみます」

沙友里は、バトンを渡して肩の荷が降りたとばかりに、安心したような声で、よろしくお願いと言って電話を切った。

すぐに松井に連絡しようかと思ったが、その前に自分でも情報をまとめたほうがいいだろうと思い直した。

ここは公安の力を借りるか。彼らのネットワークは強大だろうし、この手の情報はすぐに入手してくれるのではないか。状況が状況だし、出向の身とはいえ今は同じ仲間だ。ふたつ返事で捜査してくれるだろう。

翌朝、差し入れを手にやってきた山崎に沙友里の情報を伝えたのだが、反応は予想に反して薄かった。

「それはどれくらい信憑性があるんだ」

「タンカーの存在と密輸の国内へのラストワンマイルを考えると、漁船が関与している可能性は高いと思います」

「もちろん、それには同意します。だが我々が動いて、もしそれが相手に伝わってしまったら証拠を隠滅されるかもしれない。漁船関係なら海保さんが動いたほうが通常の業務だと思われて自然かもしれない」

確かに、それは言えているが……。

「しかし特定の人物の捜査ということになると」

「海保さんも警察と同じ捜査権を持っているはずですが？」

公安にとっては、勝手に捜査されるよりはいいと思ったのだが、そうでもないようだ。

吉見はしばし熟考し、うん、と頷く。

「それではこの場を離れてもよいでしょうか。気仙沼には私が行ってきます。困らせようとする意図はありません。私が一番事情を知っているので。補充については松井に依頼します」

山崎の表情は変わらなかったが、ふん、と鼻をならした。

「事情を知る者が増えることは好ましくないので、まずは松井さんに相談してみてください」

「了解です」

沙友里がもたらした情報は正しいと直感している。なんとしてもこの糸を手繰《たぐ》らなければ。

すぐに松井に電話を入れた。

『なんやて』

公安との現場を離れ、気仙沼に行きたいと言ったあとの最初の反応がこれだった。それでも沙友里から聞いた話を伝えると、唸ることが多くなった。

『せやけど、船長は気仙沼にはおらへんのやろ?』

「そのようです。しかし聞き込みをすればわかることもあるのではないかと。あくまでも漁業関連の確認事項と言えば怪しまれることもないと思いますし」

笠松船長もしくは綱島丸の所在がわかれば、密輸組織に通じる大きな手がかりになる。

『わかった』

「ありがとうございます」

『ちゃうて。捜査は俺がするいうことや。お前は公安といろ』

「えっ、しかし」

『お前は内通者と接触したことがあるから、事態の急変に備えてそこにいたほうがええやろう。せっかく築いたパイプを一から築き直すのは双方にとって骨が折れる』

それは一理あった。

『なあに、心配するな。そのことは俺に任せろ』

もちろん任せることに異論はない人物だ。しかし、なぜ他の者を使うなどしないのだろう。

電話を切って、電子タバコを咥える。存在感のない煙が換気扇に吸い込まれる様子を見ながらぼんやりと考えた。

田所はテロの決行が近いと言っていたが、我々はまだ具体的な計画を摑めていない。

テロの資金源、密輸品のハブと化していたタンカー、密輸を担う漁船。

これらを繫げる要素がまだ足りないのだ。
その鍵は、どこにある。

9

[パイロット] 宗田眞人

羽田空港には〝新聞村〟と呼ばれるエリアがある。新聞各社の報道ヘリなどの航空部があるからだ。空港の北側の端にあるエリアで定期発着便のターミナルとは離れている。海上保安庁の羽田航空基地もその一角にあり、すぐ横を首都高速羽田線とモノレールが走っている。そして羽田空港を発着するヘリコプターは、特別な事情がなければ空港の西側を飛ぶことになっている。

宗田は通常パトロールを終え、水平線上にかろうじて赤みを残した空を見ながら羽田空港へのアプローチを開始した。操縦桿を握るのはコパイの稲葉だ。落ち着いた操縦で一定の進入角度を保ったままヘリパッドに接近する。

地上では整備士たちが着陸を待ち構えていて、右前方には羽田基地がある。

高度が三〇メートルほどになったそのとき、ふと見た光景に宗田は思わず叫んだ。

「アイ・ハブ・コントロール！」

宗田は操縦桿を奪うと、機体を横滑りさせた。

「ど、どうしたんですか」

稲葉は自分がミスをしてしまったのかと焦ったようだ。

「確認したいことがある」

高度を保ったまま羽田基地の前に機体を移動させる。地上ではヘリパッドで待ち構えていた整備士たちが、いったいなにが起こったのかとこちらを見上げていた。

羽田基地の建屋の前の道は突き当たりになっていて、空港の敷地とはフェンスで隔てられている。その前に女がいた。

宗田は目を疑った。あの女……タンカーにいたあの女だ。

しかしヘリを接近させると、近くに止まっていたバンから出てきた男に腕を引かれて車に乗せられる。だが女はこちらを見ながら、名残惜しそうな様子だった。

「ナンバーを！」

宗田が言うと、後席の整備士が慌てて機首カメラを操作しはじめた。

「白色のバンだ」

「あの車がどうしたんです」

稲葉は予想外のことに戸惑いながら訊いてくるが、宗田にその余裕はなかった。

車は空港道路をモノレールに沿って進み、宗田はそれを追う。空港埋立地の外周を沿うように走ったバンは、第三ターミナル方向に曲がった。それを追跡しようとすると、稲葉が叫んだ。

「ここから先はだめです！」

羽田大鳥居を東に旋回した先は羽田空港B滑走路の最終アプローチになり、進入禁止空域になっている。04と書かれた滑走路の南端が目の前に迫っていた。

「くそっ！」

宗田は操縦桿を引き、機体を立てて急ブレーキをかけた。そして再び羽田大鳥居から運河に沿うように機種を向け、稲葉に操縦を渡した。

「ユー・ハブ・コントロール」

「アイ・ハブ・コントロール」

その声を聞き、宗田は、今はもう見えなくなった車の姿を探した。

あの女だ――間違いない。

これまで自分でもその存在に自信が持てずにいたが、なぜかそう確信した。

顔をはっきりと覚えているわけでもなかったが、全体の雰囲気、ヘリを見上げるその立ち振る舞いが、根拠のない自信をもたらしていた。

しかし、再びその姿を見られたことに喜びはあるものの、それを不安が上回る。

自分はまた幻覚を見ていたのではないか。吉見と話したからではないか。あのときと同じ女だと言っても、所詮、同じ幻覚を見ているのではないのか……。

稲葉は所定のヘリパッドにスムーズに着陸させた。エンジン停止の手順を追っていると司令室から無線が入った。

『おーい、宗田。基地長が呼んでるぞ』

宗田は振り返り、整備士に言う。

「いまの映像、ハードコピーして基地長室に持ってきてください」

それから基地長室に向かった。

志村は仏頂面で宗田を迎えた。腕組みをして椅子にもたれかかっている。口から飛び出しそうな悪態を必死で堪えているのか、口角がしきりに痙攣《けいれん》していた。

宗田がテーブルを挟んで気を付けの姿勢をとるのを待って、志村は口を開いた。

「空港から問い合わせが入っているが、なんと回答すればいい？」

押し殺した声だった。

「着陸の直前、不審者を発見したので追跡していました。禁止空域ギリギリまで追跡しましたが、進入はしていないと認識しています」

「最終アプローチしているエアラインから見たら、滑走路近くをうろうろしているヘリが目に入ったら危機感を覚えるだろうが。実際、管制塔は着陸態勢にあった国内線一機に対してゴー・アラウンドの指示を出した」

つまり着陸を一旦取りやめ、空域をぐるっと回ってやり直させたのだ。

宗田もどう説明すればいいのかわからず、しばらく沈黙の時間が生まれた。

口火を切ったのは志村だった。

「まさか、また発作か？」

目を細めて訊いてきた。

「違います。そんなことではありません」

「じゃあなんだ。正当な理由があるなら言ってみろ。俺はあと二年で定年だ。これまで勤め上げたのに、お前の出鱈目《でたらめ》でキャリアをフイにしろっていうのか。目黒さんからお前のことを頼まれたときから不安だったが、それが的中してしまったようだな」

結局は保身かと思ったものの、もし立場が違えば自分でもそう言うだろう。

宗田は項垂《うなだ》れ、それから声を絞り出した。

「ご説明する前に、一件電話をさせていただいてもよろしいでしょうか」

志村は値踏みをするような目で宗田を見やると、許可の意味を示すように顎をしゃくった。

携帯電話を取り出し、電話をかけた。相手は吉見だ。呼び出し音ひとつめで繋がった。連絡を待って携帯電話を常に手に持っているかのようだった。

「宗田です、羽田の」

志村に背を向け、入口のドアのそばに移動する。

『ああ、宗田さん。どうしました』

「先日お話しいただいた――」

口元を手で覆い、声を最小限に落とす。

「――テロの件ですが」

『ええ……それが？』

吉見の声も連動して低いものに変わった。

「機密と言われましたが、どのレベルまででしょうか」

『あれは誰であっても共有不可の案件です』

「ですよね。その、実は基地長に話さなければならない状況になってしまって……」

『ええっ？　状況って、どういうことですか』

ノックが鳴り、志村の苛立った〝どうぞ〟の声で、先ほどの整備士が不安げな顔を覗かせた。

宗田は手を伸ばし、整備士からプリントアウトされた車の映像を受け取った。しっかりとナンバーを捉えていた。

「タンカーの話です。女を見たとお話ししました」

『ええ』

「あなたはそれを信じてくれた」

しばしの無言。

『はい。それが？』

「その女を見たんです、ここ、東京で。というより羽田基地の前で」

『ええっ？』

これまでのところ、吉見が女の存在を信じていたとしても、タンカーと一緒に沈んだと認識していただろうから、やはり懐疑的な声だった。

だが宗田としては、それよりも目の前の問題を解決しなければならない。

「彼女を追跡し、エアラインの着陸を妨害してしまいました。そのことを基地長に説明せねばなりません」

『マジっすか』

吉見が声を絞り出した。

『困るなあ……ちょ、ちょっと待ってください』

それから保留音が続いた。志村の尖った視線に耐えながらの二分は永遠に思えた。

『志村基地長だけですね？　説明が必要なのは』

「そうです」

『わかりました。お話しして結構です。本来なら守秘義務のサインを先にもらいたいくらいですが、そういう状況ではなさそうなので、しっかりと説明を願います。他は誰であっても他言無用です』

「了解です。ありがとうございます。あ、あと一点お願いしたいことが」

宗田は車のナンバーを読み上げた。

『この登録を調べろと？』

「はい、可能でしょうか」

『わかりました。また連絡します』

唐突に通話が切れたので、怒っているのかもしれない、と宗田はため息をついた。そして志村に向き直る。

「先日、捜査官が来たのを覚えていらっしゃいますか」

志村にとっては意外な切り口だったのか、表情は崩さないまでも、少し驚いたようだった。

「もちろん」

「いまの電話は彼です。これからお話しするのは機密事項になりますが、その許可をもらいました」

俺が知らないことをなぜお前が知っているのだ、という怪訝な顔のまま言った。

「了解した。続けろ」

「彼は私が鹿児島で遭遇した漂流タンカーの話を聞きに来たのですが、あれはとある組織の密輸の中継基地として使われていた可能性があるのだそうです。そしてその組織が近々テロを企てているようなのです」

志村は驚きを通り越して一瞬笑みを見せたが、すぐに真顔になった。

「お前が追跡したという不審車とどんな関係がある」

宗田は手にした写真を机に置いた。

「着陸直前、私は女が基地の前に立っているのを目視しました。タンカーにいた女です」

そう言って志村の背後を指差した。

「タンカーにいた女が、ここに……？」

志村の口が歪んだ。そしてなぜか残念そうな表情に変わった。

「あのな、ちょっと訊くが」

「はい」

「お前がタンカーにいたという女を、ここで見たとすることに疑問がある。まず、相手はどうしてお前のことを知っている？　タンカーに接近したとき、ヘルメットを脱いで、しっかりと顔を覚えてもらうほどの距離にいたのか？」

「いえ……」

「百歩譲って、その女がお前の顔を覚えていたとする。だが、鹿児島基地に現れるならともかく、なぜここに来た。お前が羽田に異動したことをどうして知っている？」

もっともな疑問だった。

志村は説得するような、どこか宗田を憐れむような声色になった。

「ちなみに他のクルーはその女を見たのか？」

「……いいえ」

「つまりお前しか見ていない。タンカーのときと同じ状況ということだな？」

「そうですね……」

「もし女がタンカーにいたのだとしても、羽田に現れることはないよな？」

諭すような口ぶりに、宗田は頷くしかなかった。

「お前のことは……目黒さんから聞いている。恋人のこともな。そんな事故に遭ってまでまた空に戻ってくるっていうのはものすごい精神力だと思う。目黒さんは、そんなお前の人間性についても認めていた。ただ一度抱えてしまったトラウマがどんなかたちで現れるのかは人によって違う。それは誰のせいでもない」

つまりあの女は幻だと言っているのだ。

「国民、クルー、血税で購《あがな》われた機体。私はそれらを守る責任がある」

今度はパイロットとしての資質を問われている。

「今日はもう上がれ。そして明日また頭をリフレッシュしてこい。羽田の管制には、犯罪捜査のために追跡していたと報告しておく」

悔しさはあったが、宗田は頭を下げ、部屋を後にした。

〔通信士〕手嶋沙友里

沙友里は藤沢で買い物を愉しんでいた。石垣ではショッピングを満喫できるような商業施設はない。離島扱いなので時間はかかるもののネットショッピングを利用すれば困ることはないのだが、やはり店を回って品定めするのは楽しい。

ショッピングバッグを両手に抱えながら、カフェにでも行こうかと駅に向かう人混みの中を歩いていたときに着信があった。慌てて脇に寄り、スマートフォンをバッグから取り出す。吉見からだった。

ほんのひととき、テロのことを忘れて浮ついていた気持ちが一気に締まる。

「はい、手嶋です」

『すいません、いま大丈夫ですか』

「ええ、なにかあったんですか？」

『その……失礼ですが手嶋さんは、宗田さんとはどんなご関係なのでしょうか』

「えっ？」

なんと答えてよいのか言葉に詰まる。なんでそんなことを訊くのだ。

『すいません、以前羽田でお会いしたとき、おふたりは所属が違うのに一緒に来られましたし、それまでも一緒にいらしたようなので』

「ああ、まあ、なんというか――」

ここは隠しても仕方があるまい。

「宗田さんは、亡くなった私の姉の恋人だったんです」

息を吸う音がして、やや間を置いた。

『そうだったんですか。すいません』

別に謝られることではない。

「それが、どうかされたんですか？」

『実は』

羽田での一件を聞かされた。宗田がまた暴走したという。

「そんな騒ぎが」

『ええ。しかも宗田さんはタンカーにいた女を見たと言っていまして。その……警視庁の幹部らも心配していると言いますか』

「正気を失ってると？」

沙友里の声に刺があったのかもしれない。吉見は慌てたように続けた。

『いえいえ。ただ、彼の情報を元に行動計画を立てることになった場合、どこまで信憑性があると判断していいのかはとても重要になります。特に命がかかっている場合は』

「それは理解できます」

『冷静に考えれば、南の海上でちらりと見かけた女が、遠く離れた羽田に現れるということはないのですが……』

バッグの取っ手が冷たい指に食い込んで痛かった。沙友里はベンチを見つけて移動すると荷物を置いた。

「それで私になにか？」

『宗田さんと会う予定はありますか』

「いえ。先日はたまたま墓参りで一緒になっただけですので」

『そうですか。休暇中のところ申し訳ありませんが、もしお時間があったら彼と会ってみていただけませんか』

どういうことかと考えて、答えに行き着く。

「宗田さんをテストしろと?」

『上司はそんなことを言っていますが、彼のことを一番よく知っているのは、現時点であなたしか心当たりがありません』

取り繕っている印象はなかった。本当に心配しているのだ。宗田も、テロも。

「彼のなにを知りたいんですか」

『あなたの印象です。この先、誰かが命をかけなくてはならない状況になるかもしれません。そのとき、行動に疑問を持ちたくない』

「わぁ、責任重大ですね」

沙友里は軽口で答える。

「それなら精神科医に頼めばいいんじゃないですか」

『うまく言えませんが……』

必死で言葉を選んでいるような印象だった。

『もし精神科医とあなたが異なる意見を言ったとしたら、私はあなたの意見を信じます』

「なんで、ですか」

『海保の仲間って、そんなものじゃないですか』

くさいセリフ。普段ならそう思ったかもしれない。

しかし極限状態において困難に立ち向かうとき、信頼は最大のエネルギーになるのかもしれない。

吉見も宗田を信じたいのだろう。

「わかりました。明日にでも訪ねてみます」

沙友里自身、心配でもあったが、なにより宗田本人が一番不安になっているのではないかと思ったからだ。

［捜査官］吉見拓斗

宗田からの連絡を受けたとき、吉見は換気扇の下でタバコを吹かしていた。

どこか感覚が麻痺していたというか、暗い部屋に閉じこもっているから社会と切り離されたような感覚になっていたのかもしれない。

テロという言葉だけがやけにリアルで重くのしかかっていた。

そんなときに着信があったのだ。

聞けば、羽田基地長にもテロのことを話したいということだったが、それは自身が羽田空港内で問題を起こしたからで、その原因はタンカーで見た女が羽田にいたからだという。

吉見は電話を保留にしたまま、山崎に相談した。

「こうなるのが嫌だったんだよ！」

山崎は、開口一番にそう言った。

「こうやって海保の中で情報がどんどん広がっていくのを心配してたんだよ」

「しかし相手は基地長です」

「テロ対策だぞ。知る必要のない者には知らせないのが鉄則だ」

「では断りますか」

山崎は苦々しく唇を引き絞ると、ひとりだなと念を押した。

「伝えていい」

不機嫌そうにそう言うと、光の住処を映し出すモニターを凝視した。

その横顔にふと違和感を覚えた。なにかを隠しているような、そんな印象だった。

宗田に、志村基地長にのみ話してよいと伝え、代わりに車のナンバーを告げられた。不審車のものだという。

それにしても宗田は大丈夫なのだろうか。いまだに幻覚を見ているとしたら、宗田の話をどこまで信用してよいかがわからない。

さらに今回のような問題行動を起こされると、説明のために、また他の誰かに情報を開示しなければならなくなるかもしれない。

しかし、公安はどうしてそこまで機密保持にこだわるのだろうか。確かにテロに関する情報は慎重に扱うべきで、知る人を絞ることは理解できる。だが基地長レベルであっても迂闊《うかつ》には話せないとなると、海保側でこのことを知っているのは何人いるのか。長官も知らされていないのではないかと思えてくる。

そこでつい先ほど山崎の表情に違和感を覚えたことを思い出した。なぜ、ここまで情報共有が厳しいのか。もう少し人数を増やせば、もっと効率よく捜査ができるようになるのではないのか。

部屋の隅でパソコンを開いていた山崎に声をかけた。

「山崎さん、ちょっといいですか」

「なんだ」

山崎は視線を上げずに答えた。

「この話を、海保側はどれくらいの人が知っているのでしょうか」

「それは知る必要はない」

「そうはいっても、捜査する上で人手をかけられたほうがいいこともあります。我々もいくつか情報を得ていますが、私と松井だけでは動きが限られます」

「情報があるならこちらで動くので共有してくれればいい」

「海に関することは我々で動いたほうがいいと仰《おつしや》いましたが？　だから信頼できるチームや──」

「信用できないんだよ！」

山崎はパソコンのディスプレイを勢いよく閉めながら立ち上がった。

「信用できないって……それを言われたら身も蓋もないですよ。じゃあどうして協力を求めたんですか」

「なぜ海保側に全面協力を求められないか。それはな、スパイがいるからだよ！」

吉見は絶句した。

スパイ？　海保に？

「な、なにを言い出すんです」

「人物の特定はできていないが、いることは確かだ。過去に田所がもたらした情報のなかには、海保でなければ知り得ない情報もあった。だから松井さんには信頼できる人をひとりだけ貸してくれと頼んだ」

スパイという言葉にひどく現実感がなかった。

「松井は……スパイがいることを知っているんですか」

「信じたくないようだけどね。でもあの人は状況を冷静に見極める人だから、自身の部下にまでスパイがいる可能性を考えた。そこで最も確実な人物を選んだ。それがあなただ」

単に張り込み失敗の責任を取らせられてるわけではなかったのか。そして松井が確かに信用してくれていることがわかって、素直に嬉しかった。

「あの、ところで松井とはどのようなご関係で？」

「過去にテロ対策会議で一緒になった。尊敬できる人だ――」

そのとき捜査員が叫んだ。

「なにやってんだ！」

振り返り、モニターに映し出された映像を見て息を呑んだ。

バルコニーから身を乗りだした田所がこちらに向かって両手を振っていたのだ。

「あの野郎、なにを考えているんだ！」

山崎も苛立ちを隠せない。

田所はなにかを叫んでいるようにも見え、そして泣いているようにも見えた。

もう限界なんだ。そう悟った。

やがて背後から騒ぎに気付いた別の男が出てきて、田所を部屋の中に引きずり込もうとする。それに抗い、振りほどき——田所は飛んだ。まるで田舎道のガードレールを跨《また》ぐかのような気軽さで。

この部屋にいる者が皆、絶句した。モニターの中に見えたことが、道を挟んだ先で本当に起こったとは到底思えなかった。

三階から落下した田所は、いまは塀の陰に隠れて見えない。

バルコニーから身を乗りだしていた男たちが慌てた様子で中に戻る。

大丈夫なのか。

するとそのとき、正面の門を開けて田所が出てきた。左足を引きずり、額からは流血しているのがわかった。

吉見は飛び出していた。

待て！　という言葉など聞こえないふりをして、非常用の外階段を駆け下りる。

通りに出ると、田所の背後に追っ手の影がふたつ見えた。吉見に気付いた田所は、助けを求めながら道を渡ろうとして――そしてトラックに撥《は》ねられた。

吉見は声にならない叫び声を上げながら駆け寄った。

田所は冷たい路上に仰向けで倒れていた。右足の膝から下は本来曲がるべきではない方向を向き、口からは血の泡を吹いていた。

「きゅ、急に飛び出してきたんだ。俺の責任じゃ――」

呆然と立ち尽くす運転手に叫ぶ。

「やかましい！　救急車を呼べ！」

駆け寄ってきた追跡者はわざわざ吉見の前に割り込むようにひざまずいた。何事も訊かせまいとするかのようだった。

「施設内に医者がいますので、我々で救急処置を行います」

そう言って田所を抱きかかえる。

「おい！　触るんじゃねえ！」

吉見は男たちを睨んだ。そこに山崎らが駆け寄ってくると、ふたりは田所をその場に置いて逃げ去った。

「どうだ」

山崎はそう訊いたが、吉見が説明するよりもひと目見てわかったようだった。

「おい、聞こえるか？　おい！」

田所は充血した右目だけを開けて、顔を覗き込む山崎と吉見の間で視線を往復させたが、認識できているかどうかはわからなかった。

「どうした！　なにがあった！」

山崎は着ていたジャケットを脱いで丸めると、内通者の首の後ろあたりに差し込んだ。

「だい……じん……あし……た」

「なんですか！」

吉見は耳を内通者の口元に近づけた。

「ながの……だいじん……てろ……あした」

山崎も聞き取れたようだ。大きく目を見開いていた。

「でも……ん……」

また血の泡が溢れた。

「でも、なんだ、どうした？」

「かえり、たい……もう、かえり……たい」

山崎が耳元で叫ぶ。

「ご苦労さん、もういいぞ、母ちゃんとのんびり暮らせ、なっ！」

ほどなくして派出所の警察官、そして救急車が到着し、田所には別の捜査員が付き添うことになった。

「応援を送るから、それまでそばを離れるな」

山崎はそう伝えると救急車を見送り、吉見に顎をしゃくってマンションに戻った。ドアを開けるなり、ひとり残っていた捜査員に問う。

「動きは！」

「ありません。誰も出てきていません」

思案顔の山崎に吉見は言った。

「明日、長野大臣を、テロ……って言いましたよね」

手首を返して腕時計を見やる。すでに零時を回っている。

「明日というのは、つまり今日のことでしょうか」

「可能性は高い、ならば実行犯はもう施設にはいないのかもしれない。くそっ」

「長野大臣というのは、外務大臣の？」

「ああ、そうだろう。長野義治《よしはる》外務大臣だ。予定はどうなってる？」

命じられた捜査員はどこかに電話をかけた。

長野大臣は二世議員で政界デビューが早かったこともあり、議員歴は長いが、まだ五〇になったばかりのはずだ。若々しさと実力で、広い層に人気がある。

山崎は、携帯電話で田所とその母親の病院に応援を回すよう指示を出すと、今度は捜査員の電話を奪って耳に当てる。

「長野大臣の今日のスケジュールはどうなってる？　いいから！　このまま待つ！」

吉見はその間に松井に電話をかけた。深夜にもかかわらず、ワンコールで繋がった。

『どうした』

この時間に電話がかかってくることが異常事態であることを察知したのか、松井の声には緊張感があった。

「テロの件ですが、決行は本日。ターゲットは長野外務大臣である可能性が出てきました」

『今日だって？』

「はい、おそらく爆発物を搭載したドローンを使うと思われます。あ、ちょっとお待ちを」

山崎が携帯電話を耳に当てたまま吉見に言った。

「長野大臣は一昨日に仙台入りしている。今日の予定は、国際会議に出席後、夕方に地元後援会との会談、帰京は午後六時半発の新幹線だ」

それを松井に伝えようとすると、聞こえた、と機先を制された。

『俺もそっちに向かう。朝四時くらいには羽田に着く』

エアラインではなく、海上保安庁の固定翼機を使うのだろう。

「了解しました。我々はこのあと本庁に移動します」

空いているほうの耳で山崎の会話を聞いていた。それによると警視庁本庁で緊急会議が開かれることになったようだった。

『羽田に到着後、俺もそちらに向かう』

通話を終わらせると、窓から外をうかがった。事故処理はまだ続いているが、山崎が手配したのだろう。多くのパトカーが施設を取り囲んでいて、赤色灯の反射で異様なほどに輝いていた。

「行くぞ」

山崎の声に振り返り、吉見は部屋を出た。

10

［パイロット］宗田眞人

宗田はモノレールの始発便で出勤した。深夜に目が覚めてから、なかなか寝付けなかったのだ。

モノレールが格納庫の横を通過したとき、大扉の前で背伸びをする富所の姿が見えて思わず安心した。

ただ、普段この時間であれば人気はないはずなのに、他にもちらほらと職員の姿が見られた。なにか、緊急出動などあったのだろうかと思いながら、駅を降りた。

玄関ドアを開けて階段を上ると、歯ブラシを咥えた富所が廊下の反対側から歩いてきた。

「よー、早いじゃん」

「富さんだって。なにかあったんです？」

「夜明け前に関空からファルコンが飛んで来てよ、なんだかバタバタしてて目が覚めちまった」

「関空から？　お偉いさんですか？」

「知らんけど、ハイヤーが迎えに来たっていうから、たぶんそうじゃね？　なんでも急に決まったみたいでよ、固定翼機の整備士らが夜中に叩き起こされてたよ。で、お前は？」

「僕もちょっと寝られなくて」

「あー、昨日はこってり絞られたか」

富所は愉快そうに笑った。

「まあ、あんな無茶したら当然だ。処分されないだけラッキーだろうな」

「基地長にも感謝ですね」

「いやー、ちゃうちゃう。あの人は定年まで問題なく過ごしたいだけだから」

どう答えればいいのか困って曖昧な笑みを返した。

「じゃ、朝飲み行っちゃう？　蒲田に良い店を見つけたぞ」

「僕は出勤ですから」

「じゃー俺ひとりで幸せを嚙み締めてくるよー」

富所は肩越しに手を振って去って行った。

それからコーヒーを飲み、やり残していた書類整理を済ませたが、それでもまだ出勤時間よりも早い。

手持ち無沙汰になって、格納庫に降りる。締め付けられるような寒さの中、隅っこで翼を休める〈あきたか〉に歩み寄った。

〈あきたか〉は、〈あきつしま〉に搭載されているヘリで、先日から整備のためにここに留まっている。

いま思えば、自分が救われたのはこのヘリだった。

鼻先から手のひらで機体を撫でながら、ぐるりと一周する。

不思議な縁だと思う。

恋人を失い、罪悪感に押し潰され、生きる目的を見失っていたとき、光をともしてくれたのは沙友里だった。

海保のヘリパイになることに、戸惑いや不安がなかったといえば嘘になるが、いまでは天職のように感じている。

それでも海の上を飛んでいると、あの事故の光景が蘇ることがある。また誰かを死なせてしまうのではないかと怖くなることもある。

「大丈夫だよ、フロートあるから」

富所だった。それは機体の三箇所に格納されたエアバッグのようなもので、着水時に自動的に展開し、長時間にわたって沈没を免れることができる。

富所には過去を話してある。コイツなら海に落ちても大丈夫だと言いたいのだろう。

「まだいたんですか。蒲田に行ったんじゃないんですか？」

「うん、そこでお客さんと会ってね」

機体の陰から、沙友里がひょいと顔を覗かせた。外来者用のヘルメットを被っていたが、サイズが合っていないのか、するっと脱げそうになったのを慌てて手で押さえる姿が可愛らしかった。

「あれ、なんでここに？」

「ちょっと話があって。時間ある？」

「いや、まあ、あるけど」

「あとは若い人に任せて」

富所が見合いの仲介人のように冷やかした。

「じゃ、上に行こうか」

会議室に案内し、コーヒーでも飲むかと訊いた。

「あ、ううん。大丈夫」

「そか。それで、どうしたの、こんな早くに」

重そうなコートを脱いで窓際に立つ沙友里の姿が、一瞬、優香と重なった。いままで似ていると思ったことはなかったのに。

「あの、実は」

「あ、うん」

宗田も窓枠に寄りかかる。言いづらそうな表情を見せる沙友里に緊張する。

しかし、うーんと唸ってから、なにかを諦めたかのような脱力した笑みを見せた。

「だめだー」

「なに……が?」

「私の性格的に、オブラートに包むとか無理なのよね」

ますますわからない。

「だから、どうした?」

沙友里は降参とばかりにため息をついた。

「昨日ね、吉見さんから電話があったのよ」

宗田はハッとする。そっちか、と。

「なんでも、ちょっとした事件を起こしたみたいね」

「まぁ、ね……」

「それでね、ストレートに言うと、心配しているの。大丈夫かって」

つまり、いまだに幻覚を見るような人物の証言は信用できないということか。

「心配しているのは……どっちが?」

沙友里は目を細めたものの、はじめから答えを持っていたようで即答した。

「私は心配してない。人間的にはおかしな人じゃないって知っているから。たとえ見えないはずのものが見えるとか、ひとつのことに集中しすぎてエアラインを止めたりとか、仲間内から白い目で見られようが、数々の問題行動で出世の道を閉ざされていようが――」

「ちょっと、待て待て、言いすぎ」

沙友里は弾けたように笑った。

ああ、笑い方は優香にそっくりだ。それと、深刻なことほどおもしろおかしく言うところも。

「吉見さんはさ、追いかけているのが大変なものだから、やっぱり慎重になってしまうんだろうけどね」

「そうだろうね」

「それでどうなの？　実際のところ」

「女の件？」

「そう。現実的に考えてあり得る？」

宗田は腕を組んだ。

「昨夜一晩考えたけど、やっぱりわからないよ。自分にははっきり見えているのに、他の人は見ていない。基地長にも言われたけど、あの女がここにいることは論理的に考えてあり得ない。だから幻覚、もしくはまったくの他人の空似だったと認めるしかないと思う。でもそうしたら、自分がどうなっているのかちょっと怖くもある」

「あのさ」

ここで真剣な眼差しで宗田をとらえた。

「それって、お姉ちゃんのこと、関係ある？」

心臓が止まるような思いだった。

「前にも言ったけど……私ね、この仕事を勧めたことで、かえって宗田さんを苦しめることになったんじゃないかって、ずっと思ってた」

「そんなことはないよ。むしろ救ってくれたと思ってる」

「でも、追い詰められたように無茶しちゃうのは、そのせいじゃないかって思えて」

宗田は項垂れた。

確かにそれは否定できなかった。救助を待つ人がいればリスクを負ってでも救いたいと思う。でも、それは恋人を救うことができなかったことの裏返しで、自己満足のためにクルーを危険な目に遭わせているのではないか。

「意味を……見出したかったのかもしれない」

「意味？」

「優香が死んで、自分は生き残ったことへの……」

宗田の頭の中はまとまっていなかったが、言葉を思い付くままに継いだ。

「この仕事を紹介してくれたときに思ったのは、正直に言うと、誰かを助けたいとかっていう崇高な思いじゃなかった。真っ先に心に浮かんだのは、また飛べるっていう、喜びのような感情だったんだ。優香を死なせてしまったのに、だよ」

宗田は軽蔑されても正直に言おうと思った。あの頃は混乱していて自分自身のことがわからなかったが、時間が経って少しは客観的に見られるようにもなっていた。

事故のショックで仕事を辞めたものの、それは自分を苦しめることにもなった。空を飛ぶことがアイデンティティだと、あとになって気付いたからだ。

落ち込んでしまったのは、優香を失っただけでなく、空も失ったからだ。

「飛べることを考えたら、罪悪感のようなものが薄まったんだ。よく言えば〝前を向いた〟だけど、悪く言えば〝自己満足〟。最低だよね。無理してまで誰かを助けようとしていたのは、どうであれ、その自己満足が源だったんだ」

その頃の感情が蘇ってきて、胸が締め付けられそうになる。

「だから、女の姿を見てしまうっていうのは、やっぱり一種の精神的なものなのかもしれない。罪悪感が作り上げたイメージ。姿を変えた優香なのかも」

沙友里は様々な感情を綯《な》い交《ま》ぜにした複雑な表情をしていたが、なんの前触れもなく右目から涙がふっと落ちた。

「やめてよ……」

「うん？」

「お姉ちゃんを侮辱するのは、やめてよ」

宗田はたじろいだ。

「侮辱なんて、そんな……」

「お姉ちゃんはね、あなたを困らせるようなことをする人じゃない！」

それっきり俯いてしまった。

決してそんなつもりではなかった。自分の不甲斐なさを伝えたつもりだったのに、沙友里には、まるで優香が取り憑いたような印象に聞こえてしまったのかもしれない。

「お姉ちゃんは、自分を犠牲にしてでも他人を助けようとするような人よ。あなたを困らせるわけないじゃない。前にさ、宗田さんはお姉ちゃんを助けるときに、指先には触れたけど手を摑めなかったって言ってたよね。でも私は思うの。あれは……お姉ちゃんは、宗田さんの手を振りほどいたんじゃないかって」

「え……」

「あなたに生きてほしかったから。自分と一緒に沈んでほしくなかったから」

沙友里の声に震えはなく、はっきりとしていたが、顔は涙で濡れるに任せていた。

「もし本気でそう思っているなら、あなたはお姉ちゃんのことをひとつも理解なんてしていない！」

宗田は膝が崩れ落ちそうなのを、なんとか耐えていた。

「ごめん。そうだよね。自分がおかしくなっちゃっただけなのにね……。俺は、心から優香のことを愛していたよ。だから自分が許せない」

頰を袖で拭った沙友里は、顔を上げたときには、ぎこちなくはあったがそれでも笑みを見せていた。

「私の同僚に舞って子がいるんだけど……ま、彼女のほうが人間的にはおかしいから、宗田さんはまともに見えるよ」

沙友里は言いすぎたと思ったのか、茶化してみせた。

それから窓枠に寄りかかり、視線を俯き気味に、やや斜め下にやった。窓に沙友里の物憂げな顔が映っていて、優香とふたりで頬を寄せ合っているように見えた。

「どんな人なの、その女。お姉ちゃんより可愛い？」

一瞬戸惑ったが、〝幻の女〟のことを言っているのだと、数秒遅れで理解した。

「え、ああ全然違うよ。雰囲気もなにもかも」

「……黒髪？」

「そう。なんか疲れている感じの目をしてた」

「……黒いコート着てる？」

「ああ、昨日見たときはね。でもタンカーで見たときは赤っぽいシャツで……なんで？」

沙友里の視線は宗田の後ろ、やや下方向にあることがわかった。つられて振り返ってみる。

そして息を呑んだ。

その女が路上に立っていたからだ。

「あの人？」

沙友里が訊き、宗田は頷いた。

「見える……の？」

「うん。見える」

それを聞くなり、宗田は部屋を飛び出した。

幻覚ではなかった！

階段を駆け下り、ドアを開けると三〇メートルほど先に女はいた。一瞬後ずさりするかのような素振りを見せたが、それでも踏み留まっていた。

近づけば逃げてしまう小鳥のように、宗田は慎重に歩みを進めた。

大丈夫、の意味を込めて手をかざしたが、女はびくりと肩をすぼめた。

自分のなかで、半ば伝説的な扱いだった人物がいま目の前にいることが不思議で仕方がなかった。瞬《まばた》きしている間にまた消えてしまうのではないかと不安にもなった。

宗田は一〇メートルほどの距離を残して立ち止まると、声をかけた。

「僕のことを知っているんですね？」

女は視線を泳がせたが答えなかった。

「僕はあなたのことを知っています」

女は困惑の表情のまま両手を胸の前でクロスさせると、自らの両肩を抱きかかえた。

突然、ニーシーシェイ、と背後から声が聞こえた。沙友里だ。いまのは中国語か？

果たして、女は反応した。

「リュー・シーリー」

か細い声が聞こえた。

いまのは名前？

名前がある人物と会話ができる。これで幻覚は現実に変わった。

〔通信士〕　手嶋沙友里

華北のイントネーションだった。

それは北京を含む中国北部の訛《なま》りで、かつて沙友里が大学で中国語を習っていたときの先生がそうだった。

リュー・シーリーと名乗った女も、母国語が伝わるとわかって安心したようだった。

「あなたはこの人を知っているの？」

宗田を視線で示すと、リューは首を横に振った。

「会うのははじめて」

「ここには前にも来た？」

女は頷く。

「話したいことがあって」

宗田に話したいというのは、やはりあのことか。

「それは、タンカーのこと？」

リューは驚いたようだったが、そこから表情が何度も変化した。恐怖や不安といった色を見せもしたが、最終的には安心したような表情だった。

「信じてもらえる人を捜していた」

そうか。決死の覚悟で来ても、門前払いを受けた上に、入国管理局に通報されてしまうかもしれない。だがタンカーという言葉が、仲間だけが持つ合言葉のように機能したのだろう。

「なんだって？」

じれたように宗田が訊いてきた。

「タンカーのことで話したいことがあるって」

伝えると、宗田は目をぎゅっとつむって両手を膝についた。

ちょっと、なんであなたが泣きそうになるのよ。

宗田にしても、おそらく自分を信じられなかったのかもしれないが、正しいことを証明してくれる人物が目の前に現れたので安心したのだろう。

まったく、ふたりして安心しあっている場合じゃないのに。

「会議室で話を聞こう」

宗田の言葉を伝えると、リューは不安そうな表情に変わった。沙友里はすぐに理解した。

「ここは海上保安庁の建物だけど、あなたを逮捕したりするわけじゃないの。一番安全なの。いつでも自分の意思で出て行くこともできるから、ね？」

心労が積もり積もっているのか老けて見えたが、よく見るとまだ若そうだ。二〇代前半くらいではなかろうか。

「私の名前は沙友里」

手を差し出すと、リューは逡巡したのちに、その手を取った。

会議室に戻ると、宗田はお茶とコーヒーをテーブルに置き、しばらく戻ってこなかった。おそらく職員たちに説明して回っていたのだろう。

一〇分ほどして再び顔を見せたときには、困惑顔の志村が一緒だった。表情もそれ相応に険しいものだったが、途端にリューが不安げな顔を見せると、宗田はやっぱすいません、と志村の背中を押して部屋から追い出した。

「さて、いったいなにが起こっているのか……訊いて」

「訊いてって、なにから？」

「えっと、じゃあタンカーの件から」

沙友里はリューに微笑み、問いかけた。しかしリューは首を横に振る。

「それより大変なことがある」

「えっと、それはなに？」

「テロが起こるの。今日。これから」

翻訳を間違えたのかとしばらく考え込んでいると、宗田に肩を突かれた。

「なんだって？」

「ちょっと黙ってて」

宗田に小さく首を振って見せてからリューに向き直る。

「それって、どこで？」

「どこでかはわからない。でもナガノっていう人が狙われる」

「ナガノ……って誰？」

「政治家って言っていた」

「誰が言っていたの」

「組織の人」

「組織って？」

「わからない！」

リューの声が上ずった。

あまり、攻めすぎてもよくないだろう、とひと息入れることにした。

リューにお茶を勧めて、お預けを喰らった犬のような宗田に向き直る。

「彼女が来たのは、今日、テロが起こるってことを伝えるためだったみたい」

「えっと……それは、あのテロのこと？」

テロと言われて心当たりがあるのはそれしかない。

「たぶんね」

「吉見さんに伝えないと」

宗田は携帯電話を取り出したが、途中で手を止めた。

「でも、彼女はなんで知っているの？」

「組織の人が話しているのを聞いたって」

「組織って、なんの？」

「知らないって。いまここまで」

宗田は唸る。

「じゃあ、彼女はテロを企てている組織の人間なのに、それを伝えに来た？　俺に？　警察でもなく？」

「それはこれから訊くところ。あのさ、ちょっと吉見さんに電話してきてくれない？」

「え、なんで」

「いいから。五分くらいしたら戻って来て」

「いや、だって、彼女は俺に話しに来たんでしょ」

「ここにいても中国語わからないでしょ、あとで説明するから。早く。しっしっ」

納得がいかないといった顔の宗田だったが、渋々出て行った。

それから両手でコーヒーカップを包み込んでいたリューに、順を追って説明するように伝えた。するとポツリポツリと話しはじめた。

北朝鮮と国境を接する吉林省《きつりんしょう》で生まれたリューは、高校を卒業すると北京郊外の工場で働きながら、待遇のいい深圳の会社に就職することを目指していた。

しかしある日、突然現れた男たちに拉致された。借金の返済に困ったリューの両親が娘を売ったのだという。

この二一世紀で？　と沙友里は信じられない思いだったが、実際に似たような事例は今でもあると、リューは項垂れた。

そして最終的に送り込まれたのが、あのタンカーだった。

食料や燃料の補給以外はどこにいるかもわからない。目印のない海の只中を航行していたという。

「そこに日本人はいた？」

「いない。フィリピン人は数人いたけど、タンカーを牛耳っていた人を含め、ほとんどは中国人だった」

そして時折、漁船がやってきては荷物を積み込んでいったらしい。

「荷物ってなに？　あなたはなんの仕事をさせられていたの？」

「麻薬……。タンカーは麻薬の工場だったの。荷物の積み下ろしをしていた漁船はいろんな国からだったから、世界中をうろうろしながら売っていたんだと思う」

タンカーは麻薬の製造工場……そして移動販売所？

沙友里は合点する。確かに公海を動き回っていればどの国からの干渉も受けないから、摘発されることもない。

「でもエンジンが故障して動けなくなったから、沈めることにしたの」

「エンジンが故障しただけで？　動く工場として使っているのなら、修理できる人もいたんじゃないの？」

「エンジニアが船を修理に来るはずだったけど、その前にヘリが飛んできて、組織は証拠を隠滅するためにタンカーを沈めることにしたの。もともとそういう仕掛けがあったみたい。私は運良く漁船に乗り移れたけど、まだ友人たちが残っていた。すぐに次の漁船が来ると言われたけど……来なかった。それなのに……」

リューは悲しげなため息をついた。

「漁船には広い倉庫があったのに、麻薬をたくさん積み込むのが先で、人は最後だった。だから助かった人は、たぶん半分くらい。まだ乗り移れるスペースはあったのに」

今度は怒りの表情に変わっていた。

その後、徳之島の港に入り、船と陸路で最終的に埼玉に辿り着いたという。

「そこで仲間と逃げ出した。脱北者とか難民とか、似たような境遇の人たちを助けている団体があって、そこにいたけど……」

「前にも、ここに来たらしいけど、そうなの？」

リューはコクリと頷いた。

「世話をしてくれた人と一緒に来た。でも、団体の事務所が大変なことになっていると連絡が入って、すぐに戻ることになったの」

団体というのは、どうやら難民の保護や難民申請のサポートを行っているＮＰＯ団体のようだ。一緒に逃亡した中国人がネットで見つけ、連絡を取ったらしい。

「でも、みんな連れて行かれた」

「入管に？」

「違う。マフィア。中国の」

リューは間一髪で逃れたものの、行く当てを失ったという。

「奴らがいなくなったあと、警察とかが来たと思うけど、助けを求めなかったの？」

リューは首を振る。

「警察に捕まったら、強制送還されるから？」

しかしリューはまた首を振った。

そこに宗田が戻ってきた。どこから掻き集めたのか、大量の菓子を抱えていた。スナック類もあればどこかの温泉まんじゅうまである。

「リューさん、どうしてここへ？」

「宗田さん……に会いに」

宗田がきょとんとする。

「宗田さんのことを知っていたの？」

沙友里が宗田を指差すと、リューは頷いた。

「組織の人が話してた。タンカーのことを調べている人がいるって。そして、私がいたことを信じてる人だって。だから、テロのこともタンカーのことも信じてもらえるって思った」

訳すと宗田は目を見開いた。

「えっ、な、なんでその組織とやらに俺の情報が？」

「マークされてたんだね。きっと……」

沙友里が言うと、宗田はさらに困惑する。

「そんな内輪の情報がどうして漏れる？　スパイでもいなきゃ、そんなの……って、まさか」

「かもね。でも海保内であなたの変態ぶりは有名だったから、お喋りな奴が飲み屋なんかでうっかり話したのかもしれないけどね」

「へ、変態……？」

宗田が異議を唱えるように怪訝な顔を向ける。

「そのへんはこれから詳しく訊くけど、彼女の保護はどうなるの？」

安心材料があれば、リューも話しやすくなると思った。

「基地長はしばらくここで保護していいって。でもテロ絡みだと、たぶん公安に引き渡すことになるだろうって」

リューは疲れ果てたのか、重力に押し潰されるかのようにテーブルに突っ伏している。

同じ女性なのに、生まれた場所がちょっと違っただけで、ここまで境遇に違いが出るということを目の当たりにして、沙友里はたとえようのない感情に覆われていた。

しかし、と思う。

「なんで長野大臣なんだろ？」

「なんでと言われても」

「だって、個人を狙うって、テロというより暗殺でしょ？」

宗田は両手を挙げる。

「そのへんは吉見さんたちが追っているんじゃないかな？」

それでも沙友里にはどこか違和感があった。

「俺たちが探偵ごっこしても仕方がないよ。その筋のプロに任せるしかない」

宗田の言う通りなのだが、喉に小骨がひっかかるような違和感があり、沙友里はスマートフォンで長野大臣を検索した。ニュース記事のひとつをタップして写真を表示させた。

「長野大臣っていうのは、この人のことよね？」

重そうに頭を持ち上げたリューは写真を一瞥し、首を横に振った。

「顔は知らない」

宗田が沙友里のスマホを奪って記事を見る。

「でも、長野っていう大臣はひとりしかいないだろ？」

「そうなんだけど、なんかしっくりこないのよね。吉見さんはテロとタンカーが関係あるって言ってたけど、タンカーにいたのは中国人だけで日本人はいなかった。ということは、光の住処が直接タンカーを運用していたわけではないのかな……って聞いてる？」

宗田はスマートフォンを覗き込んだまま、眉間に皺を寄せていた。

「もしもーし」

宗田ははっと顔を上げた。まったく別のことを考えていた生徒が教師に突然指名されたときのような顔だった。

どうしたの？　と表情で示して宗田の反応を待った。

「えっと……ちょっと待って……ひょっとして俺らは勘違いをしているかもしれない」

そう言ってスマートフォンを見せた。

東京湾で行われるヨット大会の記事だった。横須賀から伊豆大島まで向かうようで、今朝スタートしたようだ。

なにが言いたいのかしばらく読み進めて息を吞んだ。

えっ、マジか！

［捜査官］吉見拓斗

松井が警視庁に到着したとの知らせを受けると、吉見は地下駐車場に出迎え、関係者が詰める会議室に案内した。

すでに宮城県警に依頼し長野大臣の警備強化を進めており、先ほどこちらからも先発隊が出発した。いまは状況の整理を進めていて、公安部もこのあと出発することになっていた。

宗田からも連絡があり、やはり長野大臣が狙われている旨の情報があった。なんでもタンカーにいた女が宗田を訪ねて来たらしい。どこまで信じていいのかわからなかったが、このタイミングで同じ情報がもたらされるということは裏付けにはなった。

「とんでもないことになったな」

会議室の隅ですっかり冷めたコーヒーを片手に松井が言った。

「まったくです」

緊急事態であり、公安部や警備部が大回転しているが、いまの時点では海保としてできることは少なく、念のため巡視船を仙台港沖に待機させるくらいなものだった。

このあと、光の住処が資金源としていたという密輸の解明が必要になってくるだろうが、いまは警察の全リソースがテロ阻止に向いている。

「ひとつ、気になることが」

吉見は周囲に誰もいないことを確認する。

「山崎さんが言っていたんですが……海保の中にスパイがいるって」

松井は渋い顔をする。

「それは俺も聞いた。内部情報が漏れているのは確かだが、誰なのかはまったくわかってへん」

「今回の一件は、海保側は誰が知っているんでしょうか」

「俺にもわからへん。だからお前と同じ境遇や。誰にも相談できひんていう意味ではな」

「スパイがもし実在するなら、どのレベルに関わっているのでしょうか」

もしスパイがテロの実行に直接関わっているとしたら……。

我ながら怖くなった。

そこに着信があった。宗田だ。

「はい、吉見です。先ほどはどうも。こちらも長野大臣を――」

『すいません！　あれ撤回します！』

は？

「撤回って……どういうことですか」

『狙われているのは長野大臣ではなく、長野元大臣、現大臣の父親のほうかもしれません』

一瞬、思考が停止する。

なにを言っているんだ？

「ちょ、ちょっと待ってください。いま松井さんといるのでスピーカーにしてもいいですか」

そう言いながら松井に頷いてみせると、使われていない隣の小会議室に入る。

『こちらは、私と手嶋、それからリューさんが一緒にいます』

「リューさん？　あ、タンカーの？」

『そうです』

リューという女性についてはいろいろ訊きたいことがあったが、まずはテロのことが優先だ。

「元大臣というのは、長野栄治《えいじ》さんのことですか？　もう政界は引退していますよね？」

『そうなんですが、気になる記事を見つけたんです』

おそらく、あえて落ち着いた声で話していた宗田に耐えきれなかったのか、手嶋が被せてきた。

『そもそもは光の住処じゃなくて、中国マフィアなんです！』

松井はマイクに顔を寄せる。

「落ち着いて、ひとつずついきましょう」

荒れるクラスをまとめる教師のようだった。

「まず気になる記事というのはなんですか？」

「いま吉見さん宛にリンクを送りました」

受信したリンクをクリックして松井と覗き込む。スマートフォンなのでふたりで見るには小さな画面だった。

「ヨット……大会？」

『ええ、長野元大臣はヨットが趣味で、今日の大会も会長を務めている葉山のマリン倶楽部が主催だそうです』

ここから沙友里に代わる。

『競技と言うよりは伊豆大島までのツーリングという意味合いが強いようです。事務局に確認したところ、参加ヨットは二四艇、そこにサポート用のモーターボートが数艇です』

「なるほど。それで、どうして元大臣がテロの標的だと？」

『わかりません。その理由を探っていただけないかと』

吉見は松井と顔を見合わせ、小さく首を横に振った。

「どういうことですか。いまは捜査現場を混乱させるようなことを言うときではありません」

『すいません、そんなつもりはないんです。ただ、可能性について検討していただけないかと』

吉見は田所の言葉を思い起こした。

――ながの……だいじん。

いまテロを阻止すべく公安が動いている根拠は、田所が言った〝ながのだいじん〟という言葉だけだ。なぜ狙うのか、その背景を理解した上でのことではない。

ふたりの長野大臣……。

松井も、その可能性を無下《むげ》にはできないようだ。

「宗田さん、リューさんという方はなにか仰っていますか」

『いえ。〝長野〟〝大臣〟というのは、言葉を聞いただけで写真は見ていないそうなので、どちらがターゲットなのかはわかりません。ただ、ヨットはすでに出帆しています。背景はあとで探すとして、まずは巡視船を向かわせて保護しましょう』

確かに安全策ではある。だが、そうなると公安との連携はどうなる？

松井と頷き合った。

「こちらで確認して折り返します」

『急いでください。早くしないと巡視船が追いつくまでに時間がかかります』

巡視船の速度は三〇ノット前後であるのに対し、ヨットはクラスにもよるが、五から一〇ノットだ。しかし一度風を受ければ二〇ノット以上で海上を滑走することもある。いくら巡視船のほうが速いとはいえ、到達までには時間がかかるだろう。

「わかっています。しばらく待機してください」

電話を一旦切って、渋い顔の松井を見やる。

「どう思われますか」

「一理あると思う。元大臣のほうは無防備だからな」

「そうですね。ただ巡視船に出動要請を出すとなると、多くの人間に知られます。おそらくスパイにも……。公安は喜ばないでしょうね」

「ああ、そうだな。とりあえず、話すか」

松井と共に会議室に戻った。山崎は携帯電話を片手に忙《せわ》しなく動き回っていた。自身が叫んでいるからか、それとも周囲が騒然とした雰囲気だからなのか、声をかけても気付かなかったため、松井が肩を叩いた。振り返った山崎の顔は鬼の形相だった。

吉見は思わず怯《ひる》んでしまったが、松井は小声であってもしっかりと伝わるような低い声で話した。

「お話があります。テロについて極めて重要な情報です」

山崎は、自分の「モード」を切り替えるかのように目頭をつまんだ。

「伺います」

冷静な声に戻っていた。

「狙われる長野大臣というのは、現職ではなく、その父親である可能性もあります」

それからウェブページを見せながら説明したが、顔色は変わらなかった。

「お話はわかりました。しかし、その情報だけで、現大臣の警備を割《さ》くわけにはいきません」

説得するような口調だった。すでに、やるべきことは決まっているのだと。

「それに理屈が合わない。もし、元大臣のほうがターゲットで、ヨット大会中に襲われるとする。しかし、被害は限定的だ。どんなに大きな爆発物を使ったとしても、周りは海だ。最大に見積もっても、大会参加者以上の犠牲者は出ない」

吉見の理解を確かめるように、しばらく目を覗き込んでから続けた。

「それに対して長野現大臣の場合、場所とタイミングによっては、考えられる被害は甚大になる」

海でのテロと違い街中であれば、一般市民、来賓、ビルなどの建造物や、鉄道や道路などインフラにまで被害が及ぶ可能性がある。

「さらに、現職の大臣にはＳＰの警備などがつけられるが、元大臣にはない。つまり、暗殺したいのなら、他に機会はいくらでもある。ドローンなど使わずともナイフ一本で済むだろう。いや、それすら必要ないかもしれない」

確かにその通りではあった。

「テロ行為がなんらかの主義主張を通すものなのであれば、社会に対してより大きなインパクトを残すほうをターゲットとするのが自然じゃないのか」

反論できないでいると、松井が説得するような口調で言った。

「では海のことは我々で対応させてください。第三管区から巡視船を派遣して警戒に当たります。伊豆大島に上陸したあとを狙っている可能性も否定できませんが、そちらはＳＳＴで対応します」

関空から伊豆大島空港まで固定翼機を飛ばせば一時間で到着できる。ヨットの入港予定は午後三時だったから、いまなら間に合う。

「いけません」

山崎の冷たい声に期待を封じられた。

「テロ対策の動きが伝わります。そうなればテロ犯が現れない。海保内にスパイがいるのを忘れましたか」

「スパイはともかく、いまはテロが起きないならいいじゃないですか」

吉見は思わずそう言った。

「君は我々といてなにも学んでいないのか？」

山崎は部下から差し出された書類に目を通しながら、そのついでのように言った。

「ここで騒ぎたてれば、確かに奴らは今日のテロについては諦めるかもしれない。だが、作られた武器は必ず使われる。そして次に起きるときは情報がなく、無防備だ。被害は甚大になるだろう」

「ちなみに光の住処のガサ入れはどうなりました？」

「踏み込んだものの、実行犯とおぼしき人物も兵器もない。すでにどこかで準備をはじめているのだろうが、誰も口を割らない」

その情報が書いてあるのか、手にした書類を吉見の鼻先に突き付けた。

吉見には光明があった。

「それでも、田所の証言で切り崩せます」

田所の身柄は警察にある。奴らにとって、最も脅威のはずだ。

だが山崎はこともなげに言った。

「ああ、死んだよ。彼」

吉見は足元がぐらつくような感覚だった。

「そんな……必ず救うと約束したのに……」

「君がね。我々はしていない」

怒りを通り越した感情が吉見を覆った。悲しみでも恐怖でもない。不安だった。

この先も、誰かを犠牲にしなければこの国は守れないのか！

拳を強く握り、伸びかけた爪が手のひらに食い込んだ。

そこにまた宗田から着信があった。出るに出られず無視していたが、松井に促されて通話ボタンを押した。

『飛びます』

宗田は、いきなりそう言った。

「え、どういうことですか？」

『すぐに返電がないということは揉めているからかな、と思いまして』

吉見はふたりからやや距離を取った。

『我々が巡視船を出すとなればテロ情報の開示は必須ですが、公安が海保内にスパイがいると疑っているのなら、許可は簡単には下りないのではと』

宗田の状況判断能力の高さに驚いた。

「正直、そんな状況です」

『やっぱり。先日、基地長に話したいと言ったときも、吉見さんはずいぶんと慎重になっていましたよね。たったひとり、同じ海保の幹部であっても、許可が出るまでかなり時間がかかっていたのは、おそらく公安側が神経質になっているのかなと』

「それは否定できません」

『ちなみに、もしはじめから元大臣がターゲットだとわかっていたら公安はどう動いたでしょう？　まさか海で起こるなら巻き添えは少なくて済むなんて？』

ないとはいえないな、と冷淡な山崎の顔をうかがう。

「おそらく少数精鋭で対応するでしょう。海は見晴らしがいいし、接近するものがあればすぐにわかるので。それに、いま言われた通り、万一テロが発生しても被害は小さい。陸と海、どちらにも対処しなければならないとしたら、陸のほうに人員を割くでしょうね」

『ですよね。それはそれで理解できます。そこで、我々も事情を知る者だけで対応しようと思います。クルーのうち何名かには説明する必要がありますが、間違いのない人物を選びます。その許可をください』

「ちょっとお待ちください」

山崎と松井がこちらを見た。なにか言いたいことでもあるのかという目だったが、吉見はなにも訊かず、再び携帯電話を耳に付ける。

「お任せします」

吉見のささやかな抵抗だった。最善はなにかを考え、決断する。ただし、責任は負う。

『ありがとうございます、さっそく準備を――』

「待ってください、条件があります。私も行きます。すぐに向かいますのでそれまで待機してください。準備は進めていただいて構いません」

それだけ言って時計を見る。羽田までどのくらいかかるだろう。

「どうかしたのか?」

松井が訊いて、吉見はいまの話をした。

「はあ!　なに勝手なことをしてくれてんだよ!」

やはり山崎は不愉快そうに顔を歪ませると、保護者に説明を求めるような目で松井を見た。

吉見は宣言をするように、はっきりと言った。

「バックアップです。確証がないからといって、なにもしないわけにはいきません。海は広い。だから事前に備える必要があります。そして、我々は海のプロフェッショナルです」

松井は吉見に頷くと、山崎に向き直った。

「私からもお願いします。私は情報共有のためにここに残りますので」

山崎は松井と吉見を交互に睨んでいたが、やがて大きなため息をついてみせた。

「わかったよ、まったく。でも大袈裟に動かさんでくださいよ」

それを聞いて吉見と松井は退室しようと背中を向けたが、すぐに呼び止められた。

「吉見、地下の駐車場に行け。パトカーを回しておく」

「ありがとうございます」

走り出そうとするが、また呼び止められた。

「ドローンだ。どこから来るかわからん。気を抜くなよ」

「了解です」

山崎はほんの少し顎を引いて見せると、また捜査員の輪の中に戻っていった。廊下に飛び出すと、今度は襟首を摑まれた。

「ちょっと、待たんかい」

松井はそのまま隣室に入ると、腰に手を回した。

「これを持っていけ」

拳銃だった。海保正式のシグ・ザウエルP228。松井はスライドを少しだけ後退させて薬室内に銃弾が装塡されていないことを目視すると、安全装置を確認したのちに手渡してきた。触れるのは一年前の射撃訓練以来だ。

「始末書は山ほど書かなきゃならんが、お前の命が第一だ」

吉見は決意を込めて頷くと、それを腰に回す。

「気をつけろ」

松井は吉見の肩を叩いて送り出した。痛いくらいに、力が入っていた。

11

［パイロット］宗田眞人

宗田が基地長室に飛び込むと、志村は暴れ馬を押し留めるように両手を突き出した。

「いやいやいや、その顔！　もう、絶対ロクなことじゃないよね！」

開口一番に言われた。

「テロを防ぐためです！」

「陸のことは公安に任せておけよ」

「海なんですよ！」

宗田は事態を要約して伝えた。

「ヘリなら一〇分で現場に着けます。情報漏洩を防ぐため、少数で向かいます」

「少数って、誰だ？」

「私と、十一管の手嶋さん。あとは吉見さんがいまこちらに向かっています。整備士とコパイには事情説明が必要ですが、この五名で向かいます」

「もしテロ犯がいるなら、ドローンで攻撃してくるんだろ？　ヘリなんかで行ってなにができるんだ」

「その場で対応します」

「しかし、そもそもヘリがないだろ。二機のうち一機は救難要請に備えて待機だし、もう一機は整備中だろ」

「ありますよ」

ひょっこり顔を出してきたのは富所だった。

「〈あきつしま〉から預かってるやつですが。そっちの整備は終わっているので、試験飛行ってことで、いかがでしょ」

志村は頭を抱えた。そしてなにかに気付いたようにハッと顔を上げると、基地長室から飛び出し、またすぐ戻ってきて、今度は自席の背後にある窓から外を覗いた。

「いかがでしょ、って言われたヘリが、すでにエプロンに移動しているとはどういうことだ？」

羽田航空基地は、格納庫の目の前から飛び立つことはできない。エプロンと呼ばれる空港内の待機所まで牽引する必要があるが、それがいつでも飛び立てるといわんばかりにスタンバイしていた。

富所が頭を掻いた。

「どのみちエンジンの始動テストをする予定になっていましたんで」

志村は苦虫を嚙み潰したような顔で、したり顔の富所と宗田を交互に見た。

「で、テロの脅威はどの程度なんだ」

そのとき、パトカーのサイレンがみるみる近づいて来るのがわかった。

「それは専門家に訊いてみましょう」

それから一分もしないうちにサイレンは目の前で止まり、二〇秒後には吉見が飛び込んできた。

「お待ちしてました。状況を教えていただいてもよろしいでしょうか」

吉見は弾んだ息遣いを深呼吸二回で抑え込んだ。

「元大臣が狙われているという確証はまだありません。社会に与える影響力から、公安部は長野現大臣が狙われているとの考えを崩さず、警備力をこちらに振り分けるつもりはありません」

志村が、ほらみろ、と視線を宗田に向けた。それを吉見が引き戻す。

「ですが、海で起こる脅威に対応できるのは、もともと我々しかいません。そして、それは手遅れになりつつある」

「しかし、確証はないんだろ？　行っても無駄に――」

「無駄ならいいじゃないですか」

宗田は、思わず口にしていた。吉見も付け加える。

「確証については、いま松井さんが調べてくれています。いま避けなければならないのは、必要だとわかったときに、我々がそこにいないということです」

志村は一〇秒ほど机に突っ伏し、上目遣いに訊いた。

「使用される武器というのは」

「未確認ですが、レーザー誘導のドローンだと思われます」

「ひとりを暗殺するのに？　そこまで仰々しいことを？」

「具体的な計画はわかりません。わかっているのは、このままだとどちらかの長野大臣は殺害されるということです」

あのさあ、と志村は困り果てた顔になる。

「巡視船でヨットを取り囲んで、手っ取り早く元大臣を保護するってことはできんのか」

「公安が懸念する情報漏洩の危険がある上に、そもそも到着までに時間がかかります。いまこの瞬間にも誘導用のレーザーが元大臣のヨットに照射されているかもしれません」

沙友里が口を挟む。

「そしたら、あとはボタンひとつで爆弾を抱えたドローンが一直線に……」

それ以上は言わなかったが、両手を、爆発をイメージさせるように丸く動かして見せた。

「なんで俺なんだよ……」

再び突っ伏した志村に、宗田はテーブルに手を付き、前屈みになる。

「私が勝手にやったことにしてください。怪しげな言動は、もう有名ですから」

志村は苛立たしげにテーブルを叩くと、半ばヤケクソ気味で言う。

「あくまでも試験飛行だ、いいな。しかし巡視船を向かわせるにはそれ相当の理由が必要だ。打診はしておくから、なにかあればすぐに連絡しろ。それでいいな」

「はい、ありがとうございます」

「まったく。定年まで平穏に過ごしたかったのに、こんなことで汚点を残すとは」

「お言葉ですが、これは栄誉です」

宗田の不敵な笑みに、志村はふんと鼻をならす。

「早く行け！」


富所が離陸準備をしているあいだ、宗田は事務所に飛び込み、稲葉を呼んだ。

「これから飛べるか？」

「シフトは僕じゃないですけど……まぁ大丈夫っす。なんかあったんすか？」

宗田は稲葉を柱の陰に連れこむと、口元を手のひらで隠す。

「テロを防ぐ」

稲葉は、上司のくだらないジョークに付き合わされたサラリーマンのように引き攣り気味に笑った。

「それはいいですね、かっこいい……」

宗田が無言で頷くと、笑みがしゅっと引っ込んだ。

「え、ええーっ！　マジっすか！」

「ああ、マジだ。なにが起こるかわからない。危険な目に遭うかもしれないから、嫌だったら無理せず断ってもらっていい」

「な、なんで僕なんですか。まさかコパイの中で僕だけ彼女がいないからですか」

「そんなことあるわけないだろ。一番、肝っ玉が据わってるし、腕もいいからだ」

「でも、宗田さんと僕では好みも考え方も真逆ですよ。コンビとしてはどうなんですかね」

「だからかな」

「なんでです？」

「今回は予想不能な状況で、現場で判断しなければならないことが多い。だから自分にはない目を持つ君の力を借りたい」

稲葉はお菓子を取り上げられた子供のように理不尽さにまみれた表情をしたが、やがては呑み込んだ。

「僕の時間感覚の誤差は一二秒ありますよ」

「上出来だ」

「わかりました……。いつ飛びますか？」

「これからだ。準備して、すぐに降りてきてくれ」

そして〈あきたか〉が待つエプロンへ走った。すでに、吉見と沙友里が乗り込むところだった。

「それは？」

吉見が積み込んでいたのは、アルミフレームの軽量担架やハーネスなどの救難器具だった。

「ここに来る途中に特救隊に寄って、借りてきました。なにがあるかわからないので」

全国の潜水士の中でも特に選ばれた精鋭たちが特殊救難隊であり、その唯一の拠点がこの羽田航空基地に置かれている。

富所が声をかけた。

「いつでも行けるぞ」

「了解です、ありがとうございます」

機体を回りながら各部の確認をしていると、小走りに稲葉がやってきた。

「宗田さんと絡むようになってから、僕の運はとっくに尽きていますからね」

軽口を言うと、並んでプリフライトチェックを続けた。

飛行前点検とも呼ばれ、どんなに整備し尽くされた機体であっても、最終的な確認はパイロットが行うことになっている。

各部にガタつきはないか、センサー類に異物が付着していないか。気《せ》は急くが、ひとつひとつ丹念に確認していった。

それから左右に分かれてそれぞれの操縦席についた。

「はい、行くよー」

緊急事態ではあるが、宗田はそれを声に出さないように心がけた。焦りがクルーに伝われば、普段は見逃すはずのないなにかを、見逃してしまうかもしれない。

あらゆるリスクを抑え込むには、普段通りに物事を進め、各自が持てる力を余すことなく発揮できる環境を用意してやらなくてはならない。

そんな、機長として当たり前のことができていたかと自分に問うと疑問符がつく。他の誰でもない、自分が自分をけしかけていたのだ。

叫んだところで状況が良くなるわけでもないし、自分やチームの限界値が上昇するわけでもない。

我々は、それぞれが、できる範囲のことを確実に行うことが求められており、誰かが限界を超えてしまえば事故が起こる。機長の言動がそうさせてしまってはならない。

助けられない命を目の前にすると、自分の存在意義を見失ってしまう。しかし、命は繋がりである。クルーやその家族、そしてそれぞれの未来まで命は繋がっている。

それを蔑ろにして飛んでいたのかと思うと、申し訳なかった。

「機長？」

稲葉がチェックリスト片手に首をかしげていた。宗田は小さく頷いた。

「フォワード・スナップ・ワイヤード、ノーマル。グランデッド・チェック」

宗田がチェック項目を発しながら天井部分にびっしり埋まったスイッチ類に指を伸ばす。稲葉は当該部分を指差しで確認し、スイッチやレバーに触れて間違いがないかを触覚でも確認する。

――AC／DCモニターズ、チェック
――ファイヤー・エクスティングシャー、チェック
――ミッションセレクターズ・アンチアイス、オフ
――MGBシステム、チェック
――エンジンコントロールスイッチ、ストップポジション
――バックアップスイッチ、ガーデッド
――フューエルシャットオフレバー、フォワードスナップワイヤード、チェック

エンジンを始動するまでに四〇項目ほどの確認事項があり、一五分前後かかる。しかし省略してもよい項目はひとつもない。

そこから淡々とステップが進み、その度にコンソール各部のライトが灯《とも》っていき、眠っていた機体が目を覚ましはじめる。

富所が操縦席に顔を突っ込んでくると、ふたりのパイロットと共に計器類を確認していく。システムに異常がないか目を光らせるのは整備士の重要な役割だ。

「こいつは第二からスタートだ」

スーパーピューマにはエンジンが二基搭載されているが、それぞれの総運転時間が同じになるように、エンジンを始動させる際は交互にその順番を変えている。

正面に立つ整備士に、左手を回して見せて、第二エンジンを始動する旨を伝える。整備士は周辺に人がいないことを確認し、OKのサインを出した。

宗田はそれを確認し、エンジンスタートボタンを押し込む。タービンが回りはじめ、その音はオペラ歌手のように連続的に甲高く、やがては高周波の域まで駆け上がる。続いて燃料が噴射され今度はゴーッという太く力強い排気音が加わる。

ゆっくりと五枚のメインローターが回り出す。

さらにエンジン始動後のチェックリストを読み上げ、第一エンジンを始動。ふたつのタービン音は共鳴し、さらに重厚なものになっていく。七トンの機体を持ち上げるローターの回転はその力を受けて屈強さを増していった。

離陸準備が整い、稲葉が羽田管制塔に離陸許可を求める。

「タワー、ジャパンコーストガード、ジュリエットアルファ、シックス、ナイナー、ゼロ、アルファ、リクエストテイクオフ、トゥー、サウス」

羽田管制塔からの離陸許可はすぐに下りた。

「丸子橋から三浦半島を南下する」

「ラジャー、GPSセット、離陸オーケーです」

宗田は左手でコレクティブピッチレバーをゆっくりと引き上げ、巨体を二メートルほど浮上させた。

そしてひと呼吸おいて、〈あきたか〉は空に舞い上がった。

［通信士］手嶋沙友里

パイロットたちが離陸準備をするためのやりとりは一〇〇回以上続いた。淀むことなくスムーズで〝人が飛ぶ〟ための呪文を唱えているようでもあった。意味は沙友里には理解できないものだったが、その行為がこの複雑なシステムの上に成り立っていることが安心感をもたらした。

羽田を離陸した〈あきたか〉は一旦、多摩川に沿って五キロほど北上し、丸子橋で横浜方面に転針する。羽田空港の特別管制区域を避けるためだと富所が説明してくれた。

横浜の街が見えるようになると、遠くには江の島、鎌倉の海岸が見えた。三浦半島の先端もすでに見えている。

「やっぱ、はえーなー」

思わず口をついて出ると、富所が笑う。

「沙友里ちゃんは、素直だねー」

「あ、すいません、父の居酒屋を手伝ってきたので、おっさん口調が出るのかもしれません」

「そうか、なんか話しやすいなと思ってたら、そういうことか」

沙友里は宗田の後ろの席に座っているため、彼の姿は見えないが、姉もこうやって宗田の操縦するヘリに乗っていたのだなと、ふと思った。

どんな気持ちだったのだろうかと考えていると、見えた、と宗田の声がヘッドセットに響いた。シートから腰を少し浮かせて前方を見やる。白い帆が遠くの海上に点々と散っているのが見えた。

しかし、あっという間に接近すると、今度は操縦席の窓からは空しか見えなくなった。減速するために機首を上げたためだ。

再び機体が水平に戻り、海面が見えたときにはヨットの連なりが眼前にあり、そして想像よりも範囲が広いことがわかった。

陽光を白く反射させる帆が縦横方向に五〇〇メートルほどの範囲に散らばっていた。ゴールは同じでも、風向きや船の特性によって最適なコースの取り方が異なるためだ。そこが腕の見せ所ということなのだが、警戒する側にとっては範囲が広大だ。

「まず、元大臣のヨットを探そう。特徴はわかりますか?」

宗田の声に沙友里は首を横に振ったが、どうやら後部座席にいる吉見に訊いたようだ。

振り返ると吉見がスマートフォンを覗き込みながら答えた。

「フィオナ社製ドルフィン、四〇フィートで、白い船体に赤いライン。乗員は三名」

沙友里も窓を覗き込むが、どれも同じように見える。

「あれかな?」

富所が小さく指を差した。

「一一時、二艇並んだ前側」

ヘリはすーっと移動する。赤いラインがはっきりと見えた。

「同型が他にもあるかもしれません。カメラで確認できますか」

宗田が言うと、富所が、ちょっといい？ と沙友里が座っている通信席を指差した。

航空機の通信士はカメラ操作を兼任しているが、沙友里には経験がなかった。

「なーに、ゲーム機みたいなものだよ」

富所は席を替わると、肩越しに覗き込む沙友里に言った。

機首カメラを操作し、デッキ上にズームインする。

その人物は帽子を深く被っていたために、はじめはその表情をうかがうことは難しかったが、こちらに気付き、得意気な笑みを向けた。

「間違いない、長野元大臣だ」

富所が宗田に伝えた。

「了解です。周辺の船舶の数は確認できますか」

レーダーと目視で数えると、二五隻、範囲を広げてモーターボートまで入れると三〇隻以上あった。

「サポートのボートは三隻じゃなかったのか」

富所が言い、沙友里は苦笑する。

「たぶん、参加者の友人などが同行しているんでしょうね」

それらのボートは、速度的には速いはずなのに、一定の距離を保って追従している。またボートの種類も様々で、トローリング船もあれば、長く尖った船体の上面をちょこっとくり抜いたような操舵席を持つ高速艇もあった。

右手を見ると、いままであった三浦半島が見えなくなっていた。東京湾を出たのだ。

そこでふと疑問に思った。

沙友里は吉見に向き直る。

「あの……ドローンで攻撃するんでしたっけ？」

「ええ、内通者の話ではそのはずです」

「それって、どこからコントロールするんです？」

すでに陸からは離れている。そのドローンがどの程度の距離から通信が可能なのかはわからないが、比較的近距離のはずだ。

宗田も言う。

「僕もそれを考えていました。ここから先は伊豆大島まで陸地はありません。コース取りによっては伊豆半島に接近するかもしれませんけど、テロの計画を立てるなら風向きに左右されるような要素はなるべく排除すると思います。つまり……」

富所が渋い顔をする。

「じゃあこの船団のどこかに犯人が？」

「たぶん、そうじゃないでしょうか」

吉見が後ろから身を乗りだしてきた。

「情報では、レーザー誘導のドローンということでしたから、どこかにレーザーを照射する機器を積んだ船があると思われます」

沙友里は洋上の船を見やりながら訊いた。

「それって、どんな感じのものなんでしょう？　見つけやすい特徴があればいいのですが」

「それが、詳細はわからないんです。内通者は小型の装置を開発させられていただけで全体像は不明です」

「レーザー誘導装置って、どのくらいで小型と言われるんでしょうね……」

沙友里が言って、皆は唸ってしまう。

「とりあえず、ヨットの装備に似つかわしくないものを載せていないかどうかを見ていったほうがいいかもしれませんね」

富所が沙友里にモニターを見ろと言う。

「これからここにいるヨットやボートを拡大していくから、なにか気になることがあったら言ってくれ。この中じゃ、お嬢ちゃんが船に一番詳しいと思うから」

富所はカメラを操作して、船をひとつひとつ映し出していく。

だが、特に怪し気な装置を搭載したものは見当たらない。

「富さん、これは結構キッツイです。せめて大きさとか、かたちとか、なにか手がかりがあればいいんですけど。みんな楽しそうでテロを企てているような感じに見えないですし」

「そうだよなぁ」

富所も同感だったようだ。

「吉見さんよお、しっかし、こんな揺れる状況で、レーザーなんて当てられるのかね」

「確かにそうですね」

吉見が考え込みながら言った。

「レーザー誘導装置自体は既存の技術なのですが、小型で揺れても対象をロックし続けるにはなんらかの工夫が必要になってくるはずです。常に水平を保つジャイロのような別の装置と組み合わせているかもしれません」

「でもなー、それっぽいのはないんだ」

それでも機体が向きを変えれば富所はカメラを操作し、確認済みの船であっても別のアングルから精査していく。

「だいたいさ、なんでこのタイミングなんだ？　襲うチャンスなら他にいくらでもあるだろ。大臣だって現職じゃないならSPも付いていないんだし」

沙友里は窓の外に視線を戻した。

わざわざ海で狙う必要性……。

確かに、この状況で襲ったとしても、船同士の間隔は離れているので、巻き添えは最小限で済むだろう。

多くの人を巻き込むことが目的のテロでないのなら、街中でもどこでも狙えばいい。

ふと水平線に視線を転じると、一機のヘリが接近してくるのが見えた。民間機だが、機体の底部にドーム状に膨らんでいるところがあり、そこには高解像度カメラが収められている。テレビ局のヘリだ。

宗田が無線で呼びかける。

「こちらは海上保安庁〈あきたか〉。こちらが見えますか」

『こちらは共日新聞ヘリです。目視しました。ヨットレースの撮影のため接近します。撮影は一〇分ほどの予定です』

「了解しました。当機はそちらの右舷上方に移動します。針路変更する際は適時確認し、目視できないときは声をかけてください」

『了解しました』

宗田はするりと高度を上げ、操縦を稲葉に任せると後ろを振り返った。

そういえばヘルメット姿の宗田を見たのははじめてだった。その顔は、まるで日常会話をしているようで、焦りはまるで感じられなかった。

「吉見さん、伊豆大島到着後の警備はどうなっていますか？」

「関空からＳＳＴが向かっています。あと一時間ほどで到着する予定です」

テロ犯は伊豆大島で待ち構えている……その可能性もあるのか。

沙友里は納得しかけたが、ヨットの群れを眼下に見ながらやはり思う。狙うのは洋上だ。そこに意味がある気がする、根拠はないけど。

「お嬢ちゃん、どうした？」

富所が思案顔の沙友里を覗き込んだ。

「なんというか、ドローンを使うなら、陸上でもいいはずなのに、どうしてわざわざこのタイミングで狙うんでしょうか。見ての通りここには関係者しかいませんので、紛れ込んでいても足がつきます。それに台湾坊主があるのでこの先、海は荒れるはずです」

「台湾坊主？」

「ええ、冬に台湾の北側で発生する低気圧です。天気図上で坊主のように見えるのでそう呼ばれています」

この海域の風はまだ強くはないが気温はすでに本日の最高気温一〇度に達しており、今後は下がる一方だ。そして海面は、場所により強風を受けて白波が立ちはじめている。

「ドローン攻撃ならもっと適した天候のタイミングがありそうなのに」

「そうなんだけどよ、テロ犯に辻褄《つじつま》を求めても仕方がないのかもしれんよ」

「まぁ、そうですよねえ……」

窓から覗くと、ヘリはヨットの集団から三〇〇メートルほどの距離を取っており、斜め四五度下方に新聞社の取材ヘリが見える。彼らも元大臣を確認したのだろう。ヨットのほぼ真横に位置している。富所がカメラでズームさせると、得意げに操舵輪を操作している元大臣が、手を振っているのがわかった。

寒いとはいえ天候は晴れ。風はやや強いが、追い風を受けるヨット上では、そよ風くらいにしか感じられないかもしれない。

うねりは規則的で丸みを帯びている。波高は一メートルほど。九段階ある〝うねり階級表〟ではせいぜい二～三だろう。

尖ったヨットの船首が滑らかな水面を鋭利なナイフで切り裂くように進む様は、見ていて気持ちがいいものだった。

しかし、突如として沙友里の背中を氷が駆け下りたような感覚が襲った。

なんだろう、と考える。

報道ヘリ……。

「ひょっとしてこのタイミングを待っていたんじゃ……」

インカムでその声を聞いた全員が息を呑んだように思えた。

振り向いた宗田が眉をひそめたのが、ヘルメットからギリギリ見えた。

「沙友里さん、このタイミングって……まさにいま？　あの取材ヘリが犯人だと？」

「違います」

沙友里は考えを口にする前に自問した。

「その瞬間を見せるために、じゃないかな」

「その瞬間……？」

「そう。アピールのため。つまり世間に目撃させるため」

［捜査官］吉見拓斗

吉見は心臓を鷲掴みにされた気がした。いまは乱れた鼓動を整えようと、意識的に深呼吸をしている。

――世間に目撃させるため。

沙友里の言葉を聞いてある光景がフラッシュバックした。

桜新町の冷たいアスファルトの上に横たわった田所の血だらけの顔だ。

『でも……ん……』

最後に言いかけたその言葉はずっと心のどこかにひっかかっていた。

あれはしかしの意味ではなくデモ――つまり〝デモンストレーション〟ということを伝えたかったのではないか……。

そこに、司令室から無線連絡が入った。松井だった。

『元大臣が狙われる理由として、ひとつ可能性がある』

吉見はヘッドセットを両手で押しつけた。

『二年前に行われた総選挙の記事があった。伝大宙は与党に対して献金を行ってきた。これ自体は合法だが、その信者らの票を、どの候補者に割り振るかを仕切ったのが長野元大臣だと報じたものだ』

繋がった！

機内の空気が、ピンと張り詰めたような気がした。

結局、真相についてはわからずじまいで続報はなかったが、それ自体、伝大宙の圧力かもしれない。

そして、光の住処が、政教分離の曖昧さについて怒りを抱いていても不思議ではない。

宗田は位置取りを変えながら、不穏な動きを見せる船舶がないかを確認するように指示を出した。富所や沙友里は双眼鏡を手に監視をはじめたが、吉見の脳はフル回転していて他にはなにも考えられなくなっていた。

はじめから心の底に抱いていた違和感。

ドローンは言ってみれば手垢のついた技術だ。わざわざ田所や他にもいるという技術者を軟禁してまで開発させていたのはなぜだ。

レーザー誘導？

そもそもなぜその必要がある？　狙った場所に誘導するならドローンカメラを見ながら操作すればいいし、自動操縦もできるはずだ。

眼下を覗き込む。ヨットが残す白い軌跡を見ていて、様々な事柄が繋がりはじめた。

ドローン、テロを目撃させる、デモンストレーション……。

「特に飛行物体は確認できませんね」

周辺空域を監視していた稲葉が言った。

「ドローンを積んだ怪しげな船も見えんな」

富所に続いて沙友里も同じ報告をする。

その瞬間、吉見の脳は電気ショックのような衝撃を受けた。マイクを口元に寄せて叫んだ。

「ドローンは空じゃない！　水中です！」

沙友里が眉をひそめた。

「水中？」

「密集したなかでも狙った対象を的確に攻撃するためにはカメラ映像による操縦は不向きです。水中ではどの船も同じに見えるからです」

それだったら辻褄が合う。

「船上からレーザーを照射した船舶を水中から的確に攻撃する。そのデモンストレーションです。このテロの最終的な目的は技術を世界中のテロリストにアピールすることです」

宗田は絶えず周囲を確認しながら、合点したかのように何度も頷いていた。

「たとえば世界のＶＩＰらはクルーザーでバケーションを過ごすことが多いですが、空中ドローンによる攻撃については様々な防御技術が開発されています。しかし水中となれば、ほぼ皆無です」

富所も額を押さえながら言う。

「そうか、港に停泊しているのであれば、あらかじめこっそり潜水して船底に爆弾を取り付けることも可能だろうが、元大臣みたいにヨットを陸上げ保管するマリーナであれば事前に仕込むことができないから……。しかし、そこまでするほどの需要はあるのか？　その気になれば船内のどこかに仕込むこともできそうだが」

それは一理あった。わざわざドローンを使わなくても、他に手はあるだろう。

しかし、逆説的に考えると、わざわざドローンを使う理由はひとつしかない。

「日本の尺度で考えてはいけないのかもしれません。奴らは世界にアピールしようとしている。海外の富豪のクルーザーのセキュリティは非常に高度です。近づくことすら困難でしょう」

中南米の麻薬ビジネスの争いは、日本の暴力団とは根本的に違い、むしろ戦争に近い。また、世界各地で続く紛争において、民生用ドローンが兵器に転用されるケースもある。視野を世界に向ければ、水中ドローンが魅力的な商品に映る者がいるのかもしれない。

双眼鏡を凝視していた沙友里が叫んだ。

「宗田さん！　後ろ！　パワーボート！」

なんのことかと思ったが、宗田は訊き返すことなく再び操縦桿を握り直すと、ヘリを旋回させた。様々な感情を綯い交ぜにしたヘリは、それとは裏腹にスムーズに回り込み、速く走るためだけに設計されたボートの上空一五〇メートルに付けた。

「アパッチ41です」

それは全長一二メートルの屋根のないオープンタイプの船で、五人乗りのキャビンが中ほどにある。この大きさでこの定員は少なすぎるのだが、それだけスピードを追求しているということだ。

「詳しいんですか?」

吉見が訊くと、沙友里は首を横に振った。

「メジャーなやつだけです。これは一度だけ那覇のイベントで見たことがあります。エンジンを二基積んでいて、合計で一七〇〇馬力くらいあります。フルスピードで逃げられたらやっかいです。時速で一三〇キロくらいは出るので巡視艇を含めても、海保はこれより速い船は持っていません」

当然、ヘリなら追いつけるがその小回りとスピードを生かされると、確かにやっかいだ。

ボートには二名の乗員が見えた。操船席に座る男はデッキに取り付けられたビデオカメラのようなものを操作していた。

間違いない、あれだ。

「レーザー誘導装置です!」

それは特殊な台座に載せられており、船の揺れを吸収するものだろうと思われた。つまり、波が高くても常に水平を保ち、レーザーを一点に留まらせることができる。

さらにもうひとりの男が後部座席にいて、黒くて長い、おそらく一・五メートルほどの長さの円筒形の物体を抱えていた。

吉見は直感する。

「あの黒いやつが水中ドローンです」

富所が呆れたような声を上げた。

「あんなの、もはや魚雷じゃねーかよ！　あれを水中に入れられる前になんとかしねえと！」

かつて、海上自衛隊の97式魚雷の展示を見たことがあったが、そのままスケールダウンしたかのようなシルエットだった。この状況で、どこか好戦的なかたちをした水中ドローン。あれが魚雷ではないと判断するだけの材料はなかった。

「吉見さん、どうすればいいですか」

宗田の声が耳に入る。場違いに思えるほど冷静な声だった。

ボート上のふたりの容疑者は、海保のヘリにいつの間にか背後に回り込まれていることに気付いて慌てはじめた。だが中止するつもりはないようだ。すぐに手を打たねば。

「私を降ろしてください！」

ホイストマンでもある富所は戸惑いを隠せず、宗田をうかがう。

「奴らの準備が整う前に！」

テロ犯たちは準備のためか、しきりに機器をいじっていた。

「吉見さん、相手は武器を持っているかもしれませんよ。機長としてクルーを危険な目に遭わせるわけにはいきません」

「武器なら私にもあります」

腰に回したP228をホルスターから抜き、安全装置を確認したのちにスライドを引いて銃弾を装填した。

機内に緊張が走る。銃そのものは、海上保安官であれば訓練で触れるから珍しくはないのだろうが、実際に使う機会は少ない。いまがまさにそれを使わなければならない状況であり、その現実に緊張するのだろう。

しかし宗田はあくまでも冷静だった。

「ユー・ハブ・コントロール、この位置をキープで」

稲葉にそう言うと、操縦席で身を捩り、振り返った。吉見は、羽田を出てからはじめて宗田と目を合わせた。

実際は二秒ほどだったと思うが、ずいぶんと長い間のような気がした。お互いに言葉はなかったが、悟ったように訊いた。

「吉見さんのリスクが最も小さい方法を教えてください。その通りに操縦します」

吉見は頷く。

「この機が安全な高度で、あらかじめ私を吊り下げて、そのまま後方から接近してください。私は銃を構えたまま行きます」

「もし船が針路や速度を急変させたら？」

「水中ドローンの投入を諦めて逃走するなら良しとします。逃走か、単なる位置取りの変更かを見極めてください」

「逃走なら吉見さんを収容して追跡。位置取りなら？」

「吊り下げたまま追ってください。船から二メートルほどの高さが理想です」

「気流によっては高度を保つことが難しいこともあります」

「大丈夫です。臨機応変に対応します」

宗田は頷くと、富所に吊り下げの準備を指示し、また正面を向く。

「アイ・ハブ・コントロール」

宗田の操縦により、機体はボートの後方に位置をとった。

「沙友里さんは、あの船に対してスピーカーで停船を呼びかけてください」

「でも他の船にも聞かれますよ」

「構いません。状況によっては解散を指示します」

吉見が降下用のハーネスを富所に装着してもらっている間に、沙友里はテロ犯への呼びかけを試みた。

「航行中のアパッチ41、こちらは海上保安庁、その場で停船してください。これより立検を行います」

これと同じ内容を英語、中国語で続けたが、反応はなかった。それでもふたりで顔を見合わせてなにかを話している。声は聞こえているのだ。

あのドローンが一度水中に入ってしまえば止めることはできないだろう。その前に乗り込まなければならない。

「停船に応じそうです！」

沙友里が言ったのを合図に富所がスライドドアを開ける。ホイストからケーブルを引き出し、先端のフックを吉見のハーネスに接続した。すぐ頭上でメインローターが空気を叩き、冷たい風が機内に飛び込んできた。

「連中の気が変わらないうちに行きます」

富所は頷くと、下を覗き込みながらインカムに叫ぶ。

「前――、前、ちょい前……」

二メートル、一メートル、五〇センチ……。

その指示に従って宗田が機体の位置を微調整する。機体とほぼ同じ大きさのボートの真上にいるために、宗田にはボートが見えていないはずだが、富所との呼吸はぴったり合っていた。

「はい、オッケー！　ここでキープ」

吉見は身体を機体の外に出すように両足で突っ張り、そのまま外にぶら下がる。

「降ろすぞ、気をつけろ」

頷いて見せると、モーター音とともにワイヤーが送り出され、吉見の身体はするすると降りていく。その間に拳銃を構える。テロ犯たちは抵抗するつもりはないようだった。

ボートまであと五メートル。ここまで自分とボートの位置はほぼ動いていない。宗田の操縦技術のおかげだ。もしこれで位置が決まらずに常に揺れていたら銃を構えながら降下することができず、抑止力にはならなかっただろう。

その甲斐あってか操船者は頭の後ろで両手を組んでいて動かない。もうひとりも後部座席に座り、前席の背もたれに突っ伏していた。

それでも吉見は油断せずに銃で交互に狙いを付ける。

吉見の両足が後部デッキに乗った。ボートの最後尾、ちょうど凶暴なエンジン二基の上にあたる。

ここまでの降下は本当にスムーズだった。ヘリではなく天井に固定されたウインチで降りてきたような感覚だった。

「動くな。両手は見えるところで!」

頭上から猛烈なダウンウォッシュが吹き付けているため大声で叫んだ。

後部座席にいた坊主頭の男が顔を上げる。浅黒い肌にぎょろりとした目。見た目だけでは国籍は判別できなかった。身長は一七〇から一八〇センチくらいだろうか。強風が紺色のジャケットをはためかせ、痩せた体軀を露わにさせた。

ハーネスからホイストケーブルを外そうと手をかけたときだった。それを待っていたかのように操船者がアクセルレバーを目一杯に押し込んだ。合計一七〇〇馬力のエンジンが吠えた。巨大な水飛沫《しぶき》を噴き上げながらアパッチは飛び出し、吉見は気付けば海に転落していた。

氷水のような冷たさが、爪先から駆け上がってくる。

しかし頭上で監視していた富所がすぐにホイストケーブルの巻き上げ操作と上昇の指示を出したのか、一秒後には浮上していた。

巻き上げられながら、派手に白波を立てて逃走するボートに銃を構えた。ここで撃っても無駄だということはわかっていた。それでも全弾を撃ち込んでやりたいくらいの怒りが沸く。ただその半分は、自分に向けたものだった。

まずエンジンを停止させるべきだったし、操船者の動きにもっと気を配るべきだった。

屈辱感のなかで銃の安全装置をかけた。

吉見は怒りのあまり思い切り叫んだが、ヘリの轟音がそれを隠してくれ、富所の補助で機内に入ったときには、冷静さを取り戻していた。

これからが本番だ。

吉見は静かに燃えた。

12

［パイロット］宗田眞人

「いっぱい食わされた」

機内に収容された吉見が悔しそうに声を絞り出した。

「収容完了、ドアクローズ確認、被疑者の追跡を開始」

宗田は操縦桿を押し込む。機首がガクッと下がり、重力を利用して速度を一気に上げる。

「沙友里さん、後ろにタオルとアルミシートがあるのでそれを吉見さんに。それから司令室と警視庁にも連絡を。テロは仙台ではなく、こっちで確定です」

逃走ボートは東京湾内部に向けて猛スピードで滑走している。確かに時速一二〇キロ以上は出ているだろう。世界屈指の混雑を見せる東京湾で、ひしめく大小様々な船舶の間を縫うようにジグザグに進んでいる。

タオルを首にかけた吉見がすぐ後ろに来た。

「すいません、失敗しました」

「大事なのは無事だということです。無事なら次の手が打てます」

「次こそは。それで、あいつらはどこに向かうんでしょう」

宗田はナビ画面に目をやる。

意外な事実として、東京は運河の都市である。江戸から整備されはじめた運河の多くはいまだに現存している。また日本橋川のように、川を首都高速が覆っている所に逃げ込まれたら上空からは確認できない。

「まだわかりませんが、どこかに逃走用の車とかを用意しているのかもしれません」

現実的には、船で追われるよりも、人混みに紛れたほうが逃走はしやすいだろう。

沙友里の声がヘッドセットに届いた。

「司令室からです。警視庁は仙台に向かう予定だった部隊を東京沿岸部に再配置するそうです」

「了解。吉見さん、接近します」

通常、飛行高度の下限は一五〇メートルだが、宗田はさらに接近させた。プレッシャーをかけるためだ。

しかしボートは怯むことなく逃走を続ける。

そんな状況にアドレナリンが沸騰したのか、背後で沙友里が叫んでいる。

内容的には〝安全のため、停船してください〟なのだが、その言葉に上品さは微塵もなくなっていた。停船に応じるわけがないとわかっているからこそ、聞こえるうちに悪態を吐き尽くしてやろうとするかのようだった。

「止まれ！　あぶねぇぞ！　こらぁ！」

なぜか富所まで、地声で届きそうなくらいの大声で叫んでいる。

宗田は頼もしく思う反面、その声は強力なスピーカーから発せられているため、他にも聞かれているのではと思う。志村が胃潰瘍にならなければいいが。

他の船舶に危険がないと判断すると、宗田はさらに距離を詰める。しかしアパッチは水飛沫を立て、次の瞬間には視界から消えていた。

やはり小回りでは圧倒的に不利だった。

水の抵抗を使って方向を転換するボートに対して、七トンの巨体が空気抵抗で向きを変え終える頃にはボートははるか先にいる。追い付いては離れる――を繰り返した。

「三管の巡視艇が展開中！」

沙友里が叫んだ。

横浜の観光名所でもある赤レンガ倉庫に隣接する横浜海上保安部には、大小様々な、一〇艇以上の船舶が待機している。

中でも主に湾内の警備にあたる、小型で比較的高速な巡視艇が二隻、行く手を阻もうと前に出た。

しかし、アパッチには及ばない。さらに犯人の操船は巧みで、他の船舶をうまく使って巡視艇を寄せ付けずにあっさり突破すると、さらにスピードを上げた。

宗田はやや距離を取った。無理に接近しても急ターンでかわされればヘリにできることはない。ならば敵の意図をじっくり探り、地上部隊に伝えたほうがいい。

海保は個ではなく組織力で悪を圧倒する。

ただ奴らはまだ爆発物を持っている。一般人に被害が及ぶ可能性も考慮しなければならない。

犯人はヤケになってドローンを投下することはしなかった。また吉見が乗船したときもタイミングを計って逃走するという目論見を成功させた。

つまり、状況を冷静に見極める奴らだということだ。一七〇〇馬力のボートを操るのも決して簡単ではないことから、事前に計画を練り、検証し、実施している。おそらくプロなのだろう。

ならば、必ず次のプランがある。あれは絶対に使わせてはならない。

前方に東京湾を横断するアクアラインが見えてきた。その西側は海底トンネルとなっているが、その付け根は羽田空港の南側だ。

稲葉が気付いた。

「あいつら、羽田を利用しようとしてるんじゃないですか?」

このまま進めば羽田空港の管制区域に入る。遠目にもエアラインの着陸灯が空へ延びるハイウェイのように連なっているのがわかった。

「我々が近づけないのを逆手に取ってあのあたりに上陸されたら……」

「それは大丈夫」

沙友里が言った。

「すでに別の巡視艇に先回りさせています。陸に上がろうとしたら海に引きずり込んでやります」

「カッパみたいだな……」

宗田が言うと、

「カッパは淡水です」

と沙友里が返した。

緊急事態なのにもかかわらず、大した余裕だ。

「富さん、こちらは管制区域の東側に回り込みます。カメラで追ってください」

「了解!」

「稲葉、羽田管制に空港の南側を低高度で通過する旨を連絡。沙友里さんは引き続き本部に状況を伝えてください」

宗田は高度を下げ、千葉県側に針路を取る。艦船の往来と同じく、世界屈指の発着数であるエアラインを回避するため、アパッチとの距離はいったん離れた。

「羽田からです！　空港の南は離陸に割り当てられています。低高度という条件付きで管制区域への進入許可が下りました！　海ほたるから先は、一五〇メートル以下で！」

「了解。富さん、ボートは？」

「若洲《わかす》に向かえ！　湾の中に入っていく！」

宗田からはアパッチの本体を目視できなくなっていたが、羽田空港の海に突き出したD滑走路をすり抜けて北進する、四メートルほどの高さの水飛沫は確認できた。

操縦桿を倒しつつコレクティブピッチレバーを引き上げて調和させる。スーパーピューマの二基のタービンエンジンが甲高く叫び、高度を保ったまま増速する。

「若洲を回り込んだぞ、東雲《しののめ》方面！」

「ターゲットインサイト！」

宗田はアパッチをはっきりと捉え、距離をぐんぐんと縮めていく。

「城南島《じょうなんじま》から再び南下するかもしれない……沙友里さん！」

「連絡済み。巡視艇四隻、巡視船一隻が展開、海上封鎖中！」

「了解！」

それぞれがやるべきことを理解していて、阿吽の呼吸で連動しているのが、こんな状況下であっても心地よく感じた。

「でも、突破されるよね」

沙友里が呟いた。

アパッチの機動力を考えると巡視艇の網を潜り抜けてしまうことは十分に考えられた。

「衝突事故になるよりはいい。あのスピードだ。ぶつかったらただでは済まない」

「ですね……。でも巡視船なら体当たりに負けません」

そこまで言って、沙友里がはっと息を呑んだ。

「まさか、ドローンを使うなんてこと……」

「あり得るな」

アルミの保温シートに包まれた吉見が言う。

「このテロが武器のデモンストレーションなら、派手なほうがいい」

「マジか！」

沙友里が叫ぶ。宗田も同感だった。

そんな武器の見本市みたいなことで、巡視船が的にされるのはごめんだった。

「ボートを牽制する」

宗田はどちらに舵を切るかわからないボートの南側に機を移動させ、高度をさらに下げた。

「吉見さん、撃てるなら撃ってください！」

「無茶苦茶言う機長だな」

そうは言いつつも、吉見は保温シートを脱ぎ捨てるとスライドドアを開け放ち、伏せ撃ちの姿勢をとった。

「威嚇《いかく》で構いません。ここで食い止めたい」

「了解！」

宗田は若洲の埋立地を左に回り込んだボートが再び外に出ないように先回りすると、吉見が銃を構える右舷をボートに向ける。

しかしアパッチはあっさりと針路を西に向けた。

「くっそ、どこにいくつもりだ」

アパッチは伊豆大島と竹芝桟橋を時速八〇キロの高速で進むジェットフォイルの鼻先をかすめ、東京航路を横切る。

「きゃっ、あぶねっ！」

衝突を覚悟した稲葉が悲鳴を上げる。

そこからアパッチは南の城南島方面ではなく、北に転針してお台場の西側でレインボーブリッジを通過した。宗田も迷わずレインボーブリッジの下を通過する。橋桁《はしげた》は高く余裕はあるが、ヘリが〝なにかの下〟を飛行するのは気持ちのいいことではなかった。それでも、宗田の目にはアパッチしか見えていなかった。

どこへいくつもりだ……。そしてハッとする。

「隅田川か！」

浜離宮《はまりきゅう》庭園から築地《つきじ》勝鬨《かちどき》橋を通過し、曲がりくねったその川を猛スピードで遡上《そじょう》する。観光船だけでなく、屋形船やプレジャーボートが多く往来している中を駆け抜けた。

「無理だ」

吉見が身体を起こした。

「こんな状況では撃てん!」

隅田川は徐々に幅を狭めながら浅草方面へ。川の両側には散歩やランニングをする人が多く見える。ここでの発砲は危険が大きすぎる。

また徐々に幅を狭めていく川の両岸ギリギリまでビルが迫り、首都高速道路も大きくせり出している。さらに橋や鉄橋が多く架けられており、これ以上、高度を下げることもできない。

この先はどうなっていたか。

報道ヘリで何度かこのあたりを飛んだことはあったが、状況が違いすぎて記憶と実際の光景がうまくリンクしない。

「稲葉、針路を確認」

稲葉が地図とナビゲーションを操作する。

「えっと、このまま いくと荒川に合流しそうです。水門が開いているかどうかはわかりませんが」

ボートは両国橋の下を通過した。吹き上げる水飛沫が車道を濡らす。

首都高を走る車よりも速い速度で進行するアパッチの、耳をつんざくレーシングカーのような爆音に、のんびりと散歩していた人たちは好奇心を通り越して恐怖すら感じているようだ。

子供をとっさに庇うような仕草をみせる母親もいた。

ちらりと地図に目をやる。

「そこ、なんだ？」

「どこです？」

「そこの、曲がってるところ」

隅田川がまるで〝？マーク〟のように大きく向きを変えているところがあった。

「えっと、鐘ヶ淵《かねがふち》ですね」

川の流れはそこで鋭角に変わっている。川下から遡上すると、そのカーブしている箇所の正面にマンションがあるが白鬚橋《しらひげばし》を通過すればマンションまでの三〇〇メートルほどの区間は両岸に民家がない。

そこを過ぎると川幅は一気に狭くなり、荒川と並走するように北上するが、その先はまた民家が密集するエリアになる。

ここしかない。

「このままだと事故が起きる。一旦離脱する」

宗田は高度を上げると、機体を緩やかに東寄りの針路に変え、川から離れていく。そこからフルスピードで加速し東京スカイツリーの展望台を右に見ながら回り込んだ。

「ターゲットは浅草を通過した！」

望遠カメラで確認を続ける富所が叫ぶ。

「どうするんです」

稲葉が左後方にいるボートを振り返り、離れていくことに不安に感じたようだ。

「先回りして鐘ヶ淵で押さえる。始末書は山ほど書かされるかもしれないけど、そのときは手伝ってくれ」

「え……なにをやらかすつもりなんですか」

「空気砲だ」

「ああ……」

稲葉は察したようで、シートに深く座り直した。

「みなさん、このあと急降下を行います。シートベルトをしっかりとお締めください」

「おいおい、壊すなよ」

富所はシートベルトをきつく締め直しながら呟いた。

吉見が操縦席に顔を覗かせてきた。

「ダウンウォッシュか？」

さすが元SST、勘はいいようだ。

「そう。連中は鋭角にターンするためにスピードを落とすはずです。こちらは北側から進入して、旋回中のボートの横腹にダウンウォッシュを浴びせます」

「了解、連中が怯んだ隙に降下する。今回はラペリングで降りる」

懸垂下降とも呼ばれる方法で、ホイストを使うよりも降下速度が速い。そのぶん、パイロッ

ト と降下者の双方の技量が必要とされるが、相手に対応の準備をさせる隙を与えないという点では有効だ。

「リベンジだ。今度は逃さない」

そう言って吉見はシートには座らず、スライドドアの横で膝を突き、降下ロープをハーネスに巻きつけた。M3スライダーと呼ばれる海上保安庁が開発した降下器で、着地後に素早くロープを解除できる。

宗田は、もとより危険だからと反論するつもりはなかった。それぞれのプロフェッショナルだ。互いにベストを尽くすのなら口を出せることではない。

「ボートの針路を奪うために想定より高度が下がるかもしれません。たとえば水面ギリギリまで」

「それならそれでいい。飛び降りるのが楽だから」

「了解、十分気をつけて。無理はしないでください。あと一分です。それと、念のため、無線機を持っていってください」

沙友里がヘリとの通信を確認した小型トランシーバーを、吉見の胸ポケットに収める。吉見はイヤホンを耳に押し込みながらそのタイミングを待った。

隅田川と荒川が五〇〇メートルほどの間隔まで接近するのが鐘ヶ淵だ。そのすぼんだ地形から〝鐘〟という地名が付けられているという。

宗田はいったん荒川上空まで出ると一気に左一八〇度の旋回をかけた。するといままで駆け上がってきた隅田川がまっすぐ正面に延びているのが見えた。空を反射させて白く輝いていて、まるで大蛇が横たわっているようだった。

　そして、アパッチの尖った船首と正対していた。いまは約四五度の角度で下にいる。高度は二五〇メートル。

「行きます！」

「行けーっ！　ドラ猫！」

　ピューマがネコ科であることからか、沙友里が叫んだ。ヘッドセットがなくても聞こえそうだ。

　宗田はコレクティブピッチレバーを一気に押し込んだ。

　揚力を失った七トンの巨体は一瞬の無重力感をもたらした後に降下をはじめ、その速度は加速度的に上がり、水面がみるみる迫ってくる。

　ボートは左へ急旋回するために右に大きく膨らみ、向きを変えるのは織り込み済みだった。

　その船を操る男の顔がはっきり見えた。突然、空から災いが降ってきたのだ。驚きよりも諦めに近いような表情だった。

　水面ギリギリでフルパワーを与えられたエンジンが甲高く悲鳴のような音を上げた。さらにメインローターも抗議の声を上げるかのように空気を叩き、加速度がついた巨体を空中に押し留めるために、強大なダウンウォッシュが発生した。それは局地的な台風のようでもあった。

それまで穏やかだった水面が怒り狂ったように白波を立て、抵抗を徹底的に削《そ》ぎ落としたアパッチであっても逃しきれないほどの空気の塊を叩きつけた。

アパッチはスロットル全開のまま、やや左にスリップしながら浮き上がった。水抵抗の支えを失ったアパッチはあっけなく吹っ飛び、再び着水したときは隣接する汐入《しおいり》公園のほうに向きを変えていたので、再び水を摑んだスクリューが強大な推力を与えた結果、護岸のフェンスを突き破り、枯れてもなお背丈よりも高い葦《あし》の群生に突っ込んで止まった。

「よっしゃー！」

押し殺していた感情が、思わず宗田の口から飛び出していた。

テロという危機に際して、ずっと後手に回っていたが、はじめて優位に立った気がしたからだ。これで誰も傷つけずに済むと思った。

「降下！」

吉見が叫び、ロープを蹴り出すと三〇メートルほどの高度を三秒で滑り降りた。

ラスト・タッチ。

パイロットとしてどんなに優れた操縦をしたとしても、最後の一手は別の誰かが行う。救助にしろ、犯罪者を取り押さえるにしろ。

それがどこかもどかしくもあった。自分はただの運転手で、危険に身を投じる人を送り込んだあとは、安全なところから見届けるだけではないのかと。

「気をつけて……」

宗田は呟いていた。

吉見の着地を見届け、ロープを巻き上げた富所は、その声を聞いたのか、独り言のように言った。

「彼らが、思い切り実力を発揮できるのは、揺るぎない〝基礎〟があるからだ。基礎ってのは彼ら自身が身につける技術もあるが、送り出し、迎える場所も基礎だと思う。船にしろ、ヘリにしろな。それがいまはこいつだし、こいつを操ってるのはあんたなんだ」

宗田は現場から緩やかに離脱する。

「歳をとると、恥ずかしいことを平気で言えるようになるんですね」

「うるせーやい。恥ずかしいからよ、だから二度と言わんぞ。こういうのはな、海上保安官としての基礎なんだよ。つまり、それが〝信頼〟ってやつだ。よく覚えておけ」

宗田は口にはしなかったが、答えをくれた富所に、そっと感謝した。

［捜査官］吉見拓斗

川沿いの遊歩道に降りた吉見は、素早くM3スライダーを取り払うと、上空に親指を立てて見せてから拳銃を構えた。

ボートはフェンスを突き破り、船首を葦の群生に突き刺すようなかたちで止まっていた。

安全装置が働いたのかエンジンは止まっていたが、後部からは白煙が上がっている。

船首部分から駆け上がるようにキャビンに向かう。男がハンドルに突っ伏していた。頭部を強打したのか額は血で染まっていたが、吉見の顔を見て悪態を吐くくらいの元気はあるようだ。エンジンキーを抜き取ると、手錠をかける。

しかし、もうひとりの姿が見えない。

無線マイクを口元に寄せる。

「一名は確保。宗田さん、上から見えますか?!」

ヘリは高度を上げて周囲を旋回しはじめた。

サイレンが近づいてきた。パトカーではなく警視庁の警備艇だった。先ほど通過した両国橋に水上警察の交番があるので、そこから追ってきたのだろう。

降りてきた警察官らは、吉見が拳銃を持っていることにぎょっとした。

吉見は拳銃を頭上に掲げ、グリップを親指だけで挟み、他の指は開いて見せる。そして左手で身分証を取り出した。

「海上保安官です！　犯人一名が逃走中です、至急、現場の封鎖をお願いします！　身長一七〇から一八〇センチ、色黒、痩せ型、坊主頭。着衣はジーンズに紺のジャケット」

犯人も気になるが、まずはドローンだ。安全を確保する必要がある。

周囲に飛び出した形跡はない。操船席の足元からキャビンに潜り込む。白の革張りの居住空間はゴージャスだったが、そこにある真っ黒の円筒形の物体が不穏な気配を放っていた。

一・五メートルほどの長さで、直径は約二〇センチ。先端は透明なドームになっていて、なに使うのかわからないセンサー類が詰め込まれているのが見えた。後端は小さな姿勢制御盤とウォータージェット推進機、まさに魚雷の体裁だった。

ただ浅い水深での運用を前提としているのか、外殻はカーボン素材で見た目よりも軽い。

密封構造だったが、慎重に周囲を撫で回してみると一箇所だけ小さな蓋があるのを見つけた。コインで回すことができるネジで固定されており、それをゆっくりと外してみると、中には小さな液晶パネルがあった。いまは数字が表示されている。

三〇：一〇を示していたのが、〇：〇一ずつ減り続け、二九：五九になった。

これが〇になったとき、なにが起こるのかは想像に難《かた》くない。

船外に飛び出すと、男は担架に乗せられたところだった。

「あのカウントダウンはどういう意味だ！」

しかし、顔面が血で染まった男は、かろうじてにやりとしただけで答えない。

「おいっ！　なんとか言え！」

胸ぐらを摑んで揺すると、そばにいた救急隊員が割って入った。

くそっ、と悪態を吐き、無線に叫ぶ。

「ドローンにはタイマーがセットされている！」

水神大橋《すいじんおおはし》の南側でホバリングしていた〈あきたか〉がゆっくりと近づいてきた。

『残り時間は？　解除できそうなんですか？』

宗田は相変わらず冷静な声だ。

「残り三〇分を切った。分解方法はわからない。あえてそういうつくりにしているんだろう」

『警察の爆弾処理班は？』

吉見は、続々と集結していた警察官を摑まえては爆弾処理班について訊いて回ったが、どれも要領を得ない。

「責任者は?!」

するとベテラン然とした刑事が土手を駆け下りてきた。

「南千住《みなみせんじゅ》警察署の牧本です。公安の山崎から連絡を受けました。状況は？」

吉見は端的に説明した。

「爆弾処理班をこちらに向かわせても、一五分から二〇分はかかるでしょう。しかも到着しても解除に残された時間は少ない」

「ならば、このまま水中で爆発させられませんか」

横にいた警察官が首を横に振る。

「このあたりは水深が浅いんです。今日は大潮だから、二メートルもないはず。しかもマンションの住民の避難と、首都高速から車を排除しなければならない。三〇分足らずじゃ無理です」

どれだけの威力を持っているのかわからないだけに、希望的観測で物事を進めるわけにはいかない。

暗殺ではなく、テロと言っていたことが重くのしかかる。ヨット一隻ではなく、周囲も巻き込めるほどの威力を持つものだったとしたら？

そういえば犯人らは常に元大臣から五〇〇メートルほど後方にいた。本来なら近くにいたほうが命中精度は高いだろうに、あそこまで距離を取っていたのは身の安全のためではないか。

くそっ、と毒づいて、犯人の耳元で叫ぶ。

「タイマーを止めろ！」

しかし意識を失っているようで、救急隊員に制止された。そのとき、牧本がイヤホンに指をあてた。

「不審な男を発見し、現在追跡している。そいつを捕まえて解除させるしかないな」

その男が解除に応じるかはわからないが、他に手はなかった。

いずれにしろ万一に備えて住民や一般車両の退避は必要だ。間に合うのか――？

吉見は周囲を見渡して絶望する。

無理だ……時間がなさすぎる。

『……する……』

イヤホンに宗田の声が届いた。

「なんです？」

耳を手のひらで押さえる。

『残りは三〇分を切ってるんですよね？』

「ええ、あと二五分ほどです」

『そしたら……R121あたりまで行けます』

意味がわからなかった。

「どういうことですか？」

『その爆弾、時間内の解除は難しいんですよね？』

「はい、もうひとりの犯人の身柄を確保できれば可能性はありますが」

『爆破の規模がわからない状況で最も確実な対処は、安全な環境で爆発させることです。東京湾は船舶の往来が激しいですが、鹿島沖には自衛隊が射撃訓練を行うエリアがあります。この時間なら漁はしていないでしょうし、フェリーなどの航路からも外れています』

「しかし……」

宗田らを危険に巻き込むことになってしまう。

『むしろ、このまま時間が過ぎれば過ぎるほど選択の幅は狭まります』

頭上にヘリが戻ってきた。

「ちょっと待ってください」

吉見は現場責任者である牧本を呼び止め、宗田の提案を説明した。牧本は困惑の表情を隠さなかった。

「そんなことを……」

「いまならまだ間に合います。時間が過ぎればリスクは高まります。一秒の躊躇《ちゅうちょ》が生死を分けるかもしれない」

牧本はヘリを見上げ、それから視線を戻す。

「彼らはそれでいいんですか」

「機長はそれがベストだと信じています。そして私は機長の判断を信じます」

牧本は腕を組んで唸った。だが悠長に考えている時間がないことはわかっているようだ。

犯人を捕らえてもタイマーを解除できる保証はない。かといって安全なところに移動させる時間もない。

「わかりました。お願いできますか」

苦渋の後に声を絞り出した。

吉見はすぐに宗田に連絡する。

「ホイストを降ろしてください」

ヘリはするりと頭上に移動すると、救助で使用する担架が降りてきた。大人ひとりが横になれるほどの大きさがあり、そこに水中ドローンを載せる。ベルトでしっかり固定すると、上空に親指を立てて見せた。

それが機内に収まるのを見ると、底知れない不安が胸のうちを満たしたが、〈あきたか〉は轟音を立てて飛び去った。

吉見はしばらく見送ってから踵《きびす》を返す。

「犯人確保に行きましょう」

牧本に言った。

〔通信士〕手嶋沙友里

回収されたドローンを担架に載せたまま、機内に張られた転落防止用のロープで固縛《こばく》する。覗き込んでみると、確かに小さなディスプレイがあり、カウンドダウンが続いていた。残り二四分を過ぎた。

――ドローンを回収して鹿島灘《かしまなだ》に投棄する。

宗田がそう言ったとき、沙友里は意外なほど落ち着いていた。それがベストだと思っていたからだ。

「一旦、すぐそこの学校のグラウンドに着陸しますから、みなさんは降りてください」

しかし誰も返事をしなかった。富所は黙ったままスライドドアを閉め、ドローンを観察した。

それからぶっきらぼうに言う。

「みんな降りちまったら、誰がこれを海に落とすんだよ」

「自動操縦でホバリングさせます」

「自動操縦を過信するな。不測の事態が起きたら対応できんだろ」

顔をしかめた宗田が視線を向けた先の稲葉が機先を制す。

「さっきも言いましたけど、僕の運は宗田さんと知り合った時点で尽きています。それに時間がもったいないんで早く行きましょ。でも……」

　パイロットふたりの視線が沙友里に向いた。

「沙友里さん。あなたは降りてください」

　決定事項だとでも言うような宗田の口ぶりに沙友里はカチンときた。

「なにそれ。私が女だから？　ダイバーシティとか知ってる？」

「そんなことを言っている状況では……」

「うるさいな。さっさと行きなさいよ」

「しかし、危険な目に遭わせるわけには」

　宗田の気持ちはわかる。自らの操縦で恋人だった姉を亡くしている。

「優香姉ちゃんは関係ない。私は海上保安官としての責任を果たすのみ」

　宗田は逡巡しているようだったが、やがて言った。

「みなさん、それでいいんですか」

「考える時間がもったいないです」稲葉が言った。「さっさと終わらせましょう」

　富所も頷いていた。

「では、行きます」

　宗田の声は嬉しそうというより、ひょっとしたら泣き声に近かったかもしれない。

　しかし、すぐに機長としての落ち着いた声に戻る。

「沙友里さんは司令室に連絡。投棄海域の安全確保をお願いします。稲葉はナビをセット。R

121海域の南端を目指す」

宗田はニーパッドを外して稲葉に渡す。

「真ん中あたりのタブに〝海域〟と書かれたところがある。その中にあるはず」

稲葉は素早くページをめくっていく。

「ありました、北緯三六度〇分一二秒、東経一四一度四分四八秒。セットしました」

両手と両足が調和し、〝ドラ猫〟は目標に向かってスピードを上げた。

沙友里が司令室と連絡を取り合う声がヘッドセットに届いた。

『はあ?!』

司令室の反応は思った通りだった。

『勝手になにやっているんだ!』

「臨機応変です。検討している時間がないので」

『だからと言ってもな――』

ガサリと音がして、違う声が聞こえてきた。

『手嶋さん、松井です。大変な任務ですが、どうぞよろしくお願いします』

「はい、現場の咄嗟の判断です。すいません。全ての責任は機長である宗田がとりますので」

くぐもった笑いが小さく聞こえた。

『我々にできることは?』

「鹿島灘の射撃訓練海域に向かっています。現場海域の確認、それと最短距離で飛ぶと成田空港の管制区域を横切ることになると思います」

『了解、調整します。追って連絡します』

前を向くと、宗田が親指を立てて見せた。合格らしい。

よっこらしょ、と後ろから富所の声が聞こえた。沙友里は富所の横に膝をつく。

「これが水中ドローンっすか」

「ああ、実際よくできている。さすがに分解して中まで確認できないけどね。これなんか、たぶんスマホで設定するんだと思う」

「スマホ?」

「うん。東京湾で奴らを見たとき、スマホを持ってなにかやってたから。たぶんね」

「なんか……世も末ですね」

適切な言葉選びができなかったが、富所は何度も頷いた。

これが爆発したら、という恐怖がないと言えば嘘になるが、どこか達観したような心持ちでもあった。

おそらくそれは宗田の存在があるからだろう。

その声は落ち着きをもたらし、任せておけば大丈夫だと感じさせられた。

「宗田さん、間に合うの?」

宗田は前を向いたまま答える。

「計算だと七分余る。大丈夫」

そのとき無線が入り、沙友里はマイクを入れる。松井だった。

『成田通過は何分後だ』

操縦席を見やると、宗田が指を四本立てた。

「四分後です」

『了解。現在は北風運用をしている。離陸側である滑走路北側を高度三〇〇〇で抜けろ。印旛沼《いんばぬま》で管制塔と直接コンタクトを取れ』

機首がぐっと下がり、スピードがさらに上がった。

窓の外に視線を移せば、霞ヶ浦《かすみがうら》や、鹿島灘の海岸線、その先の水平線が見えた。

いずれ爆発してしまう兵器を同じ機内に載せて飛んでいるのは、恐怖よりもひどく不思議な気持ちだった。タイマーは二〇分を切っていたが、ここまで来られたのならば時間はまだ十分に残されている。

もし……私が死んだら両親はどう思うだろう。宗田に姉妹ふたりを殺されたと思うだろうか。いや、そんなことにはさせない。

印旛沼に差し掛かったあたりで宗田が成田管制塔と連絡を取り、何事もなく進行。関東最東端で三方を海に囲まれた犬吠埼《いぬぼうさき》を右に見ながら、鹿島灘の水平線に向かって爆走した。

鹿島灘の海岸線は眼前に迫っていて、それもすぐに飛び越えそうだ。

そのとき、携帯電話が鳴った。見ると吉見からだった。

「もしもし？」

『……が……たっ……』

電波が悪く、よく聞こえない。そしてそのまま通話は切れた。

「どうした？」

富所が居心地悪そうに身体を捩る。

それはそうだ。船を吹き飛ばす威力がある爆弾を抱えているのだ。

「吉見さんだったんですけど、電波が切れちゃって」

機はすでに洋上にあり、射撃訓練に使用されている海域まであと一〇分ほどだろう。

「あれ？」

沙友里はふとドローンのディスプレイに目をやった。

さっきまで表示されていたカウントダウンが消えていて、『ー』が四つ表示されていた。

「ねえ富さん、これ見てください」

富所もディスプレイを見て眉をひそめた。

「どうなってんだ、これ」

宗田が首を僅かに後ろに向けて訊いた。

「どうかしましたか？」

「それが……カウントダウンの表示がないの。いまは横棒だけ」

「え、カウントダウンしてない？」

「そうなの……」

そこで沙友里は、あっ、と言って手を打つ。

「さっき吉見さんから電話があったの。圏外で話はできなかったけど、あれって、もうひとりの犯人を捕まえて、タイマーをリセットできたってことじゃない？」

富所が膝を打った。

「あ、なるほどね。それなら一安心だな」

と見ていたら、四つあった『一』がひとつ減って三つになった。

「あれ、でも、なんか……」

嫌な予感しかしなかった。

13

［パイロット］宗田眞人

成田管制塔には話が通じていたようで、念のため、滑走路の延長線上を横切るまでの二〇秒間、離陸便を遅らせることで対応してくれた。

ナビゲーションモニターに目を移し、指定海域までの針路を確認する。

「時間は五分くらい余りそうですね」

稲葉が言った。

「そうだね。当該海域に入ったら船舶の有無を確認し、なければ投下してさっさと帰る」

「はい、帰りましょ、帰りましょ」

顔には出していなかったが、やはり爆弾を抱えて飛ぶのは気持ちのいい話ではない。

あのとき、咄嗟に判断した。

一番被害が出ない方法はなにかと考え、人がいないところまで運ぶという選択肢に辿り着いたのは自然なことだった。

自分は安全な場所にいるだけではないかと葛藤を覚えていたが、富所はそれに対して答えをくれた。

しかし、もしあの場で爆弾が爆発するとなったら、自分は安全な場所までの退避を命じられただろう。機を、クルーを、そして地域住民を守るために。やはり安全な場所に身を置かなければならないのだ。

もちろん、最前線で任務にあたる者はそのリスクをわかっている。その上で、自身の持つ能力を最大限に生かそうとする。宗田の下した判断はそれと同じだった。

最も速く、遠くまで行けるのは自分しかいない。自分がいまヘリコプターというテクノロジーを持っていることの意味を考えた。

必要なときに、必要なことができる人間だったら、それをやらない理由はない。

しかし——宗田はコパイ席に座る稲葉、後席の富所、そして沙友里のことを思った。

本当は彼らを巻き込みたくなかった。

特に沙友里については複雑だった。優香の姿と重ねてしまい、何度振りほどこうとしてもあの光景が蘇ってくる。

宗田はふうっと息を吐いた。

こんなことだと、優香に怒られるかもしれない。

いまは皆で無事に戻る、それだけを考えた。

「あれ？」

沙友里だ。さっきから後部座席がなにやら騒がしい。

「どうかしました？」

「えっと、タイマーの数字が消えちゃって」

消えた？

「止まったということですか？」

今度は富所が首を振る。

「いやいや、そんな感じでもない。横棒が四つあったのに、一本減って……。あ、また減った。あと二本」

嫌な感じだった。

「それって、横棒が全部消えたら、ひょっとして？」

宗田が恐る恐る訊くと、ふたりは首を縦に振った。

「たぶん、そう……なのかな」

「ええーっ！」

と稲葉が叫ぶ。

「残り時間は？」

「わからん！」

通信機がこちらを呼び出していることに気付いた沙友里がコンソールに飛びつく。

「こちら〈あきたか〉！　緊急事態で──」

宗田はその会話をモニターする。通信相手の吉見の第一声も『緊急事態です！』だった。

『手嶋さん、ドローンの側面にディスプレイがあります。そこの表示を確認してください。もしカウントダウンが消えていたら──』

「消えてます！」

機内の全員が叫んでいた。

『えっ！　至急、投棄してください！　自爆モードに入っています！』

自爆……モード？

なぜそうなっているのかはわからないが、自爆という言葉がやけに恐ろしく感じ、冷たい感覚が全身を襲う。

計算高く行動したつもりだったが、不測の事態というのはやはり起こり得る。

「射撃訓練海域までの距離は?!」

「まだ一五キロあります！」

間に合わない。

「みなさん、周囲の船舶の有無を一五秒で確認してください！」

皆が一斉にそれぞれ別の方向に視線を走らせた。

一五秒がこれほど長いものだとは思わなかった。

やや薄暗くなった海は風を受けて白波が立ちはじめていたが、雲のない空はグラデーションを見せ、悔しいほどに美しかった。

「いません！」

一斉に答えが返ってくる。

「ああ！　また一個減ったぞ！」

富所が叫んだ。

ということは、あとひとつ?!　これ以上は引っ張れない。

宗田は操縦桿を引き寄せるとともにコレクティブピッチレバーを押し下げて、時速三〇〇キロから減速を開始した。気は急くが、対気速度が時速八〇キロに落ちるまで待つ。

「ドア開放ＯＫです！　ドローンの投棄を！」

富所がドアに張り付き、ドアを開けた。寒風が流れ込んでくる。

「落としてください！」

富所は足でドローンを押しやった。しかしドローンはまだ機内だ。

「早く！」

「ロープが絡まってる！」

どうやら、ドローンを機内で固定させるために担架を転落防止のロープで固縛していたが、それが外れないようだった。

「ヤだ！　ヤだ！　ヤだ！」沙友里が悲鳴に似た叫び声を上げ「ナイフだ！　ナイフはどこだ！」と富所が機体後部から備え付けの工具セットに飛び付いた。稲葉はただただオロオロとしながらも、後ろに行こうかとシートベルトに手を掛ける。

「稲葉、待て。俺になにかあったらお前に操縦してもらわなきゃならん」

なにかできることはないのかと焦る気持ちはわかるが、それがコパイの仕事だ。

「キャー！　消えたっ！」

沙友里が叫び、ドローンからけたたましい警告音が鳴り響いた。

［捜査官］吉見拓斗

現場から逃走したテロ犯のひとりは、東に五〇〇メートルほどの距離にある東京メトロ日比谷線・南千住駅に向かったようだった。

巡回中だった駅前交番の警察官がそれを見咎めて職務質問したところ、突然襲いかかって警察官を負傷させ、そのまま姿を消した。その後、フェンスを越えて隅田川駅の中に入るところを職員が目撃したという。

吉見は牧本らと共に隅田川駅に駆けつけた。

「駅って、こういうことか」

てっきり旅客駅のことだと思っていたが隅田川駅は貨物専用駅だった。

南千住駅南端から扇状に広がる引き込み線は最終的には三〇以上に分岐し、最大で二〇両のコンテナ車を横付けできるホームを五本備えた、東北方面の貨物列車の巨大なターミナル駅だ。かつては隅田川から水路を引き、都内各所へ船で結ぶネットワークもあったという。

構内には数え切れないほどのコンテナが、列車やトラック、プラットフォーム上の保管エリアに積まれていた。

嫌な感じだな、と吉見は思った。

かねてよりテロ対策、制圧の訓練を行ってきたが、こういう環境が一番やっかいだった。建物に潜む場合、隠れるところは多いが、周囲を取り囲んで準備が整うのを待つことができる。そして組織の力で圧倒する。

しかしここは広大な敷地であり、かつ身を隠す所も多い。さらに開けている分、相手からこちらの動きを摑まれやすく、取り逃がせば周辺はマンションや駅、ホームセンターなどがあり多くの民間人がいる。フェンスで囲まれているとはいえ、広大さ故に抜けもあるだろうし、また流通を長くは止められないため、電車やトラックのどこかに潜んで脱出することも考えられる。

「職員たちには一時的に避難してもらう」

牧本に示されたほうを見ると正面玄関には長い列ができていた。身分証明書を確認しながらなので時間がかかっているようだ。

その列にあの男が紛れていないかと吉見はひとりひとりの顔を見ていくが見当たらない。よほどその人相が悪かったのか、職員らには怪訝な顔をされた。

しばらくして現場に緊張が走ったのが空気でわかった。牧本が顔を青くしながら他の警察官らと話している。

「どうしたんですか?」

訊くと、牧本は奥歯を噛んだ。

「構内を捜索していた警察官が撃たれた」

「撃たれた?! って、あいつは銃を?」

「ああ、そのようです。いまは周辺の学校などに緊急連絡をし、警察官を配置している」

吉見はボートの上で見た、男の不敵な笑みを思い出して怒りが沸いた。

「その、撃たれた方は?」

「重傷ではあるが命には問題ないそうです」

「そうですか……撃たれたのはどこで?」

「六番と八番プラットホームの間にあるコンテナの陰です」

プラットフォームといっても、見慣れた通勤駅とはずいぶんと異なる。長さは四〇〇メートル以上、幅も三〇〇メートルほどあり、ホーム上ではフォークリフトが動き回る。

さらにこれから積まれるのか、それとも降ろされたばかりなのか、多くのコンテナが置かれていた。高さは二段、三列でホームの端から端まで整然と並べられていた。

吉見は銃を抜きながら歩み出た。

「待て、こちらからも出す」

牧本が部下に指示を飛ばすが、警察官で日常的に銃を所持しているのは制服警官くらいで、ここに駆けつけた刑事はごく一部の者しか携帯していない。おそらく第一報でテロ犯が相手だとは伝わっていなかったのだろう。

「機動隊を含め、応援がこちらに向かっている。それから取り囲もう」

吉見は首を横に振り、即答する。

「いえ、いまあいつの爆弾を積んで飛んでいる仲間がいます。無事に処理してくれると信じていますが、解除できるのなら、してやりたい」

宗田のことだ。勝算があっての行動だと思うがどうにも胸騒ぎがしてならなかった。

それは、ボートで見たあいつの目だ。

構わず前に出た吉見の背後では、牧本が手で五、六人の捜査員らを展開させた。

まずは線路側から接近する。貨車の連結部分や下をつぶさに見ながら慎重に進み、コンテナが積まれてある保管エリアに向かう。

ざっと計算すると、このホームだけで二〇〇近いコンテナがあった。

大きなものでは長さは約九メートル、幅約二・三メートル、高さは二・二メートルほどある。

それらが整然と並ぶ四角い箱の隙間を縫って進むと、さながら無人の町に来たような錯覚を覚えた。

どこに潜んでいる？　それとも移動したか。

コンテナの切れ目では左右、そして上方向に素早く視線を配りながら進み、コンテナが施錠されていなければ躊躇なく中に踏み込んだ。

慎重にあたらなくてはならない状況ではあるが、残り時間を考えると、不安から身体中を変な汗が覆っていく。

出し抜けに甲高い銃声が二度聞こえた。

吉見は脱兎のごとく走り出すと、銃声がした場所を探す。ホーム西端の先、三〇本ほどある線路が貨物支線の起点駅である三河島《みかわしま》駅に向かって集約されているあたりだった。

線路に飛び降り、全速力で向かう。

ピシッという音が耳元で鳴り、それが銃弾が通過したものだと気付いたが構わず進む。前方に線路に挟まれた背の高さほどの茂みがあり、その前に制服警官が横たわっているのが見えた。そしてその茂みから人影が飛び出した。飛び出しながらこちらに向かって発砲してきた。

積んであった鉄パイプの陰に身を寄せた。男とは三〇メートルほどの距離があり、覗いてみると、銃弾がすぐ近くに着弾し、鉄パイプの隙間を複雑に跳ねた。

その隙に、男はトレーラーの駐車エリアに向かって走っていた。吉見は膝を突き、激しく突き上げる息を無理やり封じ込めて銃を構えた。

男がこちらを向き、また発砲した。

銃弾が地面を叩き、割れたバラスト石が身体を襲った。それでも吉見は動じずに、息を止め、引き金を絞り込んだ。

放たれた弾丸は秒速三〇〇メートル、つまりは〇・一秒ほどの飛翔で男の大腿部を貫き、転倒させた。

吉見は男に銃を向けたまま、倒れた警察官に駆け寄った。

「大丈夫か！」

泣き叫ぶような声で、大丈夫です、と返事があった。

「すぐに助けが来る！　傷を強く押さえろ！」

そして銃を構えながら油断なく男に接近する。仰向けに倒れて空を見上げていたが、不敵な笑みは消えていなかった。

「銃を離せ」

そのギラギラした目が吉見を捉えた。そして顔面が崩壊しそうなほどに破顔すると、吉見に銃口を向けた。その瞬間、吉見の銃が火を噴いて男の右肩を粉砕した。

男は悲鳴を上げるが、やがてそれも高笑いと融合していく。

腹の下あたりから、もぞもぞと得体の知れないなにかが這い上がってくるような、不快な感覚があった。テロはあっさりと止めたのに、なぜここまで抵抗したのか……。

なおも続くその奇声に眉をひそめた。

ほどなく牧本らが駆けつけ、テロリストの一連の行動は終わりを告げた。

だが爆弾解除はかなわなそうだ。宗田らにそのことだけでも伝えようと携帯電話を取り出した。手嶋を呼び出し、一瞬繋がったが、電波が悪いのかすぐに切れた。もう鹿島灘の海岸線を越えたのかもしれない。

そのとき、負傷した警察官から声をかけられた。彼もまた脇腹を負傷し酸素マスクをした状態で担架に乗せられていたが、吉見に伝えたいことがあるということだった。

「あの男ですが『計画はプランBで遂行される、進行中だ』と言っていました」

喘《あえ》ぎながらそう言った。

「あいつが？」

警察官は苦しそうに顔を歪めながら頷いた。

「あの茂みの中に隠れていて……誰かと連絡を取っていたんです」

そこで咳き込み、救急隊員に、これ以上は、と止められた。

プランBが続いている……計画は失敗していない……？

吉見は鳥肌が立つような思いがして、牧本を呼び止める。

「あいつ、携帯電話を持っていませんでしたか」

「ああ、持っていたよ、これだ」

証拠品袋に入ったスマートフォンを掲げてみせた。吉見はそれを奪うとスマートフォンを取り出した。

「おい！　せめて手袋しろよ」

呆れ声を聞き流し電源を入れる。指紋認証の画面が表示された。まさに担架に乗せられたばかりの男の元にいくと、手首を摑んで引っ張り上げた。傷が痛むのか、悲鳴の後に悪態を吐いたが、それを無視して右手の親指をセンサーに当てる。

解除されたスマートフォンを操作し、最後に使用されたアプリケーションを確認した。見たことのないものだったが、あの警察官の証言から考えると通話に使ったものだろう。しかし使用するためにはさらにパスコードが必要なようだった。

「このパスコードはなんだ」

男にスマートフォンを突きつけるが、薄目でぼんやりと見るだけだった。出血により意識が一時的に遠のいているようだ。

それに、おそらく意識があったとしても、教えることはないだろう。

なにか手がかりはないかと思っていると、通話する前に使用していたアプリケーションに目が止まった。起動させると、なにかを制御するためのものなのか、数字などを表示する枠が三つあった。

数字を表示するエリアは、いまはグレーアウトしている。その下、“Homing”と書かれたところはランプが赤表示、つまりこれは機能がオフなのだろう。しかし“SD”の項目は緑で“Active”

と表示されていた。

「なんですか、それは」

牧本が画面を覗き込んだ。

ヘリからアパッチに降下したときのことを思い出す。男は、ドローンの横でスマートフォンを操作していた。

「おそらくですが……ドローンを制御するものじゃないかと思います」

SSTにいた頃、訓練で様々な種類の爆発物や、その起爆装置を見てきた。中にはスマートフォンを使用したものもあった。アプリ開発が簡単で、比較的汎用性の高い起爆制御装置をつくることができる。

「"Homing"は自動追尾の意味で、"SD"というのは、おそらく"Self-Destruct"、つまり自爆ってことじゃないでしょうか」

「自爆っ……!」

牧本が息を呑んだ。

"SD"の横にある設定ボタンを押してみると、画面が切り替わった。その項目をつぶさに見ていき、いつの間にか浮き上がっていた額の汗を拭った。

「どうやら、あのドローンにはモードが三つあるようです。ひとつがレーザー誘導で、これが"Homing"モード。次にあるのが手動爆破でタイマーをセットすることができます。そして"SD"は、親機でもあるレーザー装置から一定の距離を越えて離れたときに作動するもののようです」

吉見は自分で言いながら、背中に氷水を浴びせられたような気になった。

「もしドローンが目標を外してしまった場合、それは海を漂うことになりますが、それが回収されでもしたら都合が悪い。だから自爆するようにしているんです」

奴らは、ボートでの逃走が無理だと悟ったときにタイマーを仕掛けた。そうすることで警察は周辺住民の避難など爆弾処理のために人員を割かれてしまう。その隙に逃走の時間を稼ごうとしたのだろう。

しかしヘリが持ち去ってしまったため、自爆モードが作動したということだ。

「早く彼らに伝えないと！」

牧本に言われるまでもなく連絡を取りたかったが、ヘリはもう圏外だ。

吉見は松井に電話をかけ、事情を話す。

『わかった、このまま待て。こちらから衛星通信でヘリを呼び出して、お前の電話と繋ぐ。お前は現物を見ているから、直接説明しろ』

あくまでも冷静な声だった。繋がるまでの時間がもどかしかったが、実際は二〇秒ほどで沙友里が応答した。

「緊急事態です！　手嶋さん、ドローンの側面にディスプレイがあります。そこの表示を確認してください。もしカウントダウンが消えていたら――」

『消えてます！』

絶叫にも似た声だった。

『えっ！　至急、投棄してください！　自爆モードに入っています！』

おそらく彼らも気付いていたのだろう。機内の混乱した声が聞こえてくる。しかも、なにかトラブルが発生しているようだった。

「大丈夫ですか！」

しかし返事はなく、沙友里の『ヤだ！　ヤだ！　ヤだ！』という声が聞こえ、そしてスピーカーを割るような轟音が響いた。

それは紛れもなく、爆発音だった。

14

［パイロット］宗田眞人

「富さん、早く！」

焦らせたくはなかったが、残り時間がわからない分、一秒でも早く投棄しなければ危険なのは明らかだった。

宗田は強い風が入り込まないようさらに速度を落とし、ドローンを落としやすいように軽く右旋回させた。

富所は担架に固定されていたストラップをナイフで切断した。それから足でドローンを蹴り飛ばした。

今度こそドローンは機外に飛び出した。

「投機完了！」

稲葉が叫び、スライドドアが閉められると同時に宗田はフルパワーで離脱する。その刹那、衝撃が走り、機体が真横に押し出された。後方からの爆風により揚力を失った〈あきたか〉は、一気に一〇〇メートルほど高度を下げたが、なんとか姿勢を立て直した。

「怪我は！」

宗田が聞くと、口々に〝大丈夫だ〟と返ってきた。稲葉を見やると青白い顔で、無言で親指を立てた。かなりのショックだったのだろう。宗田も冷静さを取り繕っているが、心拍数は倍に跳ね上がっているような気がした。

落ち着かせるために、ふうっと深く長いため息をつく。

計画通りではなかったが、これで終わったのだ。

「旋回し、周辺海域で被害が出ていないかを確認し、帰投します。お家に帰りましょう」

努めて軽い口調で言った。

「そうだな、ビールだビール。蒲田に繰り出そう」

富所が言うと、ふっと空気が和らいだ。

「特に異常はなさそうです」

海域を確認した稲葉に頷き、針路を羽田に向けたときだった。右ペダルに僅かな振動があった。足の裏に小人がいてノックをしたような感じだった。その症状はすぐに消えたが、宗田は居並ぶモニターや警告灯に素早く目を配る。異常はない。

「どうかしました？」

「いや、なんでもな……」

また足の裏を小突かれた。コツコツ……ココッ……コツコツ……。

いままで感じたことがないものだった。

「富さん、ちょっと——」

ガチン！　と金属音がして一斉に警告音が鳴り響くと、機体が突然左回転をはじめた。景色が流れ、遠心力で身体が数倍重くなったように自由が利かない。

回転を止めようと右のペダルを思い切り踏み込んでも、ガガガッという嫌な金属音が響くだけで改善しなかった。

「なんなんすか、これ！」

稲葉のヒステリックな叫び声が響く。

原因はわからないがペダルを踏んでも効果がないのは、テールローターが動いていないからだ。ならば機体を安定させるためにとれる手段はふたつ。

そのふたつのうち、状況確認のための時間が稼げるほうをまずは選択した。

宗田はパワーを上げ、大きく円を描くように飛行しながら速度を上げると徐々に回転が収まり、時速一五〇キロあたりからは、機体はやや左を向くもほぼ直線的に飛行できるようになった。

これは機体の回転を制御するテールローターの代わりに、強い向かい風を機体に当てることで抑えているからだ。だから、速度を落とせば、また回転力が勝り制御不能に陥る。

機体が回転してしまうのは、巨大なメインローターを頭上で回しているために、その反力で機体には逆方向の力が加わるからだ。

マニュアルには、テールローターが故障した場合はただちにオートローテーションに入ることになっている。エンジンとローターを接続するクラッチを切ってしまえば反力は発生しない。これがもうひとつ残された手段だ。

「最寄りの空港は」

操縦桿と格闘しながら稲葉に訊く。

「成田と茨城ですが、茨城のほうが僅かに近いです。距離約七〇キロ」

「了解、茨城に向かう」

オートローテーションでは、姿勢を保ったままゆっくりと降下することができるが、地面との激突を免れるほど遅いわけではない。

速度を落としすぎると失速するため、ある程度の速度を保って降下し、着陸する直前でメインローターのピッチを上げ、緩やかに着陸する。

エンジンを停止してしまえば、反力は生じないが、そのかわり、やり直しができない。

そのため、推奨されているのは滑走路に降りることだ。

グライダーのように滑空しながら滑走路に着陸できれば、機体の回転をタイヤの摩擦や、左右で独立したブレーキを使うことによって制御することができるからだ。

また空港であれば周辺への被害はなく、万一に備えて消防や救急設備もあるから、心理的な安心感がある。

しかし、茨城空港に針路をとったとき、経験したことがない振動が襲った。

富所が後ろから手を伸ばし、ディスプレイの表示を次々に切り替えて状況を確認する。それからハッとしたように天井を見上げると、触診するかのようにそこを手で触れた。

「富さん、なにが起こっているんですか」

「ギヤボックスだ……」

振動は、不気味な振幅でさらに大きくなっていく。

「え？　なんです？」

富所が操縦席に頭を突っ込んできた。

「ギヤボックス！　エンジンの出力をメインとテールのふたつのローターに振り分けている。テールだけじゃなく、おそらくメインのギヤもいかれてる。爆発の衝撃だろう」

ギヤボックスまで故障してしまうと、メインローターの制御が利かず、オートローテーションすらできなくなる。そうなるともはや、なす術なく墜落してしまう。

ならば、ギヤボックスがまだ生きているこの瞬間にエンジンを停止し、オートローテーションに入るしかない。

ただ……半径三〇キロ圏内に陸地はない。

「どのくらいもちますか」

「わからん。いつ落ちてもおかしくない」

宗田は負荷をかけないようエンジンの出力を落とした。それによって速度が落ち、機体が右を向きはじめるので、大きく円を描くように旋回させる。

「着水します」

緊張が走った。同じ不時着でも、海面への着水となれば、また生存へのハードルが上がる。機体はすぐには沈まないようになっているが、着水時にバランスを崩せば海水が一気に流れ込むだろう。

暖流で暖かいとはいえ海水温は一〇度前後と予想され、さらに波も荒れている。

着水できたとしても、助けが来るまで耐えなければならない。

「各自、救命胴衣を着用してください」

稲葉が不安げな顔を向けてきた。

「空港までとは言わないまでも、どこか陸地に降りられないんですか。鹿島の海岸とか」

「海保だろ。泳げ」

そう言う富所に向かって、稲葉は眉をハの字に下げる。

「泳げないんです、僕」

「はあ？　泳げないのに海保に入ったのかよ」

「泳げないから航空職員になったんです」

「航空っつっても、海の上を飛ぶんだぞ。ったく、なに考えてんだよ。お前はほんとに先のことを考えねぇ奴だな。だから落第してホストをすることになるんだ」

緊張をほぐすためか、富所はこの切迫した状況でも揶揄するような言い方をしたが、目は厳しさを保ったままで、計器類をチェックしていた。

「富さん、なにかポジティブな情報は？」

「幸いなのは、エンジン自体はまだ動作してるってことだな。コントロールに必要な電力と油圧を提供してくれているから……ん？　油圧？」

宗田が油圧計を指差すと、富所も渋い顔をし、舌打ちをした。さっきまで正常だった油圧がぐんぐん低下し、やがて赤ランプと共に警報を鳴らした。

「くそっ、漏れてんな」

「えっ」

稲葉が嘘だと言ってくれと言わんばかりに、縋るような目で富所を見た。

「オイルを失って、ギヤボックスの温度が上昇しているんだ。このままだと焼き付いてしまう」

富所ができの悪い生徒を諭すように言う。

宗田は思わず長めのため息をついてしまう。だがその代わりに新鮮な空気を思い切り吸い込んで脳に酸素を行き渡らせた。

「いつ落ちるかわからない状況で、民家を巻き込むリスクを負うことはできない。せめて海岸までと思ったけど三〇キロ以上離れていて、辿り着けるか保証はない。ならば機体を正常にコントロールできるうちに着水したほうがいい。フロートがあるから救助までの時間は稼げるはずだ」

クルーに説明したものだったが、その実、自分に言い聞かせているところもあった。他に手がない。

「稲葉、着水のチェックリストを。沙友里さんは関係各所に連絡、富さんは機体の状況確認をお願いします」

荒れた海上で救助を待つことになるが、いまは、ひとつひとつ、できることを確実に達成し、不安要素をゼロにしておきたい。

「みなさん、行きますよ」

機首を海岸に向け、オートローテーションを開始しようとしたときだった。

「宗田！　待て！」

窓から外を覗いていた富所が叫んだ。

「確認のためにドアオープンするぞ！」

冷たい風が流れ込み、乱れた気流で操縦桿を取られる。

床に這いつくばって開け放ったドアから身を乗りだした富所が毒づいたのが、ヘッドセットに届いた。

「右のフロートが破損している可能性がある！」

宗田は思わず瞑目した。

スーパーピューマには着水時に圧縮空気で展開するフロートが、機首と胴体の左右、合計三箇所ある。そのうち右側の破損が疑われるという。

「もし右側だけ開かなかったら、着水時に横転するかもしれん」

「確認できませんか」

「ここからは見えない」

片側だけ開かなければ着水時にバランスを崩し、一気に浸水する危険がある。

「ならば、ヒューズを切って全フロートを無効にできますか」

「可能だが……その場合は長くは持たない。すぐに沈むぞ」

それでも予測不能な動きをされるよりはマシな気がした。問題は脱出したあとに冷たい海でどのくらい耐えられるかだ。

ギリギリまで飛び続けて応援が来るまでの時間を稼ぎたかったが、機体の異常が許容できるものでないことは、わざわざ計器を確認するまでもなく、身体で感じられる状況になっていた。

後ろで沙友里が咳き込んだ。振り返るとうっすらと煙っている。振動だけでなく、焼けるような臭いまで。もう限界だろう。

「フロートの展開を無効にします。着水後、機体を左に傾けます。ローターを海に叩きつけて回転を止めるためです。その後水平に戻しますが、ローターが完全に停止するまで待ってください。タイミングは私が指示しますので、合図したら右から出てください。それから稲葉、機体を左に倒す理由はふたつ。まず速やかに脱出できるように右側のスライドドアは開けたまま着水するからだ。すでに爆発の衝撃を受けているし、着水時に機体が歪んでドアが開かないってことにならないように」

稲葉は慎重に頷いた。

「ふたつめは、機長席の制御を確保するためだ。電気系統に異常が発生したとき、コパイ席側の電力が先に落ちる。操縦については僕が最後まで責任を持つ。だけど左に傾けたとき、機体の半分くらいまでは水面下になるだろう。窓からは真っ黒な海中が見えるはずだ。でも決してパニックにならないで。回転が止まって水平になったら左——自分のドアを開けて出る。いいね？」

かつて事故の際、クルーを落ち着いて脱出させられなかったことで優香を失った。その戒《いまし》めでもあった。

後ろを振り返ると、沙友里の不安げな表情がちらりと見えた。それが優香と重なった。

——今回は、必ず救う。

宗田の視線に気付いた沙友里は、ややあって、笑ってみせた。おそらく、宗田自身がひどく緊張していたからかもしれない。

それから稲葉を見ると、彼は頷き、深呼吸をした。

「いつでも行けます」

「よし、合図をしたら両エンジン停止」

「了解です」

稲葉が天井にあるフューエル・カットオフ・レバーに手を伸ばした。

一度停止させれば、再始動のために残された時間はない。一発勝負だ。

肩を上下させ、身体を捩ってシートに座り直す。背中に空気が入り込んだことで、汗でびっしょりと濡れていたことにいま気付いた。

深呼吸し、オートローテーションに備えた。

「ちょっと待って！」

今度は沙友里だった。

「どうした？」

「銚子沖に〈あきつしま〉がいます！」

思わずその方向に目をやるが、確認することはできなかった。

「いまこちらに向かっています。それと羽田からも特救隊が出動しました」

〈あきつしま〉が銚子沖に？

「距離は」

「約五キロ」

〈あきつしま〉のすぐ近くに着水すれば救助までの時間を短縮でき、生存の可能性が高まる。

だが、同時に別の考えが浮かんできて、宗田はそれを自問する。

やれるのか……。

というより、やる価値はあるのか。それは自分のエゴではないのか。

否、逡巡している時間はない。論理的な説明はつけられないが、勘でもなく、ヤケクソでもない。ましてエゴでもない。

自分がやれるなかで一番安全性が高いことはなにか。皆の命を危険に晒さない方法はなにか――。

「〈あきつしま〉に連絡。オートローテーションで甲板に降ります」

［通信士］手嶋沙友里

沙友里は宗田が言ったことをすぐには理解できなかったが、富所が代弁するように声を上げた。

「おいおい、宗田。オートローテーションで飛行甲板に？」

「はい。〈あきつしま〉は広いですから可能です」

〈あきつしま〉は海保のなかでも最大の巡視船で、スーパーピューマを二機搭載できるだけの飛行甲板の広さがある。しかし……。

「下手したら〈あきつしま〉を巻き込むぞ」

そう、それが言いたかったのだ、とばかりに沙友里は大きく頷く。

沙友里が乗る〈あさづき〉も大型の巡視船だが、それでもパイロットは、着船するときに緊張すると言っていた。

普通に着船するのも緊張するのに、それをオートローテーションで？

「着水するよりも、リスクは少ないと思います」

「どっから来るんだ、その自信は」

「自信というか、甲板のほうがうまく降りられる気がするんですよ」

障害物のない海に着水すること自体はさほど難しくはないのだろう。しかし着水しても、フロートが展開しない状況では浮いていられる時間はあまり長くない。それに皆が脱出に失敗すれば機体もろとも海に沈むし、焦って早く飛び出せばローターに身体を切り刻まれる。波も高くなってきているから、場合によっては波という名の壁に衝突し、予想外の衝撃をもたらし、横転するかもしれない。

そして、思う。宗田には海で恋人を失ったトラウマがある。

あらゆるリスクと自身の技量を掛け合わせて考慮すると、一見狭くて物理的制限のある飛行甲板だが、そこに降りるほうが、生存の確率が高いと判断したのだろう。

「〈あきつしま〉には風上に向かって走ってもらいます。こちらの前進速度と合算して二〇ノット程度の向かい風を受けることができれば、機体は安定するはずです」

航空機というのはある程度の速度で前進していたほうが安定するが、着船する〈あきつしま〉を走らせることで、着船時も前進速度を保ったままでいられる。

「その分、揺動が大きくなるぞ。この波で〈あきつしま〉を走らせたら数メートルの上下動があるはずだ」

富所は懸念点を言うが、止めるためではないというのは沙友里にもわかった。これは一種のチェックリストのようなもので、宗田をフォローアップしようとしているのだ。

「僕のエゴだと言われればそれまでですが、信じてもらえませんか」

皆は無言だったが、答えは共有していた。

それを悟った宗田の目が潤んでいるようにも見えた。この瞬間、信頼感が宗田に収束していて、それを感じたのだろう。

「あとね、実は僕も泳げないので」

稲葉に対し、カラカラと笑って見せる宗田を、沙友里は悪魔でも見ているかのような思いだった。それと、やれやれと肩をすくめて見せる富所もまた、どこか達観したように落ち着いていた。

沙友里の身体の奥から、マグマのような熱いなにかが込み上げてきて、ついに思い切り叫んだ。

「鬼！　悪魔！　クソ野郎！　下手くそ！」

すると皆が固まった。

「え、えっと……」

流石の宗田もどう反応していいのか、わからないようだった。

「もし着船するときに、下手こいたら悪態を吐く暇がないかもしれないので、先に言っておきます。ちゃんと成功したら取り消しますので、それまで預かっておいてください」

富所は笑い出し、俺も俺も、と悪態を並べた。

「このタイミングでそんなこと言います、普通？」

戸惑う宗田に稲葉もなにかを言おうとしたが、睨まれて止めた。その様子がまたおかしかった。宗田以外、おそらく人生ではじめて遭遇する、生きるか死ぬかの瀬戸際にいながら、皆、妙な精神状態にあったのかもしれない。

「〈あきつしま〉、目視しました」

稲葉が言うと、その空気も再び張り詰めたものに入れ替わった。

「了解、ターゲットインサイト」

沙友里はシートから立ち上がって操縦席の窓から前方を覗き込む。そして愕然とした。いくら海保最大の巡視船といっても、海原にポツンと漂う姿は爪楊枝みたいなものだった。

あれに降りるの？　しかもやり直しの利かないオートローテーションで？

そんな不安を感じ取ったのか、宗田が振り向いた。

なにを言うでもなかったが、柔らかく微笑んで小さく頷いた。

くそぅ、余裕の笑みを見せやがって。お姉ちゃんも、あれにだまされてコロッといったに違いない。

沙友里は覚悟を決めると、シートに深く座り、シートベルトをきつく締め直した。

［パイロット］宗田眞人

〈あきたか〉は、まさに鷹が上空から獲物を探すかのように緩やかに旋回をしていた。そうしないとたちまち制御不能に陥るからだ。

旋回しながらベストなポジションに移動する。宗田は螺旋階段を登るように、ゆっくりと高度を上げていった。

『宗田さん、川村です』

その声にハッとして、眼下の〈あきつしま〉に目をやる。

「川村さん、そちらのスーパーピューマをお返しにきました」

宗田の軽口に川村は愉快そうに笑った。

『波と風向きを考えて、本船は南南西に一〇ノットで進みます。左右の揺れは五度以内ですが、前後のピッチは基準ギリギリです。問題ないですか』

「ありがとうございます、問題ありません」

『機体の状況は』

「ギヤボックスはもう限界です。オイルを喪失したためギヤの融着、破断がはじまっています」

ギヤボックスが完全に故障すれば、メインローターすら利かなくなり、海面に叩きつけられるだろう。

『了解。それとわかっていると思いますが……』

「はい、安全に着船できないと判断した場合、当機にはやり直す余力はありません。その際は海に逃れます」

『頼みます。最後に、特救隊がもうすぐ到着するようですが、それまで待てませんか』

「いえ、もう限界です」

機内はもはや白く煙っていて、機体全体が熱を持っているようにも感じた。気のせいか操縦桿まで熱くなっていて、まるで焼けた鉄の棒を握っているようだった。

『了解しました。こちらは準備オーケーです。いつでも来てください』

「あの川村さん」

『なんです』

「先輩として、なにかアドバイスはありますか?」

『こんなときによく言えますね』と笑い、『アドバイスなんぞありません。無傷で返してください。それだけです』

「はい、いまお持ちします」

最後の旋回を終えた。高度五〇〇メートル、〈あきつしま〉は前方約一キロにいる。

「稲葉、頼みがある」

「なんでしょう」

「〈あきつしま〉の揺動をカウントしてくれ」

「一番沈み込んだところから、頂点までですか?」

「そう。一定のリズムで」

〈あきつしま〉は荒波を乗り越えるごとに大きく上下している。おそらく三メートルほどの範囲だろうと思った。

着船したと思っても、そこからさらに落ち込むかもしれないし、沈み込んだタイミングで着船すると、次の瞬間、猛烈な突き上げを喰うことになる。

恐怖心が勝ると一定の間隔でカウントすることは難しくなる。

「僕の時間感覚を信じてくれるんですか」

稲葉がおどけたように言うが、その声は震えていた。

「ああ、信じるさ。頼んだよ」

再び前を向き、今はまだ小さな船体に注目した。

「シートベルトを締め、着船しても指示をするまで外に出ないでください。また直前で着水に切り換える可能性もあります。いずれにしても冷静な行動をお願いします」

宗田はそれだけ言うと、カウントダウンも合図もせずに、エンジン停止を指示した。

稲葉がフューエル・カットオフ・レバーを引くと同時に、コレクティブピッチレバーを押し下げた。

不愉快だった振動が止み、これまで騒がしかった機内のノイズも霧のように消えた。格闘していた機体の揺れもなくなり、すーっと滑るように降下をはじめた。

あまりに平穏なので、高度が高いうちは、落下しているという感覚は希薄だった。

しかし、その失った高度は取り返せない。

宗田は降下速度が増加しすぎないようにメインローターの迎え角を調節し、窓から見える〈あきつしま〉の甲板を常に同じ位置に保って接近する。この道は一度外せばもう戻れない、脆くて繊細な道だ。

〈あきつしま〉という比較対象との距離が近づくにつれて想像以上のスピードで〝落ちて〟いたことを認識し、恐怖が首筋を撫でる。

船体後部に表示されている〈あきつしま〉という文字の〝じ〟の位置と、操縦席の前にあるワイパーの位置を合わせるようにして降下を続ける。

隣で揺動をカウントしている稲葉。無線で誘導する川村。富所はただ〝行けー〟とか〝お前ならできる！〟とか叫んでいる。

沙友里は……わからなかった。耐衝撃姿勢をとりながら祈っているのだろうか。

五〇メートルを切り、〈あきつしま〉の船体が壁のように迫る。思わず操縦桿を引いてしまいそうになるのを堪える。まだだ。

三〇メートル、優香の声を聞いた気がした。

七トンの巨体が動力もなく落ちているのに、宗田は不思議と冷静だった。ゆっくりと操縦桿を引き機首を立てるとともにコレクティブピッチレバーを軽く引き上げてエアブレーキをかける。操縦席の正面の窓からは空しか見えなくなった。足元の小さな窓を通して〈あきつしま〉との距離を測る。スクリューが攪拌《かくはん》する白い筋に次いで、甲板から張り出した転落防止用のネットが見えた。

また優香の声が……いや、沙友里だった。

「お姉ちゃん、お願い……」

小さなその呟きが、ヘッドセットを通して、いや心の声で聞き取れた。

優香、沙友里は必ず助けるよ……必ず。

〈あきつしま〉は一〇ノットで進んでいるため、こちらも最終的な対気速度を一〇ノットに調節すれば実質的な対地速度はゼロにできる。そのときに飛行甲板の真上に機体を配置できていれば、あとは真下に下ろすだけだ。

しかし速度を落としすぎれば、〈あきつしま〉は先に行ってしまい、海へ落下。速度を落としきれなければ、〈あきつしま〉に激突。

その許容範囲はほとんどない。

眼前に格納庫の扉が迫っていた。甲板に描かれたHマークのやや手前、高度五メートル。

稲葉のカウントに合わせて機体を落下させていくが、〈あきつしま〉の甲板は逃げるように、ぐっと下がる。そしてバウンドするかのように跳ね上がってきた。

このタイミングを待っていた。

車輪が触れると同時にコレクティブピッチレバーを引き上げてメインローターに残された最後の回転エネルギーを絞り出しながら、車輪を接地させ、機体をそのまま四メートルほど前進させる。突き上げてくる甲板にサスペンションが縮みながらも食いついた。

ほんの一瞬、クッションに乗っかったような、優しく押し戻されるような感覚のあと、コレクティブピッチレバーを一気に押し込むと、重力が一気にのしかかった。

宗田は車輪のフルブレーキをかけると同時に、メインローターの回転を止めるために頭上のローターブレーキレバーを思い切り引いた。

稲葉も冷静だった。宗田がローターブレーキをかけるために左手をコレクティブピッチレバーから離すと、なにかの拍子に上がってしまわないように、しっかりと抑え込んでいた。

ガタガタと機体を揺らしながらも、ついにメインローターは停止した。

安全を見極めた整備士たちが駆け寄ってくる。

宗田はその光景を、現実感を摑めないまま眺めていた。まるで夢のなかにいるような感覚で、後席のふたりに外に出ていいと伝えた。

「ジェネラル・カット・アウト」

宗田が言い、稲葉が受ける。

「オフ」

操縦席パネルのライトが消え、役目を終えた機体が、安心して力を抜いたように見えた。全ての操作を終えた。

もう一度ため息をつく。稲葉が身体を捻り、右手を差し出していた。宗田はそれを笑顔で受け取り、力強く握り返した。

「時間感覚、ばっちりだった」

稲葉はなにも言わず、ただ頷いた。

甲板に降り立つと、多くの乗組員たちが並んでいて、一斉に歓声を上げた。

川村がいて、一足先に降りた富所もいる。その頭上を羽田から駆けつけたヘリが旋回し、特救隊員も身を乗りだして拳を上げていた。

だが沙友里の姿が見えない。

ひょっとしてと思い、後部座席を覗く。やはり沙友里はそこにいた。俯いたままで、泣いているようにも眠っているようにも見えた。

「沙友里……さん？」

すると身体を捩り、右手がすっと上がった。

安堵からか、涙を浮かべた顔を向けた沙友里を見て、あのときの光景がフラッシュバックした。

救えなかった優香。沈みゆく機内で必死に手を伸ばしたが、その手を摑んでやれなかった……。

沙友里が囁いた。

「今度はこの手を摑んでよ、しっかり……」

それは過去と向き合うことでもあるようで、宗田の腕は痺れたように重かった。それでも、突き上げる慟哭《どうこく》に逆らうように手を伸ばす。

今度はしっかりと摑むことができた。そして引き寄せる。沙友里の満面の笑みを見て、長かったトンネルを抜けたような、そんな気がした。

エピローグ

［捜査官］吉見拓斗

警視庁は、全国の光の住処の関連施設を家宅捜索し、一連のテロ、麻薬の密輸に新宿歌舞伎町に事務所を構える中国系マフィアが関与していることを突き止めた。

そこは組織犯罪対策部が以前からマークしていたこともあり、公安部との合同で摘発に動くことになった。

事務所前に停めたワンボックスカーの中に吉見はいた。助手席には山崎、そして語学堪能でテロ事件の当事者でもある沙友里もいる。

五階建ての雑居ビルは、地下と一階がクラブで、二階がＶＩＰフロア、それより上が事務所になっていた。

表向きは店舗経営、コンサルタント業を営んでいることになっているが、その実は中国マフィアで、最近は衰退した暴力団と入れ替わるように、半グレ組織などを吸収しながら歌舞伎町を牛耳っている。

そのビルも、かつては暴力団事務所だったというのが覇権交代を象徴しているようにも思えた。

車内の空気が重い理由は他にもあった。

海保の中にスパイがいることを示唆していた山崎の捜査班がその事実を突き止め、報告を聞いたばかりだった。

吉見は怒りから、手にしていた資料を雑巾のように思い切り捻り潰し、汚い言葉で叫んでしまった。しかしすぐに冷静さを取り戻したのは、沙友里の寂しそうな目を見たからだ。

彼女だって悔しいに決まっている。だから、これから行う強制捜査を確実に遂行しなければならない。

吉見は息を吐き、フロントガラスの向こうのビルを睨みつけた。

「ねえ、こいつ？」

吉見が手にしていた皺くちゃになったファイルを、沙友里が手で伸ばしながら言った。

「そう。光の住処代表の西村」

これまでの調べによると、光の住処は、当初は純粋に宗教二世を保護する活動を行っていた。しかし理想を追求しようとすると、どうしても金が必要になる。そのときに接近してきたのが、中国赴任時に一緒だった佐山という男だった。

佐山の正体はマフィアと関係の深い中国籍の男で、日本に進出する際に組織を率いてきたのだった。

光の住処に拠点を提供し、資金を援助してきた。そしてその見返りに、光の住処は麻薬の密輸に手を染めるようになった。

マフィアがタンカーで製造した麻薬を、瀬取りで国内に持ち込み佐山の組織に渡していたのだった。

その資金を使って、よりよい世界――宗教のない世界――を作るために、武器製造を行っていた。

西村と、瀬取りを行っていた綱島丸船長の笠松はすでに身柄を確保されている。

別の写真を沙友里に見せる。ゴルフ場での集合写真で、真ん中の男に指を置いた。日焼けサロンで焼いた肌とインプラントの白い歯が不自然に輝いている。

「で、この佐山って男が、あそこにいる、と」

これから踏み込もうとしている雑居ビルを指差した。

沙友里は、呆れたようなため息をついたあと、二枚の写真を指で弾いた。

「長野元大臣をターゲットにしたドローンの開発を行ったと。目的は暗殺だけど、同時にレーザー誘導型水中ドローンを世界中にアピールするためでもあった……」

「そう。あのヨットイベントは、その筋の者たちの間では注目のイベントだったようだ。南米の麻薬王とか、中東あたりの武器商人とか」

顔をしかめた沙友里は、我が身に起こったことを思い出し、怒りが滲んだ声を絞り出した。

「一歩間違えたら、〈あきたか〉がそのデモンストレーションの的になってたのよね」

ヨットの襲撃に失敗しても、海上保安庁のヘリを落としたとなれば、新たなセールスポイントになっていただろう。

「準備はいいか」

イヤホンに指を当てていた山崎が、後ろを振り向きながら訊いた。

「いつでも行けます」

吉見は海保側を代表するように答えた。

山崎は無線で、他にも五台ある捜査車両で待機する捜査員たちに伝え、号令とともに飛び出した。

一班はまだ営業をはじめていないクラブへ。他は事務所へ突入した。

怒号には、中国語と日本語が入り混じった。

逃げ出そうとした若い男が、ドア付近にいた沙友里に突進していった。

吉見は助けようとすぐに反応したが、沙友里はその男の腕を摑んだかと思うと、次の瞬間、床で苦悶の表情を浮かべながら身体を捩らせる男に向かって中国語でなにかを言った。

意味はわからなかったが、悪態の類であることはなんとなく想像できた。

「大丈夫か」

声をかけると、沙友里は不敵に笑う。

「合気道で鍛えたので。こんなアマチュアなんて屁でもない」

吉見も笑みを返し、山崎らと代表である佐山太朗、中国名、陳儀《ちんぎ》の部屋へ飛び込んだ。

山崎は逮捕令状を眼前に突き出すが、陳は首をかしげる。

「ニホンゴワカリマセン」

わざとらしい発音だった。

「関係ねぇよ」

山崎は顔を寄せる。

「やっと言えるぜ。お前を逮捕する」

陳はやはり日本語を理解しているのだろう。左の目の下あたりを激しく痙攣させた。

「なんなら通訳もいるぞ」

吉見は腕まくりをしながら入室してきた沙友里を、顎をしゃくって示す。

「おら、行くぞ」

動こうとしない陳の腕を摑んだとき、陳の部下たちが凄んできた。そしてやはり女性だからと舐められたのか、沙友里の首のあたりに手を伸ばす男がいた。

知らねぇぞ、と吉見は心の中で思う。

案の定、伸ばした腕は関節の可動域を越えて曲げられ、悲鳴が上がる。そしてそのままテーブルに叩きつけられる様子にマフィアたちは啞然とした。

山崎は目を細めながら沙友里に言った。

「うちに来ない？」


二〇名以上が連行され、台風が去ったあとのような事務所で証拠品などを押収していると、沙友里が声をかけてきた。

「吉見さん、では私はこれで」

沙友里は横にあった書類を、吉見が抱える段ボール箱に投げ込んだ。

「休暇を台無しにしてごめんなさい」

ほんとですよ、と笑った。

「なんだか起こったことの情報量が多すぎて、まだ整理がついていません。来週あたりパニクるかも」

ドローンの爆破処理ではかなり危険な目に遭ったと聞かされたが、そんな様子も見せず、このガサ入れにも参加してくれた。強い女性だと思った。

「でもまだはじまったばかりなのかもしれないな」

捜査が進むにつれ、海保側から情報が流出していたことも明らかになった。ひょっとしたらまだ氷山の一角なのかもしれない。

「そうですよね。これからが大変ですよね……」

「ただ中国の捜査当局も協力してくれている。すでに数名の幹部らは来日してて、いま頃、関係者と会議しているはず。結構、異例ですよ」

「こいつら、本国でも相当な悪だったってことですね」

吉見は頷く。

金になることはなんでもやってきたような連中だった。中国ではかなり追い詰められたが、当局の捜査から逃れた先の日本は、世界進出の拠点として都合がよかったようだ。

それから田所のことを思った。

テロを防ぐためとはいえ犠牲者を出してしまったことに忸怩たる思いはある。

だが立ち止まるわけにはいかない。

日本は海に囲まれていて、それはあまりに広い。現在の海保の規模では隅々までカバーしきれていないかもしれない。

しかし、海から迫る脅威に立ち向かえるのも、我々海保しかないのだ。

「でも、本当にありがとう。またどこかで」

「丁重にお断りします」

ふたりで笑い声を重ねながら、吉見は決意を新たにしていた。

［通信士］ 手嶋沙友里

透き通るブルー。ゆらめくターコイズ。

石垣の海は太陽を吸い込み、その青とも緑ともつかない複雑な色を見せていた。

「おかえりちゃーん！」

その声に沙友里は顔を上げる。

石垣保安部に報告を済ませてから、港に行き、出港準備に忙しい〈あさづき〉を眺めていた。

船を離れたのは有給休暇二週間＋アルファだったが、ずいぶんと懐かしく、まるで母校を久しぶりに訪ねたような思いだった。

舞は遠距離恋愛の恋人と再会したかのように駆け寄ってきた。

東京との気温差で、すでにうっすらと汗をかいているというのに、さらに暑苦しい。

「いつから復帰するの？　今日？　明日とか？」

「まだしばらくは陸《おか》で書類仕事よ」

実際、書かなければならない報告書が山ほど溜まっていた。

「えー、つまんない」

〈あさづき〉はすでに第二の家のような感覚だった。それだけに……舞にも言いづらいな。

「じゃ、飲みに行こうよ」

舞が待ちきれないとばかりに小さく跳ねながら言った。

「えっ、いまから?」

「当たり前でしょー。愚問よ、愚問。郷に入っては郷に従えって言うでしょ」

「石垣島民が誤解されるような言い方は慎みたまえ」

舞は嬉しそうに笑う。

まあ、今日は顔を出しに来ただけだし、いいか。

「とことん聞かせてもらうわよ、沙友里殿」

舞がニヤニヤと顔を歪ませる。

「なにを?」

「例のヘリパイとどうなのよ。吊り橋効果もあって盛り上がったんじゃないの?」

「そんなわけないでしょ。あいつはヒーロー扱いだけど、こっちはマフィアのガサ入れに付き合わされて大変だったんだから」

「あらそうなの? 〈あきつしま〉に着船後、ヘリから出てきたあんたらは、みんなが見ている前で熱い抱擁をしたそうじゃない」

沙友里はカーッと赤くなった。

「あれはハグよ! ハグ!」

宗田に手を引かれて機外に出たとき、腰が抜けていたのか思わずよろけてしまい、図らずも宗田に抱きついてしまった。だからあれは決して抱擁ではない。

「でも、連絡とか取っているんでしょ?」

「あれからはしてないわよ」

「ほんとにー? そういうことに、しておいてあげてもいいけどさ」

それでも飲みはじめたら放っておいてはくれないだろうなと思いながら、繁華街に足を向けた。

「すいません」

歩きはじめてすぐに男に声をかけられた。振り向くと四〇代の男が立っていた。

麻の白シャツは爽やかだが、がっちりとした身体つきであるのはわかった。ボディビルなどではなく実用的な筋肉と姿勢の良さから警察官かと思った。

隣から『わあ、イケメン』と舞の心の声が聞こえてきそうだった。

「ちょっとお尋ねしたいのですが」

日本人でないのはイントネーションからわかった。

石垣観光のことならなんでも訊いてとばかりに舞が一歩前に出たが、男は沙友里に顔を寄せる。

「あなたにお話が」

はっとした。この人、話すのははじめてじゃない。

「あなたは……」

男が頷くのを見て、沙友里は舞に言う。

「ごめん、また連絡するから」

舞はふたりの顔を交互に見やる。

「はあ？　なんであんたばっかり！」

「違うの、ちょっと複雑なのよ」

「え、知り合い？　あ、去年ナンパされた観光客？」

話がややこしいので、とりあえずそう思わせておくことにした。

肩を怒らせながら歩き去る舞とは逆方向に向かって歩き出した。

「いいんですか、こんなところに来て。ビン中尉」

「よくわかりましたね」

嬉しそうに笑う男は、中国海警局のソン・ビン中尉。尖閣ではよく鍔迫り合いをした相手だ。

顔を見たことはなかったが、声を聞いていると、尖閣の風景が思い浮かぶ。

「たまたま用事があったので、寄ってみたんですよ」

ここにどんな用事があるというのだ。

「海保と海警の職員がこうやって会うのは、いかがなものかと思いますけど？」

「ロミオとジュリエットみたいですね」

やたらと白い歯を見せて笑った。

こいつは相当プレイボーイだなと思ったが、わざわざナンパ目的で来るわけはない。

それに、たとえプライベートの旅行であっても、スパイ目的でない限り、こうして接触することは中国でも良しとされていないはずだ。

「それで、なんの用ですか」

ビンはあたりに視線を巡らせる。昼下がりの石垣の通りには人は少なかったが、内緒話をするように、口元に手を当てた。

「タンカーです」

「えっ？」

「私たちが南大東島沖に抜けたことを覚えていますか？」

「ええ……そりゃあ、もう」

「あなたの言った通り、あれはタンカーを追っていたからです」

重要な――ひょっとしたら国家機密にあたるようなことを、〝隠し味はワインです〟というくらい、あっさりと言ってのけられて沙友里は戸惑った。

「でも、タンカーが沈んだあとですよ」

「ええ、沈没した痕跡を探すためというのもありますが、あれはマフィアに圧力をかけるためでもありました。日本に逃げようが、中国警察はお前らのことを追っているぞ、と。実は連中は他にもタンカーを準備していたんですが、海の果てまで追ってやると示したわけです。そしたら、インドネシアのとある島で改装中だったタンカーが慌てふためいて出航しましてね、そこを拿捕《だほ》してやりましたよ」

ソン・ビンは愉快そうに笑った。

あのとき、テレビ中継にこだわっていたのは、いぶり出すためだったのかと合点した。

「あの組織を追っていたんですか？」

「当局からの指示でね」

「でも、どうしてそれを？」

わざわざ話しに来たのか、という意味を込めて首をかしげて見せた。

「実は、ここに来る前、私は上司と東京にいました。あなたとは入れ違いだったようですが。赴いたのは警視庁と警察庁で、マフィアの捜査に協力していました」

捜査協力のために関係者が来日している、と吉見が言っていたことを思い出した。

「あのタンカーは、運航会社が倒産して、中国本土にあるマフィアの本体がタダ同然で手に入れ、移動できる犯罪拠点として使うことを考えついたんです。もう一〇年以上前の話です」

「その頃から追っていたんですか」

「ええ。あいつらは本土で悪行の限りを尽くし、逃げるように日本に進出したのです。私たちも、あのタンカーのせいで尻尾をなかなか摑めませんでした。巨大な空間で麻薬を製造していましたが、なにせ居場所が定まっていませんから。そしてそこで生産される麻薬はアジアの国々に移動販売のかたちで広がっていました。まるで行商のようなものです」

ここでビンは悔しそうな顔をする。

「それで人生を狂わせられた人もいる。だからなんとしても摘発したかった。これは、中国では死刑となる犯罪です」

死刑――マフィアがタンカーを自沈させてまで証拠隠滅を図ったのはそのためかと思う。

「それともう一点。海保のスパイです」

歌舞伎町に突入する直前、裏付け捜査を行った捜査班から報告を聞いていた。

マフィアは海保のパトロール状況、シーガーディアンの偵察能力を探るために、光の住処を通して複数の海保職員と接触していた。

吉見はオオサカのなかに、そのひとりがいたことに怒りを隠さなかった。松井が自身の部下を警視庁に出向させなかったのはそのためだった。

そしてもうひとり。沙友里にとっても、それを聞いたときにはショックだったが、宗田にはさらにショックだったようだ。

海保側の情報を漏らしていたのは、宗田が鹿児島に籍を置いていた頃に、コパイとして勤務していた森下という男だった。結婚した妻が光の住処と繋がりがある人物で、おそらくはじめからそのつもりで森下に近づいたのだと思われた。

タンカーがマークされていないか、瀬取りの情報が漏れていないか、密輸摘発の情報はないか。そんなことを漏らしていたようだ。

タンカーの一件は早く終結させたかったのに、宗田がタンカーや、そこに人がいたことに執着したことで、要注意人物として組織内に情報を回した。リューが宗田のことを知っていたのは、組織内でその話を聞いたからだった。

「でも、どうしてそんな話を私に？」

「先ほども言った通り、私は日本の警察に協力していますし、あなたはこの事件の当事者です。それに中国のマフィアが元で、あなたまで危険な目に遭わせてしまったからお詫びがしたくて。よかったら食事でも――」

沙友里の冷めた視線にビンは慌てた。

「感謝と謝罪の気持ちです、ほんとです。ナンパじゃありません」

「そんなことは訊いていませんが？」

ビンは苦笑し、さらりと言う。

「でも、あなたには、前から興味がありましたよ。声だけでしたけど、どんな女性なのか想像していました」

舞なら間違いなく飛びつきそうな言葉だろうが、沙友里の頭の中で警告灯が光る。

「あれ、待てよ……どうして私のことを？　声しかわからないでしょ。まさか超望遠レンズで覗いてた？」

ビンは快活に笑う。

「海保の広報誌とかは割と簡単に手に入りますし、正直な話、調べようはいくらでもありますよ。それに、私はあなたのSNSのフォロワーですし。お友達と飲んでいる写真ばかりですが、石垣の料理はどれも美味しそうですね」

酒と料理など大した情報は発信していないが、それでも急に部屋を覗かれたような恥ずかしさがあった。

くそう。ということは尖閣でやりあっていたときも、こいつは私の顔を知った上で話していたのか。なんかフェアじゃないな。

ビンは大きく背伸びをした。

「では行きます。お話しできてよかった」

「はい。できればもう尖閣には来ないでください」

そう言った沙友里にビンは顔をしかめてみせる。

「それは私の意思ではありません。それにあなたと話せないのは寂しくなりますからね」

「話って、いつも同じ言葉を言い合っているだけでしょ。『貴国の主張は認められない』とか」

ビンは笑う。

「そうならない日が来るといいですね」

「ぜひそうしてください」

わりと本気で言った。

「では、尖閣で会いましょう」

悪戯っぽく笑い、爽やかな笑みを残して背を向けたビンに声をかける。

「あー、でもね。しばらくは行けないかも」

［パイロット］宗田眞人

「修理不可だってよっ！」

志村は背もたれに身体を預け、呆れと怒りが混じり合った声で言った。

「血税で購《あがな》われた、スーパーピューマ。しかも整備直後だぞ」

まるで、その代金が自分の退職金から差し引かれるとでも言いたげだった。

しかし、そもそも、あれを壊すことになったのはテロがあったためであって……。

「自分のせいじゃないってか」

顔に出ていたのだろうか。宗田は身を引き締める。

「いえ、ですがベストは尽くしたと考えています」

「なにがベストだ。海保は少ない予算で回してんだ。余剰の機はないんだからな」

「承知しております」

「ったく、お前ひとりがテロを防いだヒーローみたいな扱いをされやがって」

ヨットイベントを取材していたテレビ局のヘリが、突如としてパワーボートとチェイスを繰り広げた海保ヘリを、スクープを得たとばかりにその後の展開を撮影していて、いくつかのワイドショーで取り上げられていた。

「いえ、関わった全ての職員、日頃の訓練、そして出動を許可してくださった志村基地長の判断の賜物です」

「うるせー、模範解答のテンプレートを言うな」

それでも志村は嬉しそうでもあって、宗田は話が見えなくなっていた。

急に話があると呼び出されたものの、叱責されているわけでもなく、もちろん褒められるわけでもない。ただ嫌味を言わずにはいられないというか、なにかもったいぶっているようにも見えた。

すると志村は前屈みになって、机に両肘を付くと、にやりと笑う。悪戯っ子がなにかを隠しているかのように。

「というわけで、ヘリを買う」

「はあ？」

頓狂な声を出してしまい、慌てて気を付けの姿勢をとる。

「もともと機体の更新は進めていたが、この先、耐用年数を超える機体が増える。だから海保も予算をもらったんだ」

「それはいいですね」

志村は宗田を藪睨《やぶにら》みする。

「というわけでな、お前、イタリアに行ってこい」

その意味を理解するためにしばらく時間が必要だった。

「えっと、どういうことでしょう」

「イタリア。アグスタ社と新型機を導入することで話を進めている。その評価要員としてヘリパイを四名出すことになった」

ようやく合点した。

新型航空機を購入する際は、機体性能の確認、問題点の洗い出しなど、チームを派遣して事前に習熟に努める。他にも整備士や事務方などを含めて一〇名ほどになるだろう。

「まずは一カ月半だ」

「はい、了解です。ぜひ」

「おいおい、嬉しそうな顔しやがって。言っておくが観光してる暇なんてねぇからな。シミュレーションにマニュアルの読み込み。暗記するまで帰ってくるな」

確かに日本語のマニュアルなど望むべくもなく、現地スタッフがみな英語を喋れるとは限らない。コミュニケーションが任務達成の大きな鍵になるだろう。

「それと、向こうでは機体を壊すなよ」

「変なこと言わないでくださいよ」

宗田は抵抗するが、志村は変なことなど、ひとことも言っていないという顔だった。

「それで……一緒に行くのは誰です？」

「ヘリパイは知らん。全国から中堅とか新人がピックアップされるんじゃねぇかな。ま、通訳もいるからしっかりやれ。だが通訳だってマニュアルを全部訳してくれるわけじゃないからな、覚悟しておけ。寝る暇ねぇぞ」

「はい」

「お、その通訳さんが来たようだ」

手招きをするその方向を肩越しに振り返って、宗田は目を丸くした。

「通訳です。よろしくお願いします。えっと……イタリア語もできるって、言ってなかったっけ？」

そこには沙友里がいて、春の陽光のような笑みを見せていた。

著者紹介

梶永正史

（かじなが　まさし）

1969年、山口県生まれ。2014年、『警視庁捜査二課・郷間彩香 特命指揮官』で第12回「このミステリーがすごい！」大賞を受賞しデビュー。著書に「郷間彩香」シリーズ、『組織犯罪対策課 白鷹雨音』『ノー・コンシェンス 要人警護員・山辺努』『アナザー・マインド ×1捜査官・青山愛梨』『銃の啼き声 潔癖刑事・田島慎吾』『ドリフター』などがある。

ウミドリ　空の海上保安官

二〇二三年一〇月二〇日　初版印刷
二〇二三年一〇月三〇日　初版発行

著　者　梶永正史
発行者　小野寺優
発行所　株式会社河出書房新社
〒一五一－〇〇五一　東京都渋谷区千駄ヶ谷二－三二－二
電話　〇三－三四〇四－一二〇一（営業）
　　　〇三－三四〇四－八六一一（編集）
https://www.kawade.co.jp/

本文組版　KAWADE DTP WORKS
印刷・製本　株式会社暁印刷

Printed in Japan　ISBN978-4-309-03142-2

副音声

大林利江子 著

視覚障がい者を声で補助する「副音声」制度で繋がる男女。光を失った「彼女」と、未来が見えない「僕」。ただ、同じ視界を共有するだけのふたりが育む、もっとも純粋な恋愛小説！

河出書房新社

まっとうな人生

絲山秋子 著

ひょんな場所で偶然再会することになった「花ちゃん」と「なごやん」。あの『逃亡くそたわけ』から数十年後、富山県を舞台に、家族を持ったふたりの新たな冒険の幕を開ける。

河出書房新社

ブラッド・ロンダリング

吉川英梨 著

ブラッド・ロンダリング――過去を消し去り、出自を新しく作りかえる血の洗浄。警視庁捜査一課へと転属となった真弓倫太郎。だが彼には知られてはいけない秘密があった……。

河出書房新社